Reykjavík

Katrín Jakobsdóttir &
Ragnar Jónasson

Reykjavík

Vertaald uit het IJslands door
Willemien Werkman

A.W. Bruna Uitgevers

Oorspronkelijke titel
Reykjavík

Published by agreement with Copenhagen Literary Agency ApS, Copenhagen
Vertaling
Willemien Werkman
Omslagbeeld
© Ragnar Helgi Olafsson
Omslagontwerp
Select Interface/Henk Koop

ISBN 978 94 005 1628 1
NUR 305

Tweede druk, januari 2024

In het verhaal wordt geciteerd uit de volgende werken:

Halldór Laxness (1902-1998) – 'Hjá lygnri móðu'
Tómas Guðmundsson (1901-1983) – 'Húsin í bænum'
Jakob Frímann Magnússon (1953) en Valgeir Guðjónsson (1952) – 'Moscow, Moscow'

Dit boek is opgedragen aan Agatha Christie, die ons allebei op het pad van de misdaadromans heeft gezet.

Belangrijkste personen

Lára Marteinsdóttir: 1941-?

Valur Róbertsson: journalist bij het *Vikublaðið*
Sunna Róbertsdóttir: student IJslandse literatuur, zus van Valur
Margrét Thorarensen: student politicologie, vriendin van Valur
Jökull Thorarensen: de vader van Margrét; advocaat van het hooggerechtshof, voormalig minister van Justitie
Nanna Thorarensen: de moeder van Margrét; advocaat
Gunnar Gunnarsson: student theologie, vriend van Valur en Sunna
Katrín Guðjónsdóttir: vriendin van Margrét, werkt bij het Bevolkingsregister

Kristján Kristjánsson: politieman
Guðrún Reykdal: vrouw van Kristján
Snorri Egilsson: politieman

Dagbjartur Steinsson: hoofdredacteur van het *Vikublaðið*
Laufey Karlsdóttir: vrouw van Dagbjartur
Baldur Matthíasson: journalist bij het *Vikublaðið*
Sverrir en Kiddi: werken bij het *Vikublaðið*

Ólöf Blöndal: woonde destijds op Viðey
Óttar Óskarsson: advocaat van het hooggerechtshof; man van Ólöf

Þórdís Alexandersdóttir: actrice
Finnur Stephensen: groothandelaar, man van Þórdís
Páll Jóhannesson: gemeenteraadslid
Gunnlaug Haraldsdóttir: vrouw van Páll
Elísabet Eyjólfsdóttir: secretaresse bij de gemeente
Högni Eyfjörð: aannemer

Marteinn en Emma: ouders van Lára Marteinsdóttir

Deel een

6 augustus 1956

De grijze hoed waaide de zee op.

Kristján was de stuurhut van de kleine boot uit gelopen om van het uitzicht te genieten en het eiland te zien naderen. Hij was geschrokken toen er opeens een windvlaag opstak, was niet snel genoeg geweest en greep mis. Hij dacht bij zichzelf, al zou hij dat nooit hardop zeggen, dat het eigenlijk wel goed uitkwam. De hoed was een kerstcadeau geweest van zijn vrouw, maar had hem eigenlijk nooit goed gestaan. Nu had hij een excuus om een nieuwe te kopen.

Hij zou dus blootshoofds zijn op Viðey. Het maakte niets uit. Het zou waarschijnlijk toch niets uithalen. Kristján was begin twintig en hem werd doorgaans niets toevertrouwd wat belangrijk was, maar zijn chef bij de politie was met vakantie en Kristján had dienst tijdens het Verslunarmannahelgi.

De zomer leek die augustusochtend op de boot ver weg. Er was geen beschutting tegen de wind en de zon had zich nog niet laten zien. Er waren geen vaste vaarten naar het eiland, dus Kristján had zijn duim moeten opsteken en iets moeten regelen met een oude schipper die hij kende.

'Oké, we zijn er bijna, Kristján,' riep de schipper met hese stem.

Kristján antwoordde niet, hij knikte alleen, hoewel niemand keek, en hij sloot nog een knoop van zijn jas om de kou uit zijn lijf te krijgen. Hij probeerde het van de zonnige kant te zien, dit tochtje was in elk geval eens wat anders, al zou het niets opleveren. Hij keek weer in de richting van het land en in zijn hoofd klonk een liedje dat hij de afgelopen week een paar keer op de radio had gehoord: 'Ó, borg mín borg' (O, stad, mijn stad) van Haukur Morthens.

Een vrouw van een jaar of dertig stond op de steiger en begroette hem. Kristján had met de schipper afgesproken dat die hem anderhalf uur later weer zou komen ophalen. Hij zou de hele ochtend eraan kwijt zijn.

Ze gaf hem een hand.

'Mijn naam is Ólöf Blöndal. Welkom op Viðey.' Haar gezicht stond ernstig. Er kon geen lachje af.

'Hallo. Mijn naam is Kristján,' zei hij. Er was iets aan Ólöf wat hem niet lekker zat. Ze keek een beetje angstig, maar toch kreeg hij het gevoel dat ze blij was hem te zien.

'Laten we gaan,' zei ze aarzelend, en ze liep de korte steiger af. Hij volgde haar. Ze had rood, kortgeknipt haar en droeg een dikke wollen trui.

De Viðeyjarstofa, het oudste stenen huis in IJsland, lag voor hen, net als de kerk, en ertegenover zag hij wat schamele gebouwen, een ervan leek een stal – misschien restanten uit het verleden. Toen ze de kerk naderden, bleef Ólöf staan, draaide zich om en zei: 'We gaan daar natuurlijk niet heen. Mijn man is thuis, we hebben hier vlakbij een huis.'

Kristján knikte. 'Is er niemand...'

Ze viel hem in de rede: 'Wij hebben toegang tot de Viðeyjarstofa, maar het is geen woonhuis. Het gebouw verkeert in prima staat, als je bedenkt hoe oud het al is. Bijna tweehonderd jaar.'

'Dat meisje, Lára...'

Weer onderbrak ze hem: 'Het is beter dat mijn man met u praat.'

Kristján liep naast haar. Ze zwegen allebei. Het waaide op het eiland, maar het was er aangenaam warm, hoewel de zon zich niet liet zien. Na een paar minuten lopen vroeg hij: 'Neem me niet kwalijk, maar woont u hier? U en uw man?'

'We verhuisden dit voorjaar naar een huis dat in het bezit van mijn familie is. We waren hier afgelopen zomer ook. Dit is...' Ze aarzelde. 'Dit is een unieke plek.'

Kristján twijfelde daar niet aan, het eiland was prachtig, maar er zat geen overtuiging in Ólöfs woorden, integendeel.

Toen voegde ze er wat ongemakkelijk aan toe: 'Het is niet ver meer. Het huis staat tussen de Viðeyjarstofa en de school, zo ongeveer.'

Kristján dacht opeens dat het een misverstand was geweest om hem naar Viðey te sturen. Hij kon geen hoogte krijgen van deze vrouw, maar had toch niet het gevoel dat hier een enorm mysterie was dat moest worden opgelost.

Kristján liet zijn gedachten de vrije loop. Hij was graag in de vrije natuur en had deze late zomerdag liever aan andere dingen willen besteden. De afgelopen jaren was hij, samen met twee jeugdvrienden, in zijn vrije tijd bergen gaan beklimmen. De oorsprong van die interesse lag in het nieuws over de prestaties van Edmund Hillary en Tenzing Norgay op de Mount Everest, drie jaar eerder, en hoewel Kristján zich geen illusies maakte dat hij vergelijkbare resultaten zou behalen, ging de sport hem steeds beter af. Slechts enkele dagen eerder was bekend geworden dat de Hraundrangi in het Öxnadal voor het eerst was beklommen. Kristján kende de twee IJslanders die samen met een Amerikaan op de top hadden gestaan. Daar had hij willen zijn, veel liever dan op het vlakke Viðey.

Hij lette goed op waar hij zijn voeten zette tussen de *þúfur*, de met gras begroeide verhogingen in het lavalandschap. Hij herinnerde zich dat zijn moeder altijd had moeten lachen om IJslandse mannen, die ook op vlak terrein met een þúfur-loopje liepen. Deze keer was hem er extra veel aan gelegen om hier weg te komen zonder mis te stappen en zonder schade aan zijn pak. Hij bezat drie kostuums; het lichtgrijze, dat hij nu aanhad, was het nieuwste, het gestreepte had zijn beste tijd gehad en het zwarte kostuum droeg hij alleen op feesten en begrafenissen.

Kristján zag een oud houten huis opdoemen; het was zwartgeverfd, maar de verf begon te bladderen. Het gebouw was duidelijk al behoorlijk oud. Er vloog een noordse stern over zijn hoofd en hij wilde in een reflex zijn hoed pakken om hem weg te jagen, maar herinnerde zich toen dat het hoofddeksel ergens op de Kollafjörður dobberde.

'Geen zorgen,' zei Ólöf. 'Het broedseizoen is allang voorbij, dus ze laat u met rust.' De toon in haar stem was iets veranderd, alsof Ólöf even was vergeten dat er een politieman naast haar liep, op een officiële missie.

Haar man verscheen niet op het erf om hen te ontvangen en Kristján vroeg zich af waarom Ólöf was gestuurd om hem op te halen. Was dat hun gewoonte of zat er iets anders achter?

'Kom binnen,' zei ze zuinigjes toen ze bij het huis waren gekomen.

Kristján stapte de gang in, die overging in de woonkamer. Binnen was het warm, haast ondraaglijk warm voor deze tijd van het jaar.

'Óttar?' riep ze. 'Óttar, hij is er.'

Kristján hoorde boven gestommel. Voetstappen waren goed te horen in het oude houten huis. Zonder een woord te zeggen liep Ólöf verder de kamer in, trok een stoel vanonder de grote eikenhouten tafel vandaan en gebaarde dat Kristján moest gaan zitten.

Hij deed dat en wachtte. Zij ging eveneens zitten.

'Goedemorgen,' zei de man die de trap af kwam. 'Mijn naam is Óttar. U bent waarschijnlijk die Kristján?'

'Dat klopt. Bedankt dat u mij wilt ontvangen. Ik heb even kort met u gesproken over de telefoon. We maken ons, zoals gezegd, zorgen over Lára.'

'Zij besloot te vertrekken,' zei Óttar zonder aarzeling. 'Ze zegde haar verblijf op. Ik weet niet waarom, want we hebben aan het begin van de zomer een goede indruk van haar gekregen. Ze was ijverig, onvermoeibaar. Maar zo gaat het met die jonge mensen...' Hij praatte verder, zonder dat er veel van zijn gezicht was af te lezen. Kristján keek even naar Ólöf, maar zij keek de andere kant op.

'Hoe oud was ze ook alweer?' vroeg Kristján, ook al kende hij het antwoord.

'Vijftien jaar,' antwoordde Ólöf met zachte stem.

'Vijftien jaar,' herhaalde Kristján. 'En wilde ze terug naar Reykjavík? Naar huis?'

'Ja,' antwoordde Óttar.

'Wanneer was dat?'

'Vrijdag. Vrijdagochtend. Ik protesteerde natuurlijk. Ze had met ons afgesproken dat ze hier de hele zomer zou blijven en ons zou helpen, maar ze was er niet van af te brengen.'

Kristján keek weer naar Ólöf. Ze zat doodstil en keek naar haar handen.

'Zoals ik al zei aan de telefoon is er in Reykjavík niets van haar vernomen...' Kristján liet zijn woorden even hun werk doen en lette op hoe de mensen reageerden. Ólöf keek niet op en Óttar vertoonde, net als eerder, geen enkele reactie.

'En vertrok ze ook op vrijdag?'

Óttar knikte.

'Ik had dat misschien anders moeten verwoorden: hebben jullie haar zien gaan?'

'We kunnen de steiger hiervandaan niet zien. Het behoorde niet tot mijn taken om het meisje naar de boot te brengen. Wie wil vertrekken, die vertrekt, zeg ik altijd,' antwoordde Óttar.

'En u, Ólöf? Zag u haar weggaan?'

Ólöf schudde haar hoofd. 'Ik zag helemaal niets,' zei ze. Haar woorden hadden een holle klank.

'Hoe wilde ze naar de stad komen?'

'Ik heb geen idee. Ze zei dat er iemand met een boot zou komen, ongetwijfeld een familielid of een vriend. Ik let niet op de boten.'

'Bent u er zeker van dat ze vertrokken is?'

'Wat is dat eigenlijk voor een vraag?' brieste Óttar. 'Natuurlijk zijn we daar zeker van. Ze nam afscheid en we hebben haar daarna niet meer gezien.'

Kristján keek naar Ólöf en wachtte op haar antwoord. Zij zweeg eerst, maar zei toen: 'Ja, ze is echt vertrokken. Ze heeft haar spullen meegenomen.'

'Ze had regelmatig contact met haar ouders, maar toen ze dit weekend niet belde, begonnen zij zich zorgen te maken. Hebben zij u niet gebeld?' zei Kristján na een korte stilte.

'Jazeker,' antwoordde Óttar. 'En ik vertelde hun hetzelfde als u. Ik begrijp eigenlijk niet waarom u die hele reis hierheen hebt gemaakt. We hadden alle vragen over de telefoon kunnen beantwoorden. U kunt zien dat het meisje weg is.'

'Ik wilde even over het eiland lopen om een beeld te krijgen. Viðey is nogal groot, niet?'

'Anderhalve vierkante kilometer,' antwoordde Óttar.

'Een komma zeven,' verbeterde Ólöf hem.

'En er zijn veel plaatsen om je te verstoppen, neem ik aan?'

Ólöf antwoordde: 'Ja, ons huis, de Viðeyjarstofa natuurlijk. En de oude kerk. De oude school is er ook nog. En...'

'Ik denk niet dat we alle gebouwen op het eiland hoeven op te sommen, Ólöf. De man kan doen wat hij wil om alle twijfel van zich af te zetten. Ik weet niet waarom Lára zich het hele weekend hier ergens verstopt zou moeten hebben.'

'Hoe ging het met haar?'

'Wat bedoelt u?' vroeg Óttar.

'Was ze somber? Is er een reden om aan te nemen dat ze iets verborgen hield? Dat ze een geheim voor u had?'

Óttar leek te willen antwoorden, maar aarzelde even. Toen zei hij: 'Het ging prima met het meisje. Ze verveelde zich alleen bij ons. We zullen de volgende zomer een betere keuze maken.'

'Ja, dat zal wel. Ze heeft zich alleen nog niet bij haar ouders laten zien. Dat roept vragen op, dat is alles. Natuurlijk is het denkbaar dat ze hier op vrijdag is vertrokken, maar...'

Óttar viel hem in de rede: 'Denkbaar? Ze is vertrokken en met wat er daarna is gebeurd, hebben wij niets te maken. We hebben niet gehoord dat er een boot schipbreuk heeft geleden, dus ze moet ergens zijn.'

'Nee, nee, ik begrijp dat we het zouden weten als er iets dergelijks was voorgevallen. Er zijn echter geen berichten over boten die op vrijdag hierheen zijn gevaren, al hoeft dat niet te betekenen dat niemand haar is komen ophalen. Woonde zij hier bij u, in huis?'

'Waar anders?' vroeg Óttar geërgerd.

'Mag ik haar kamer zien?'

Óttar haalde zijn schouders op. 'Die is boven. Er is daar niets te zien.' Hij maakte geen aanstalten om op te staan, maar Ólöf kwam overeind.

'Ik zal met u meegaan,' zei ze. Haar toon was iets vriendelijker dan die van haar man.

Elke traptree kraakte in het oude houten huis. De logeerkamer was klein, maar comfortabel. Hij was onder de dakspanten, er stonden boeken op de planken en vanuit het zolderraam had je uitzicht op zee.

'Had ze haar eigen boeken meegenomen?' vroeg Kristján.

'Nee, nee, die zijn uit onze bibliotheek. We hebben altijd boeken in alle kamers. Dat is zo gezellig. Mijn man verzamelt boeken. Hij is advocaat, zoals u misschien weet. Een nogal bekende advocaat.'

Kristján kende zijn naam inderdaad. Hij knikte.

'Óttar wilde zijn advocatenwerk wat minderen en meer onderzoek gaan doen. We proberen hier de zomers door te brengen. Het is prettig om hier te zijn in de nabijheid van...' Ze maakte haar zin niet af en wendde haar blik af.

'Nam ze al haar spullen mee?' vroeg hij.
'Alles, ja. Er is hier niets meer,' zei Ólöf.
'Zei ze nog iets tegen u?'
'Wat?'
'Lára. Voor ze vertrok?'
'Waar doelt u op?'
'Hoe verklaarde ze haar beslissing?'
Ólöf aarzelde.
'Ze verklaarde helemaal niets,' zei ze ten slotte. 'Ze ging gewoon.'
'Ze moet toch iets gezegd hebben voor ze vertrok. Uw man zei dat ze afscheid nam.'
'Ja, neem me niet kwalijk. Zo bedoelde ik het niet. Ze zei alleen dat ze met haar werk hier wilde stoppen. Daar vroeg ze toestemming voor. Die kreeg ze natuurlijk.'
'Maakte u zich geen zorgen over haar?'
'Zorgen? Nee. We hoorden later pas dat ze niet was thuisgekomen. Het moet toch in orde zijn met haar.'
'Hopelijk wel.'
'Moeten we niet weer naar beneden gaan?'
Kristján knikte en volgde Ólöf de smalle trap af naar beneden.
Toen ze weer in de kamer kwamen, was Óttar verdwenen. Kristján keek om zich heen en schrok toen Óttar achter hem zijn keel schraapte. Hij draaide zich om, zijn hart klopte onaangenaam snel, hoewel hij wist dat er natuurlijk niets te vrezen was.
'Er is telefoon voor u.'
Kristján reageerde verrast.
'Telefoon. Voor u,' herhaalde Óttar, alsof dat heel vanzelfsprekend was. 'Hier binnen. In mijn kantoor.'
'O?' Kristján volgde Óttar verbaasd zijn kantoor in. Er waren boeken te zien langs alle wanden. Kristjáns blik werd getrokken naar één plank, waarop gebonden werken stonden

met alle vonnissen van het hooggerechtshof. Op het bureau stond een zwarte telefoon; de hoorn lag op tafel. Het rook muf daarbinnen. De toestand van het huis binnen kwam overeen met die van de buitenkant.

'Wie probeert mij te bereiken?' vroeg Kristján.

'Iemand van de politie, natuurlijk,' zei Óttar.

Kristján bracht de hoorn naar zijn oor. Hij was zenuwachtig, schuifelde met zijn voeten heen en weer en hoorde dat er een loze ruimte onder de planken zat. Er zat beneden ongetwijfeld een schimmelige kelder. Hij zou nooit in zo'n oud houten huis willen wonen, zoveel was zeker.

'Kristján Kristjánsson hier.'

'Kristján, hallo, u spreekt met Eiríkur.' Kristján kende hem. Hij stond twee treden boven hem op de hiërarchie binnen de politie. De chef van zijn chef.

'Hallo…' zei hij nogal aarzelend.

'Óttar heeft me gebeld. Hij wilde een uitleg voor de vreemde vragen die u het echtpaar stelde.'

'Het waren heel gewone vragen. Ik informeerde naar een meisje, een vijftienjarig meisje dat een aantal dagen niet meer gezien is…'

'Een meisje dat naar huis is gegaan, bedoel je?'

'Nou, dat weten we eigenlijk niet. Ze werkte in de zomer hier op Viðey. Haar ouders maken zich zor…'

Hij kon zijn zin niet afmaken.

'Er is geen enkele reden om Óttar en Ólöf daarmee lastig te vallen. U bent dus speciaal hiervoor naar het eiland gegaan?'

Kristján wilde protesteren. Proberen de zaak uit te leggen, maar dat zou ongetwijfeld niets uithalen.

'Ik was al bezig te vertrekken. Mijn bezoek is eigenlijk al ten einde.'

'Mooi zo. Ik vraag u om Óttar nogmaals van mij te groeten. En Ólöf Blöndal.'

Eiríkur beëindigde het gesprek.

Kristján legde de hoorn voorzichtig op de haak en probeerde te doen of er niets aan de hand was.

'Niets ernstigs,' zei hij vervolgens tegen Óttar.

Ólöf stond in de kamer toen ze weer tevoorschijn kwamen.

'Goed, volgens mij zijn we er wel. Is er nog iets anders?' Hij keek het echtpaar om beurten aan.

'Nee, niets,' antwoordde Óttar.

'Dan hopen we maar dat het meisje weer opduikt,' zei Kristján.

Óttar had nog iets te zeggen. 'Dat moet wel. Maar het heeft niets met ons te maken. Ik ga ervan uit dat we niet nog eens vragen hierover hoeven te beantwoorden.'

'Misschien nog één ding, tot slot. De boot komt mij niet direct weer ophalen. Hebt u er bezwaar tegen als ik wat over het eiland wandel terwijl ik daarop wacht? Ik kan misschien kijken of zij zich ergens verborgen houdt.'

'Verborgen houdt?' vroeg Ólöf verbaasd.

'Doe wat u wilt. Het eiland is niet van ons,' zei Óttar.

'Ik denk dat ik dan een korte wandeling ga maken. Bedankt voor uw gastvrijheid.'

Kristján liep naar het schoolgebouw en terug, maar dat kostte meer tijd dan hij had gedacht. De school was natuurlijk verlaten en er was niets wat erop wees dat Lára daar geweest was. Hetzelfde gold voor de Viðeyjarstofa.

Hij had stevig doorgelopen om op tijd bij de steiger te zijn. Hij wilde de boot niet laten wachten. Uiteindelijk bleek hij alle tijd te hebben. De boot was er nog niet en dat gaf hem de gelegenheid om ook nog even in de kerk te kijken. Hij wist heus wel dat hij het verdwenen meisje daar niet zou vinden, maar besloot toch om even naar binnen te gaan.

De kerk was heel indrukwekkend vanbinnen, ondanks de kleine afmetingen en de wat bedompte lucht. Hij bedacht dat het een goede plek zou kunnen zijn om met Guðrún te trouwen, al zou het natuurlijk niet eenvoudig zijn om hun gasten heen en terug te varen. Toch zou hij de kerk op zijn lijstje zetten. Hij en Guðrún waren nu een halfjaar verloofd en waren begonnen over de toekomst na te denken, over trouwen en kinderen krijgen. Ze woonden in Vesturbær, het oude westelijke deel van de stad, en Guðrún had net een baan gekregen in een winkel in koloniale waren die daar in de zomer was geopend. Ja, misschien zouden ze hier op een mooie dag voor het altaar staan.

Binnen in het kleine kerkje waren niet veel plekken waar je je kon verbergen en het leek er eerder op dat de kerk lang niet open was geweest. Het zou in elk geval geen kwaad kunnen om die eens te luchten.

Toen Kristján weer buiten kwam, waaide hem een frisse bries in het gezicht. Vanuit de verte klonk het geluid van een motor en toen hij omlaagkeek, naar de zee, zag hij de boot gestaag het eiland naderen.

Kristján liep langzaam omlaag naar de steiger. Hij wilde de tijd die hem nog restte goed gebruiken, ook al had hij min of meer op zijn kop gekregen van zijn meerdere. Natuurlijk was dat onterecht geweest. Kristján deed alleen maar zijn werk, maar mensen als Óttar en Ólöf hadden invloedrijke vrienden. Het had geen zin om je daarover te beklagen.

Hij was op de steiger aangekomen en wachtte op de boot. De zon brak door en de harde wind waarmee hij was ontvangen, was afgezwakt tot een zachte bries. Hij keek uit over de zee en had ondanks alles toch een beetje spijt van de hoed die hij was kwijtgeraakt.

Hij moest denken aan het meisje dat vermist werd. Ze was vast in orde en haar ouders maakten zich vast zorgen om niets. Hij bedacht opeens dat hij niet wist hoe ze eruitzag. Hij moest een foto van haar te pakken zien te krijgen als ze niet tevoorschijn kwam.

Ja, het was het waarschijnlijkst dat Lára weer zou opduiken

en dat tripjes naar Viðey niet snel meer op het programma zouden staan, maar toen de oude boot aanlegde aan de steiger, kreeg Kristján sterk het gevoel dat de zaak nog lang niet was afgesloten.

8 augustus 1966

Er zat een vrouw aan een tafeltje in Mokka de *Vísir* te lezen. Op tafel stonden een bordje met een halve wafel met room en jam erop en een kop dampend hete koffie. Aan de muur achter haar hing een ets waarop de ontploffing van een atoombom te zien was en angstige kinderen. Voor geen van die dingen had ze aandacht, zo verdiept was ze in de krant van die dag, waarin een achtergrondverhaal stond over een onopgeloste zaak.

Kristján Kristjánsson, politieman: de verdwijning van Lára is nog altijd niet vergeten.
Kristján Kristjánsson leidde het onderzoek naar de verdwijning van Lára Marteinsdóttir, tien jaar geleden. Desgevraagd zegt deze ervaren rechercheur dat de verdwijning van Lára nog altijd niet vergeten is. Lára deed vakantiewerk op Viðey, bij het echtpaar Óttar Óskarsson, advocaat bij het hooggerechtshof, en Ólöf Blöndal, toen zij spoorloos verdween. Lára was nog maar vijftien jaar en was heel geliefd bij iedereen die haar kende. Tien jaar later is deze zaak nog steeds niet opgelost en is die in het dossier onopgeloste verdwijningen terechtgekomen. Volgens Kristján Kristjánsson heeft de politie verschillende tips nagetrokken over mogelijke verklaringen voor Lára's verdwijning, maar geen enkele tip heeft iets opgeleverd. Nooit is gebleken wie met Lára naar Reykjavík kon zijn gevaren en er is geen stoffelijk overschot gevonden dat met Lára in verband kon worden gebracht. Er is destijds overwogen om de hulp in

te roepen van Interpol, maar de zaak is de afgelopen jaren in de vergetelheid geraakt. Je zou kunnen zeggen dat Lára werkelijk van de aardbodem is verdwenen.

Bij het bericht in de krant stond een onduidelijke foto van een knap jong meisje met donker haar en donkere wenkbrauwen in een fluwelen jurk met een opstaande kraag. Er was ook een foto van Kristján Kristjánsson, met een hoornen bril en een terugwijkende haarlijn. Hij zag er vriendelijk uit, een beetje vermoeid, bijna alsof hij uitgeput was van al dat zoeken naar Lára. De vrouw keek naar de foto's voor ze de krant dichtsloeg en opstond. Ze liet haar koffie staan. Ze kreeg een onbehaaglijk gevoel, net als altijd als ze de naam van Lára hoorde noemen. Ze was meteen al haar eetlust kwijt en moest haar gedachten op iets anders richten.

Ze liet de krant op tafel liggen en liep de Skólavörðustígur in. Er waaide een koude wind door de straten en in het oosten zag je de half voltooide Hallgrímskirkja.

Op het politiebureau aan de Pósthússtræti zat Kristján Kristjánsson en las de *Vísir*.

Hij was nog altijd niet verhuisd naar het nieuwe bureau aan de Hverfisgata en keek ernaar uit over te gaan en te werken onder moderne omstandigheden waarin de inrichting en de accommodatie in de pas liepen met de tijd. Hij zou maar een heel klein eindje hoeven lopen naar het bureau vanaf zijn huis in Stangarholt. En waarschijnlijk zou hij een eigen kantoor krijgen. Een moment liet hij zijn gedachten naar die plezierige vooruitzichten dwalen voor hij verderging met lezen.

Wat is er van Lára geworden? Heeft een onbekende haar van Viðey naar Reykjavík gevaren? Is ze in zee verdwenen en haar bagage ook? Of is ze in Reykjavík aangekomen en daar het slachtoffer geworden van gewetenloze figuren? Of liet ze zichzelf misschien verdwijnen en woont ze nu aan de andere kant van de wereldbol met een gezin? Weet een van onze lezers misschien meer over de lotgevallen van het meisje op de foto?

Kristján zuchtte. De uitweidingen van de journalist werkten hem op de zenuwen. Hij vond dat ze de zaak zelf geen recht deden. Het feit was dat een piepjong meisje dat niemand kwaad had gedaan spoorloos was verdwenen en hij hield dat nare gevoel dat er iets afschuwelijks was gebeurd. Maar wat kon je in zo'n gesprek nou zeggen? Alleen dat je je best had gedaan.

Had hij eigenlijk wel zijn best gedaan?

Hij stond op en keek uit het raam. Het slechte weer van vandaag wees erop dat de zomer spoedig voorbij zou zijn; er waaide een ijzige wind door de Austurstræti en de meeste inwoners van de stad liepen met grimmige blik tegen de wind in om hun boodschappen te doen bij het Ísafoldarhús, London of de Landsbanki. De maand augustus was ongewoon koud en stormachtig geweest en als de zon zich niet liet zien, was hotel Kvosin niet bijzonder aantrekkelijk.

Zijn gedachten gingen terug naar tien jaar geleden, naar augustus 1956. Toen hij had meegemaakt, betrekkelijk nieuw bij de politie, dat bepaalde krachten invloed wilden uitoefenen op het onderzoek naar die zaak. Toen de telefoon was gegaan en Eiríkur – een van de belangrijkste chefs bij de politie – hem had gezegd dat het onderzoek in deze zaak geen speciale aandacht behoefde. Kristján was teruggegaan naar de stad, een beetje beschaamd na die reprimande, terwijl hij meende zijn plicht te doen als rechtgeaard politieman. Wat zeg je tegen je meerdere in dergelijke omstandigheden? Kristján had zich dat de afgelopen tien jaar regelmatig afgevraagd, maar had er met niemand over gesproken, behalve met zijn vrouw, die haar schouders had opgehaald en had gezegd dat hij niet over die zaak moest blijven piekeren, hij moest gewoon doorgaan. Hij had ook de aanwijzing over Högni Eyfjörð niet nagetrokken... Het was er de sfeer niet naar om hooggeplaatste burgers lastig te vallen met ongemakkelijke vragen.

De zaak was echter niet afgesloten op die dag in augustus, op Viðey. Integendeel.

Toen Lára niet thuiskwam, was er een signalement van haar verspreid via de radio en de kranten. Een vermissing van een meisje trok veel aandacht, want het gebeurde niet elke dag dat een jong meisje spoorloos verdween. Op de foto die in de kranten was geplaatst, waren haar ogen groot en donker en spraken op een bepaalde manier tegen de lezers, alsof Lára een afschuwelijk geheim bewaarde. De bevolking wilde dit meisje vinden. De verantwoordelijkheid had bij Kristján gelegen. En hij had zijn plicht niet gedaan.

Kristján had met verschillende agenten aan het onderzoek naar de zaak gewerkt. Hij had samen met een collega de ouders van Lára bezocht, die in de wijk Grjótaþorp woonden. Zij waren zich zorgen gaan maken toen ze het weekend dat ze verdween niets van haar hoorden.

'Zij belde ons altijd,' had haar moeder gezegd. Moeder en dochter leken heel veel op elkaar, naar de foto van Lára te oordelen. 'Lára was graag thuis en ze vertelde ons alles. Ze had dat idee in haar hoofd gekregen dat ze in de zomer vakantiewerk wilde doen op het land, ze zocht naar werk op Viðey en vond al snel een betrekking. Het verbaasde me niets, ze is nu eenmaal heel ijverig en plezierig in de omgang. We hadden gehoord van een meisje dat daar de vorige zomer had gewerkt en het daar heel goed had gehad.'

Haar vader was iets ouder dan haar moeder, ze werkten allebei in het onderwijs en Lára was hun enige kind. De kamer van Lára was de mooiste in het huis; er stond een wit bed met spijlen en erop lag een kleurige sprei die Lára zelf had gehaakt bij handenarbeid. Ze had duidelijk gevoel voor kleuren, had Kristján gedacht. Die rare, onbelangrijke details was hij tien jaar later nog niet vergeten. In haar klerenkast hadden de kleren gehangen die ze niet had meegenomen naar Viðey, in de eerste plaats haar winterkleren, en een groene fluwelen jurk, dezelfde die ze op de zwart-witfoto had aangehad.

Tegen de muur stonden een eenvoudig dressoir en een stoel, waarschijnlijk zelfgemaakte meubels, en in de la van het dressoir lagen een paar ansichtkaarten van een nicht van Lára die in Kopenhagen woonde. Op de boekenplank stonden een bijbel en enkele romans, onder andere van de pasbekroonde Nobelprijswinnaar Halldór Laxness.

Niets in de kamer had Kristján iets wijzer kunnen maken over het lot van Lára. Hij had een dagboek gevonden achter de romans op de boekenplank, maar dat was uit de winter 1954-1955. In het keurige handschrift van Lára waren de belangrijkste maaltijden beschreven en dingen die haar klasgenoten in de Austurbæjarskóli hadden beleefd. Soms ging het ook over een knappe jongeman.

Kristján had Lára's moeder gevraagd of het een gewoonte van haar was om een dagboek bij te houden. Zij wist dat ze het weleens had geprobeerd en zei dat ze haar had aangespoord om te schrijven over haar leven op Viðey. 'Het zou een groot avontuur worden,' zei haar moeder. 'Ze had op zich geen erg spannend leven. Ze ging eindexamen doen en ze werkte naast school aan de kassa bij de melkwinkel. Het verblijf op Viðey was haar manier om iets mee te maken en misschien om volwassen te worden.' Haar ogen stonden vol tranen toen ze die laatste woorden uitsprak. 'Wat mij betreft had ze het mogen overslaan. Nog maar vijftien jaar en nu is ze...' Haar moeder had haar zin niet kunnen afmaken, herinnerde Kristján zich.

Hij herinnerde zich ook dat hij had gevraagd of Lára misschien iemand in Reykjavík had willen ontmoeten in dat noodlottige weekend. Haar vader antwoordde dat ze geen vriendje had. 'Lára was altijd zo open tegen ons. Ik kan me niet voorstellen dat ze naar Reykjavík is gegaan zonder het ons te laten weten,' had hij gezegd. Kristján kende echter talloze voorbeelden van jonge mensen die er allerlei redenen voor hadden gehad om hun ouders niets te vertellen over wat ze uitspookten.

Geen van haar vriendinnen had de politie echter informatie kunnen geven over een vriendje of iemand anders met wie ze misschien zou kunnen zijn weggelopen.

Het werk op Viðey was haar avontuur geweest. Lára had gezocht naar een betrekking en die gevonden. Ze wist niets over Óttar en Ólöf, haar werkgevers op Viðey, en haar ouders evenmin, maar ze kenden een meisje dat daar de vorige zomer in huis was geweest. Zo was het contact gelegd. Kristján had nog bedacht dat hij dat meisje te spreken moest vragen, maar het was er nooit van gekomen – wat kon zij nou weten over wat er met Lára was gebeurd?

Lára had wekelijks met haar ouders gebeld en was goed overgekomen. Natuurlijk zou zij nooit hebben geklaagd in het bijzijn van haar werkgevers, maar haar ouders waren het erover eens dat ze opgewekt had geklonken. Ze was begin mei naar het eiland gevaren en zou de maand augustus volmaken. Toen had zij – volgens Óttar en Ólöf – tegen hen gezegd dat ze van plan was voortijdig te vertrekken. Lára's moeder had haar hoofd geschud over die mededeling: 'Het past helemaal niet bij Lára om haar taken niet af te maken, dat kan ik u wel zeggen. Ze is bij de melkwinkel altijd op tijd gekomen en er was geen sprake van dat ze zomaar zou vertrekken.'

Kristján schrok op uit die oude herinneringen. Hij stond nog altijd bij het raam in het politiebureau, dronk de koude koffie op die nog in zijn kopje zat en trok een vies gezicht. De zaak Lára liet hem niet los. Hij wilde niet opgeven, al was het lang geleden en waren alle aanwijzingen natuurlijk allang verdwenen. Het verdriet in de ogen van de ouders was hartverscheurend geweest. Hij wilde hun leed verzachten, voor zover hij dat kon.

Het zag er nog het meest naar uit dat Lára bij een onbekende in de boot was gestapt en dat haar lot was bezegeld toen ze onderweg was naar het vasteland, of in Reykjavík. Misschien was dat de verklaring die het best te verdragen was: een onbekende die misbruik van haar had gemaakt, een misdaad die nooit zou worden opgehelderd.

Kristján kon niet anders dan zich afvragen of het niet verstandiger was geweest om zich meer op Viðey te concentreren, daar beter te zoeken of Óttar en Ólöf nader aan de tand te voelen. Natuurlijk was er op het eiland naar het meisje gezocht, maar zonder resultaat. Óttar en Ólöf hadden steeds hetzelfde verhaal verteld: dat ze had besloten met haar werk te stoppen en naar het vasteland te gaan.

De politie plaatste een oproep om mensen te vinden die Lára misschien van het eiland hadden opgehaald dat weekend, maar niemand had zich gemeld. De havenmeester in Reykjavík had geen bruikbare informatie kunnen leveren over vaarten tussen Viðey en Reykjavík in die periode. Natuurlijk was het mogelijk om de korte afstand naar Viðey te varen zonder op te vallen. En het was ook niet zeker of de boot naar Reykjavík was gevaren. Dat onderzoek leverde niets op. De stranden werden afgezocht, maar er werd niets gevonden – geen aangespoeld lichaam en ook geen bagage. Lára was spoorloos verdwenen.

En juist daarom had de zaak de aandacht getrokken van de bevolking. Er was niets aan te merken geweest op Lára, ze had geen geheim gehad en leek een meisje te zijn geweest met wie iedereen het had kunnen vinden. Een meisje dat eens iets nieuws wilde beleven. Een meisje dat bij haar ouders was weggegaan om vakantiewerk te doen en om volwassen te worden en zich aan haar plichten had gehouden, tot ze besloot om eerder naar huis te gaan dan was afgesproken – als dat verhaal tenminste klopte.

Haar vertrek van Viðey was een regelrecht raadsel – tenzij het zo was dat ze het eiland helemaal niet had verlaten.

7 augustus 1976

'Het zal goed zijn voor de afdeling, Kristján, goed voor jou en voor de politie,' had Kristjáns chef gezegd, en zijn woorden echoden nu in zijn hoofd, nu hij thuis was, in zijn flat aan de Lundarbrekka in Kópavogur, en de journalist koffie aanbood. 'Liever thee, als u dat ook hebt,' had zijn gast beleefd geantwoord.

Goed voor jou.

Hoe zou het goed voor hem kunnen zijn om nog een keer de verdwijning van Lára op te rakelen? Zelf wilde hij de zaak het liefst vergeten. Hij bleef als een nachtmerrie in zijn hoofd zitten en daar zat de zaak al twintig jaar. Hij had enige carrière gemaakt binnen de politie, maar had altijd het gevoel gehad dat hij verder was gekomen als hij die zaak niet had verprutst. En nu zou hij weer het gezicht worden van die mislukking. 'Er zal toch over geschreven worden, of we dat nu willen of niet,' had zijn chef gezegd, 'en het is daarom beter als ook onze kant wordt belicht.' Het was alleen niet bij de beste man opgekomen om zelf met de pers te gaan praten, in plaats van Kristján. Altijd werd Kristján voor de leeuwen gegooid. Die zomer was er veel aandacht geweest voor de verdwijning van Guðmundur Einarsson en Geirfinnur Einarsson en de vier mensen die waren gearresteerd en later weer vrijgelaten. Kristján had niets te maken gehad met die zaak, en er was dat halfjaar juist niet veel aandacht geweest voor de zoektocht naar Lára.

De journalist, Ólafur, die ook redacteur was van de krant, was heel vriendelijk en Kristján begreep dat het een eerlijk gesprek zou worden. Kristján las de *Vísir* altijd en was het meestal eens met de toon van het blad. Het gesprek zou op de voorpagina verschijnen van de weekendeditie.

De avond viel, de schemering in augustus maakte Kristján altijd een beetje weemoedig sinds hij aan het onderzoek naar de vermissing van Lára was begonnen, twee decennia geleden. Hij verbeeldde zich soms dat zij gewoon in die schemering was verdwenen.

'Ik wilde u bedanken dat ik bij u thuis mocht komen, Kristján. Dat is niet vanzelfsprekend. We willen zondag aandacht besteden aan die afschuwelijke zaak en dit gesprek met u vormt de kern van het verhaal.'

Kristján knikte en probeerde de twijfels die hij over dit alles had van zich af te zetten. Hij hoopte ook dat het gesprek niet langer dan een uur zou duren. Hij wilde om halftien kijken hoe Columbo weer een misdaad oploste. Het kon hem niet schelen dat hij een aflevering miste van de Zweedse wetenschapsserie over wapenproductie, die nu op tv te zien was.

'Kunt u die noodlottige dag nog eens beschrijven, toen u voor het eerst over Lára hoorde?'

Kristján zweeg even.

'Natuurlijk was dat een heel gewone dag, zoals ik die mij herinner. Toen, nu niet meer. Ik weet nog dat het koud was, zoals wel vaker in augustus. En ik herinner me dat ik dacht dat het meisje gewoon van huis was weggelopen, of van het adres waar ze werkte.'

'Er was niets wat erop wees dat het een zaak was waar u het twintig jaar later nog over zou hebben?'

Kristján schudde zijn hoofd. 'Ik was jong en onervaren, nog maar vierentwintig jaar. Ik had natuurlijk het gevoel dat ik alles aankon en ik werd eigenlijk meteen in het diepe gegooid.'

'Denkt u vaak aan Lára?'

De vraag was oprecht, dacht Kristján, en toch kon hij zich

er niet toe zetten om een oprecht antwoord te geven. De journalist had zich geïnstalleerd in de gebloemde fauteuil, er stonden een kopje thee en een zwarte bandrecorder op tafel. Hij had zwart haar, droeg een grijs pak. Hij was een goedgeklede jongeman. Kristján had het gevoel dat hij hem kende, maar dat was natuurlijk alleen omdat hij hem zo vaak op de televisie had gezien, waarop hij in de begintijd het nieuws las. Op de tv was hij zwart-wit, maar nu zat hij plotseling bij Kristján in de kamer, in kleur, al was zijn pak grijs.

'Vanzelfsprekend denk ik nog vaak aan haar,' antwoordde hij na even te hebben nagedacht. Het eerlijke antwoord zou zijn geweest dat er geen dag voorbijging waarop hij niet aan haar dacht.

En het was duidelijk dat hij niet zijn best had gedaan. Hij had de beste aanwijzing niet kunnen natrekken, omdat die vergezocht werd gevonden. Die vervloekte onderlinge afspraak, die dwars door alle partijen heen liep, dat er geen reden was om onrust te zaaien als er ook maar enig risico bestond dat degenen die 'ertoe deden' in verlegenheid werden gebracht. En daar was Kristján in meegegaan. Hij wilde zijn chefs niet tegen de haren in strijken. *Ben je helemaal gek geworden, natuurlijk heeft Högni Eyfjörð niets met die zaak te maken…* Dat was het terugkerende refrein geweest.

Zijn gedachten gingen terug naar twintig jaar geleden. De man van de boot had hem voor de derde keer naar Viðey gebracht, op wat zijn laatste tocht zou blijken te zijn in het kader van het onderzoek. De man had natuurlijk van Lára's vermissing gehoord en vroeg of er nog steeds naar haar werd gezocht. Daar had Kristján bevestigend op gereageerd, met een nieuwe hoed op zijn hoofd. Het weer was prachtig, met minder wind en een nazomerzon.

Ik heb die Högni een keer naar het eiland gebracht. Kent u hem?

Kristján had direct begrepen over wie hij het had.

Högni Eyfjörð?

Een belangrijke aannemer, van goede afkomst, met veel connecties, van dezelfde leeftijd als de advocaat die op het eiland woonde en zijn vrouw.

Ja, hij was mooi aangekleed. Had de boot gemist, begreep ik, en moest met spoed worden overgezet.

Was dat kortgeleden?

Nee, ongeveer een maand geleden. Op een vrijdagavond, herinner ik me. Is misschien niet belangrijk, maar ik wilde het u toch even laten weten, omdat u van de politie bent.

En Kristján had daar niets mee gedaan. Hij was voor de druk bezweken.

De journalist en voormalig televisiepresentator schraapte zijn keel en Kristján zette de herinnering van zich af en keerde terug in de kamer, in het heden.

'Neem me niet kwalijk,' zei Kristján toen hij besefte dat hij even was afgehaakt en het verleden de macht had laten overnemen.

'Ik vroeg, Kristján, wat denkt u dat er met Lára is gebeurd?'

Kristján had eigenlijk niet op die vraag gerekend, geloof het of niet. En nu antwoordde hij zonder aarzeling: 'Ik denk dat ze nog in leven is.'

'Nou, daar zegt u wat,' zei de journalist verbaasd. Hij had meteen een kop voor zijn artikel, dacht Kristján.

'Ik denk dat, ja. Ik heb zo'n gevoel.'

'Wilt u dat nader toelichten, Kristján?' De journalist had een warme stem, leek oprecht geïnteresseerd, en Kristján voelde dat hij geen andere keuze had dan antwoord te geven.

'Ja... Er was niets wat erop wees dat iemand haar iets had aangedaan. Ze was een jong meisje, in huis bij prima mensen. Er werd goed voor haar gezorgd. Toen verdween ze, en haar bagage ook. Het kan toch niet dat ze met bagage en al in zee verdwenen is. Dat is echt heel onwaarschijnlijk. Ik denk dat ze op eigen houtje is vertrokken, maar ik weet niet waarom.'

Hij keek op en zag dat zijn vrouw Guðrún vanuit de keuken afkeurend naar hem keek. Hij wist wel waarom dat was. Ze hadden eerder over deze theorie van hem gesproken en zij had hem er herhaaldelijk voor gewaarschuwd die naar buiten te brengen. Hij zou alleen maar oude wonden openrijten en de ouders van Lára verdriet doen, want eigenlijk zei hij daarmee indirect dat het meisje van huis was weggelopen.

Nu was er geen weg terug meer. Hij voelde zich goed bij deze plotselinge beslissing. Misschien bracht hij de zaak weer in beweging, zou iemand erdoor worden geraakt.

'Dat lijkt me wel nieuws. Is dat destijds nader onderzocht?'

'We hadden ontzettend weinig in handen, kan ik u zeggen. Alleen maar gissingen. Het meisje verdween gewoon. Ik zou alleen één ding willen vragen, als ik mag...'

'Natuurlijk, Kristján.'

'Ik zou een bericht willen overbrengen aan Lára, als zij ergens is, volwassen en wel, en zich ergens onder een andere naam schuilhoudt, begrijpt u?'

De journalist knikte.

Opeens voelde Kristján zich alsof hij voor de televisie werd geïnterviewd, dat de schemerlamp een studio verlichtte en hij in de schijnwerpers zat en in de camera keek, terwijl hij zich tot Lára richtte.

'Laat ons weten, zou ik willen zeggen, dat je veilig bent, waar je ook mag zijn... Dat zou zoveel mensen geruststellen.'

Mij niet in de laatste plaats, dacht Kristján bij zichzelf.

Hij wist dat het ijdele hoop was, maar soms mocht een mens hopen. En hij wist ook, diep vanbinnen – zo was het toch? – dat Högni Eyfjörð natuurlijk niets te maken kon hebben met de verdwijning van een jong meisje. Het was echt een bespottelijke gedachte, waarom zou een ondernemer die zonder twijfel betrokken was bij alles wat er in de stad werd gebouwd een jong, onschuldig meisje kwaad doen?

Kristján voelde zich iets beter. Het was hem gelukt zichzelf ervan te overtuigen, opnieuw, dat Lára nog in leven was.

Hij probeerde zo snel mogelijk van onderwerp te veranderen: 'Mag ik vragen, is er veel verschil tussen dit werk en de televisie?'

De journalist glimlachte, hij had er niet op gerekend dat hij over zichzelf zou moeten praten.

'Eerlijk gezegd heb ik juist nu meer plezier in mijn werk. Het was een geweldige belevenis om mee te werken aan het op poten zetten van de televisie, maar een mens verandert. Over tien jaar zal ik waarschijnlijk weer iets heel anders doen. En u?'

'Over tien jaar?'

'Ja, in 1986.'

'Dat is nog ver weg,' antwoordde Kristján, 'maar dan ben ik nog bij de politie.' Hij hoefde er niet eens over na te denken, het was overduidelijk. Eenmaal een politieman, altijd een politieman. En hij had het goed gedaan, zich aan alle voorschriften gehouden. Hij en zijn vrouw waren op zoek naar een groter huis – een vrijstaand huis, de lonen waren misschien niet heel hoog, maar ze waren stabiel. Ze legden allebei maandelijks iets opzij, lieten de reclames voor vakanties naar het buitenland aan zich voorbijgaan en hopelijk zouden ze over een paar jaar in hun eigen huis kunnen trekken. Het vervelende was dat de inflatie hun spaargeld net zo snel weer opat, die aluminium kronen bleven op water drijven, dat zei eigenlijk al genoeg. Maar hij was erover na gaan denken om misschien zelf te gaan bouwen of iets te kopen wat in aanbouw was, in een nieuwe buurt.

'Het bevalt u goed bij de politie, begrijp ik.'

'Jaja, ik heb me er altijd thuis gevoeld. Mijn opa zat in zijn tijd ook al bij de politie, mijn vader niet, maar het zit in mijn bloed, dat kun je wel zeggen. Ik voel me er op mijn plek en doe mijn werk hopelijk naar genoegen.'

'Hoe ging het onderzoek naar Lára's verdwijning destijds? Kunt u ons daar iets over vertellen?'

Kristján aarzelde even.

'Dat ging goed, of nou ja… het is misschien wat ongelukkig om het zo te verwoorden. Natuurlijk bereikten we geen resultaat, we vonden Lára niet, maar ik denk dat we objectief gezien alles hebben geprobeerd, met iedereen hebben gesproken, ja, dat we het onderzoek professioneel hebben aangepakt.' Hij zei het met een wat vieze smaak in zijn mond, maar probeerde dat niet te laten merken.

'Hebt u genoeg steun gekregen?'

'Wat?'

'Van boven? Van uw meerderen?'

'Ja, alle steun die ik nodig had.' Dat was natuurlijk het goede antwoord. Een ander mocht niet in druk verschijnen. 'Het is het belangrijkste, als je een onderzoek leidt als dit, dat je de vrijheid hebt en in elk hoekje en gaatje kunt kijken, en dat hebben wij gedaan. En natuurlijk heb je ook steun nodig en die zoek je dan.'

'Juist. Kunt u voor ons nog een beeld oproepen van Viðey in die jaren? Er is veel veranderd in twee decennia.'

'Zeker. Dat echtpaar, zij zijn nu naar het buitenland vertrokken. Zij hebben daar een paar zomers gezeten, volgens mij…'

'Óttar en Ólöf, ja.'

'Precies. Ik herinner me dat ik het een heel vredig bestaan vond dat zij leidden, maar natuurlijk zette de vermissing van het meisje alles op zijn kop. Ik begrijp dat ze om die reden van omgeving zijn veranderd, onder andere. Hebt u ook met hen gesproken voor de krant, als ik vragen mag?'

'Zij stonden daar jammer genoeg niet voor open. Niet iedereen zit erop te wachten om het verleden op te rakelen.'

Weer had Kristján er spijt van dat hij ja had gezegd, dat hij zich tegen de muur had laten zetten.

'Begrijpelijk,' zei hij nogal kortaf. Het was alleen niet de schuld van de journalist. Hij deed alleen maar zijn werk. Hij was niet de eerste en vast ook niet de laatste journalist die over de vermissing van Lára zou schrijven.

'Hebt u ze vaak bezocht, Kristján? Op Viðey?'

Even kwam hij in de verleiding, één ogenblik maar, om gewoon niet de waarheid te zeggen, maar natuurlijk was dat geen optie. Een politieman kon niet liegen tegen een journalist. Zoiets zou uitkomen en dan hoefde je niet te vragen hoe het zou aflopen. Kristján was niet van plan zijn baan te verliezen om een leugen, ook al schaamde hij zich voor het slechte werk dat hij destijds geleverd had.

Hij vroeg zich tegelijkertijd af of hij er misschien op moest wijzen dat hij zich niet over de details van het onderzoek kon uitlaten, al zou zo'n antwoord zijn chefs ongetwijfeld niet bevallen. Het was lang geleden, en het mocht er niet uitzien of hij (of de politie) iets te verbergen had.

'Zo vaak als nodig werd geacht. Ik ben drie keer bij hen thuis geweest. Eerst ging ik alleen, toen we de melding hadden gekregen dat we naar Lára moesten uitkijken. Daarna werd er een zoektocht op het eiland georganiseerd, zoals ook in het nieuws is gekomen. Een groep mensen liep in alle richtingen het eiland over, politieagenten, vrijwilligers, familie... Ja, u herinnert zich dat natuurlijk niet, u bent nog jong.'

De journalist glimlachte. 'Ik heb me ingelezen voor ons gesprek en zag foto's van de zoektocht in oude tijdschriften. Het moet een vreselijke taak zijn geweest.'

'We maakten ons op dat moment werkelijk zorgen over Lára, toen er al enkele dagen niets meer van haar was vernomen, en de bevolking had antwoorden nodig. Je kon niets anders doen om alle verdenking van je af te wentelen. Maar ze was nergens, dat arme kind.'

Op die woorden volgde een betekenisvolle stilte, alsof er een vreselijk geheim in verborgen zat en onuitgesproken beschuldigingen. En die had Kristján zeker op zijn schouders gedragen in die twintig jaar. Hij was van huis uit niet bijzonder gelovig, maar bad toch vrijwel elke avond tot een hogere macht. Zijn gebed luidde altijd hetzelfde: dat het raadsel rond Lára zou worden opgelost. Voor haarzelf en voor haar familie natuurlijk, maar diep vanbinnen wist hij dat hij het ook voor zichzelf wenste. Hij kon er slecht mee leven, maar moest er toch mee verder.

Af en toe zat hij laat op de avond op kantoor, als iedereen naar huis was, en keek hij in de oude dossiers. Probeerde hij erachter te komen of hij misschien iets over het hoofd had gezien, een klein detail misschien; dan riep hij zo goed en zo kwaad als het ging de verhoren weer in zijn hoofd op, de personen die erbij betrokken waren geweest, hun reacties, en hoopte dat de tijd het verschil tussen verbeelding en werkelijkheid niet had weggevaagd.

Kristján ging verder: 'Ik herinner me die dag dat we naar haar zochten nog zo goed. Het was een ijskoude dag, alsof de weergoden zich tegen ons hadden gekeerd, alsof ze niet gevonden mócht worden. We verdeelden ons in groepen, er liepen specialisten met ons mee, mensen die het eiland goed kenden. Het is niet zo eenvoudig om daar vermist te raken als je zou denken. Viðey is groot, maar ook weer niet zó groot. Weinig gebouwen. De kerk, Viðeyjarstofa, de oude school en dan natuurlijk de boerderij. Op de een of andere manier zag ik altijd voor me dat ze beschutting had gezocht in de kerk – ik weet niet waarom – maar natuurlijk was ze daar niet. Ze was gewoon niet op het eiland.'

'Als haar bagage niet ook weg was geweest, dan waren de meeste mensen er waarschijnlijk van uitgegaan dat ze in zee was verdwenen, is het niet?'

'Ja, haar bagage, inderdaad. Dat klopte gewoon niet.'

'En toen bent u nog een keer gegaan, zegt u?'

Kristján knikte. Dat was die keer geweest toen de schipper over Högni was begonnen.

'Inderdaad. Ik ben er nog een keer heen gevaren, om met

het echtpaar te praten. Het spoor liep dood. Er was geen enkel resultaat, er waren geen aanwijzingen, niemand had iets van haar gehoord of gezien. Ik vond het op zijn plaats om nog dieper te graven, te zien of ze misschien iets waren vergeten, al was het maar een heel klein detail...'

De journalist viel hem in de rede: 'Werden zij als verdachten gezien?'

De vraag bracht Kristján helemaal van zijn stuk. Hoe moest hij daarop antwoorden? Natuurlijk werden zij als verdachten gezien – als het aan hem lag. Het was echter een ander verhaal om te vertellen over zijn chef, degene die had benadrukt dat Óttar en Ólöf met rust moesten worden gelaten. Kristján had zich verdiept in de loopbaan van Óttar toen deze zaak aan het licht kwam. Een onberispelijke advocaat, zo leek het, en het was vrijwel ondenkbaar dat zo iemand een jong meisje, een tiener, kwaad had gedaan. Hij had gewerkt als procesadvocaat, was opvallend aanwezig geweest in het openbare leven en was ook actief in het zakenleven. Had veel connecties in de politiek. De invloed van een man als Óttar reikte ver in de hele samenleving, ook al was hij destijds nog een jonge man geweest van even in de dertig. Hij had vorderingsrecht gedoceerd aan de universiteit en had gewerkt als consul; het echtpaar bezat een vrijstaand huis in het centrum van Reykjavík, naast het huis op Viðey. Ólöf kwam uit een goede familie, daar kwam ongetwijfeld het familiekapitaal vandaan; je kwam groothandelaren, volksvertegenwoordigers en ministers tegen waar je keek in haar stamboom. Gegoede burgers die niemand kwaad zouden doen, dat was overduidelijk, maar natuurlijk kon Kristján het niet helemaal uitsluiten. Het meisje was spoorloos verdwenen, vlak onder hun neus vandaan. Voor zover hij wist, waren ze met zijn drieën geweest op het eiland, en toen waren ze opeens nog maar met zijn tweeën. Het leek wel de thriller van Agatha Christie die hij destijds had gelezen.

Een goede politieman zou zeker aandacht hebben besteed aan die kant van de zaak, het echtpaar op het bureau hebben ontboden voor een officieel verhoor, hen hard hebben aangepakt, zou voor de belangen van Lára zijn opgekomen en niet voor die van zijn chef. Kristján was voor dat examen gezakt, keer op keer.

'Er werd niemand verdacht,' zei hij ten slotte, zoekend naar woorden. 'Er zijn nooit aanwijzingen geweest voor laakbaar gedrag, ziet u. We waren op zoek naar een meisje dat verdween en deden geen onderzoek naar een moord.'

En áls Lára was vermoord, was het dan niet overduidelijk dat het echtpaar op Viðey daar de hand in had gehad? Waren zij niet de enigen die daar de gelegenheid toe hadden gehad? Ze hadden haar bagage kunnen weggooien, het lichaam kunnen laten verdwijnen. Was het misschien een verschrikkelijk ongeluk geweest, een ruzie die op de slechtst denkbare manier eindigde en die ze hadden moeten verzwijgen om hun reputatie niet in gevaar te brengen? Ongelooflijk, maar waar, ze waren er best goed van afgekomen in de pers. De mensen wilden gewoon niet geloven dat een advocaat en zijn vrouw ook maar iets met de vermissing te maken hadden. Hij herinnerde zich een gesprek met Ólöf Blöndal in *Morgunblaðið*, waarin zij de mensen smeekte om te helpen bij de zoektocht, mooie woorden sprak over Lára's kwaliteiten en beschreef hoe ijverig ze was geweest tijdens het werk op de boerderij. *Een slim en mooi meisje*, hij herinnerde zich die woorden nog precies uit dat gesprek. Zo zag hij haar ook voor zich, al had hij haar nooit ontmoet. De band tussen hen, tussen hem en Lára, was bijzonder sterk.

'Ik begrijp het, er werd niemand verdacht. Is er nooit sprake van geweest het onderzoek een andere kant op te laten gaan, het op te waarderen en het te zien als een moordzaak?'

De toon was opeens een beetje scherp geworden.

Kristján aarzelde en keek om zich heen. Hij wist niet wat hij daarop moest antwoorden. Hij zag de koppen al voor zich.

Guðrún kwam uit de keuken en zei onverwacht: 'Kristján en ik moeten eigenlijk weg, we zouden bij vrienden langsgaan.'

'Wat?'

'Ja, heeft hij dat niet tegen u gezegd?' vroeg ze vriendelijk, alsof er niets vanzelfsprekender was dan dit duidelijke leugentje.

'Eigenlijk niet, nee, maar het is geen probleem. Ik wilde u toch al niet langer lastigvallen.'

'Geen probleem,' zei ze.

'Goed, we hebben nog een foto van u nodig, een nieuwe foto, bedoel ik,' zei de journalist toen tegen Kristján. 'Mag ik de fotograaf naar u toe sturen?'

Kristján aarzelde even voor hij antwoordde, ging met zijn hand over zijn hoofd. Zijn haar was snel dunner aan het worden – nu had hij misschien de hoed nodig die toen de Kollafjörður in was gewaaid. De foto die doorgaans van hem werd geplaatst als er over de zaak van Lára werd gepubliceerd, was inmiddels oud en hij was natuurlijk ouder geworden. Het liefst wilde hij nee zeggen, maar hij kon zichzelf er niet toe brengen.

Hij haalde zijn schouders op. 'Ja, waarom niet...'

1 augustus 1986

Þórdís Alexandersdóttir was nog steeds een prachtige vrouw, met mooi dik donker haar en ogen waarin het hele spectrum aan gevoelens leek schuil te gaan. Een van haar eigenschappen was dat ze van alle markten thuis was. Ze kon haar haren opsteken, fraaie kleren aandoen en zich schitterend opmaken, maar ze kon haar haren ook los laten hangen, een felgekleurde jurk aantrekken en de roodste lippenstift opdoen die er bestond. Ze was inmiddels een paar kilo zwaarder, maar ze zag er nog altijd goed uit, ze zorgde gewoon dat die kilo's niet opvielen. Op dit moment stond ze voor de spiegel, thuis in het vrijstaande huis aan de Laugarásvegur. Ze droeg een rode wollen cape over een zwart jurkje en had zwarte leren laarzen aan. Ze deed lippenstift op en lachte naar haar spiegelbeeld.

Haar moeder had haar opgevoed met het idee dat je er altijd goed uit moest zien, en zeker als er iets aan de hand was. Je mocht je problemen niet laten zien. Daarom snoof Þórdís soms minachtend als ze keek hoe haar buurvrouw, een lerares Frans, naar haar werk ging in een spijkerbroek en een wollen trui, haar haren als een hooischelf. Þórdís vond dat echt niet kunnen. Zelf kleedde zij zich altijd mooi, ook al ging ze alleen maar naar de winkel, ze had altijd gelakte nagels en lette erop dat ze er altijd goed uitzag, bij elke gelegenheid.

De schouwburg had dat alleen nog maar versterkt, want Þórdís was een van de meest gevraagde actrices van het land geweest. Ze had hoofdrollen gespeeld in veel stukken, alles van de werken van Shakespeare tot modern toneel, en altijd veel lof ontvangen.

De rollen waren met het ouder worden wel minder geworden. De mannen met wie Þórdís op de toneelschool had gezeten, waren nog steeds heel gewild, maar stonden nu met veel jongere vrouwen op het toneel. Zelf werd ze nog maar zelden gevraagd, en dan alleen om een oude tante of pleegmoeder te spelen, gehuld in een grijze wollen sjaal, met heel weinig tekst, die met krakerige stem moest worden uitgesproken. En toen de roddel begon rond te gaan dat Þórdís wel van een slokje hield, werden de rollen nog schaarser – terwijl dergelijk gedrag niet verhinderde dat mannen onophoudelijk rollen kregen.

Daar kwam bij dat Þórdís vond dat ze helemaal niet zoveel dronk. Uit de meeste onderzoeken bleek dat rode wijn gezond was – net als chocolade.

Ze wierp nog een blik in de spiegel en besloot toen nog even de slaapkamer binnen te lopen en het grote zilveren kruis om te doen. Ze vond dat wel passend, omdat ze op weg was naar het ziekenhuis om bij haar stervende man te zitten. De verpleegkundigen zouden met oprechte deelneming naar haar kijken en de volgende dag in de kantine nog over haar praten.

Þórdís schoot bijna vol bij de gedachte en ging vervolgens naar buiten in haar rode cape, met het kruis op haar borst, bijna als een katholieke hoogwaardigheidsbekleder.

Finnur Stephensen lag al acht weken in het ziekenhuis. Hij was gediagnosticeerd met darmkanker. Toen ze hem hadden opengesneden, bleek dat het was uitgezaaid naar zijn hele spijsverteringssysteem. Waarschijnlijk had hij de ziekte al veel langer. Hij was snel afgetakeld nadat duidelijk werd dat er niets meer kon worden gedaan en dat zijn dagen waren geteld.

Þórdís zweefde de kamer in waar hij lag onder een spierwitte deken. Hij zag bleek en zijn ogen stonden dof. Ze streelde hem over zijn wang. Ze zou Finnur missen. Ze kenden elkaar van de middelbare school in Reykjavík, waar Þórdís een van de weinige meisjes was. Hij was de zoon van een groothandelaar in de stad en had dat bedrijf later met veel succes voortgezet. Hij had altijd oog gehad voor wat populair zou worden, of het nu sportkleding was of keukenapparatuur of sterkedrank. Ze waren een tijd uit elkaar geweest, maar hadden de draad weer opgepakt toen hij tegen de veertig liep. Zij was twee jaar jonger.

Ze hadden het op school al direct goed met elkaar kunnen vinden. Hij was gereserveerd, zij juist uitbundig. Ze vulden elkaar aan. Een tijdlang had Þórdís genoeg van hem gehad. Hij had toen een vriendengroep die zij oninteressant vond en weinig inspirerend. Ze praatten alleen maar over geld, politiek en projecten, die jongens hadden geen enkele culturele belangstelling. In die periode was zij verliefd geworden op een van haar medeacteurs.

Na een korte, stormachtige relatie was ze teruggegaan naar Finnur. Hij had haar respectvol en begrijpend ontvangen, zijn best gedaan om interesse te tonen voor haar culturele ambities en haar acteerwerk, en had haar gesteund in alles wat zij deed. Ze hadden samen gereisd, musea over de hele wereld bezocht, heerlijk gegeten en van het leven genoten. De groothandel liep goed en ze konden zich vrijwel alles veroorloven. Hij keek altijd met een bewonderende blik naar Þórdís en zij vond het heerlijk om verhalen te vertellen over het leven in de schouwburg en mensen en verwikkelingen in het culturele wereldje te bespreken.

Misschien kwam ze met Finnur het dichtst bij het hebben van een soulmate. Hoe zou het leven zijn zonder hem? Als zij in haar eentje thuis zat aan de Laugarásvegur, met een glas rode wijn en niemand om mee te praten. Ze zette dat treurige beeld van zich af en probeerde de uitvaart voor zich te zien, waarop zij in het zwart gekleed, verdrietig en mooi in een bomvolle kerk zou zitten, waar het Motetkoor zou zingen en misschien één solist.

Ze zuchtte. Waarschijnlijk zou ze vreselijk eenzaam zijn.

Finnur lag op de afdeling Oncologie van het Landspítali en staarde uit het raam. Hij keek op toen zijn vrouw binnenkwam. Ze was volkomen tegengesteld aan de ijzige ziekenhuiskamer: rood en zwart, een zweem parfum, gemengd met een vage wijnlucht. Hij kende zijn Þórdís vanbinnen en vanbuiten en hij hield van haar zoals ze was. Ze ging op een stoel naast zijn bed zitten, pakte zijn hand en hield die stevig vast.

Hij was moe. Hij voelde hoe de ziekte in zijn lichaam hem opvrat. Hij miste het plezier van zich tegoed doen aan lekker eten, de geur van goede wijn opsnuiven en daar met Þórdís van te genieten. In plaats daarvan was hij verdoofd door de morfine. Als de werking daarvan afnam, voelde hij de pijn in zijn buikholte en werd hij eraan herinnerd – alsof hij het kon vergeten – dat de ziekte geen medelijden kende. Hij had geleidelijk aan zijn interesse in het leven verloren. Als de morfine door zijn aderen stroomde, sliep hij en gingen zijn gedachten terug in de tijd en toonden hem beelden van gebeurtenissen die voor een deel echt waren. Van andere was hij niet zo zeker.

Þórdís, lachend en stralend in het toneelstuk waarin hij zichzelf toestond toeschouwer te zijn in plaats van hoofdpersoon... Zijn ouders in het huis waarin hij tot zijn tiende jaar had gewoond... Ze waren altijd zulke harde werkers geweest, altijd bezig, zijn moeder warm en ernstig, zijn vader altijd in de weer. Ze waren naar de stad verhuisd toen zijn vader daar werk werd aangeboden. Hadden eerst in een kelder gewoond aan de Hringbraut en daarna was hun welvaart geleidelijk toegenomen. Zijn vader was begonnen potten en pannen te importeren en zijn onderneming was uitgegroeid tot een van de grootste groothandels van het land. En Finnur had haar met nog meer gevoel voor stijl verder opgebouwd.

Þórdís en hij hadden afstand gedaan van de erfenis. Finnurs neef zou de groothandel overnemen, al zou Þórdís het grootste deel van de aandelen behouden. Finnur betwijfelde of zijn neef het zou redden. Het ontbrak hem aan het doorzettingsvermogen van Finnur. Had te veel oog voor de aangename kant van het leven. Hij deed Finnur denken aan zijn vriend Högni Eyfjörð. Steeds met een andere vrouw aan zijn arm, altijd aan het feesten.

Zo gingen Finnurs gedachten heen en weer, op het ritme van de morfine.

'Hoe gaat het vandaag, Finnur?'

Hij mompelde iets en probeerde naar zijn vrouw te lachen.

Er kwam een verpleegkundige langs. Ze wierp een warme blik op het echtpaar en bood Þórdís koffie aan.

'Graag,' zei Þórdís, en ze liep met haar mee de gang op, waar ze de koffie, in een kopje met het logo van het ziekenhuis erop, van haar aanpakte.

'Hij gaat nu snel achteruit. Blijft u vandaag?'

'Ja,' zei Þórdís. Het was zo vreselijk moeilijk.

'Zijn er misschien kinderen of anderen die willen komen?'

'Nee,' zei Þórdís verdrietig. 'Niet meer.'

'Hij heeft veel gepraat, al begrijpen wij hem niet altijd. Hij heeft het over van alles, prijsindexen, waardevermeerdering en dergelijke dingen. Eén ding was echter opvallend. Hij zei dat hij naar Viðey moest.'

Þórdís schrok. 'Naar Viðey?'

'Ja, hij zei dat hij daar nodig heen moest,' zei de verpleegkundige.

Þórdís keek uit het raam. Toen glimlachte ze en zei: 'Het komt vast door de morfine.'

Þórdís ging de kamer weer in. Buiten was het helder, onmiskenbaar het licht van een late zomerdag, als alles zichtbaar wordt, alle geheimen aan het licht komen. Elke rimpel in Finnurs gezicht was te zien, zoals hij daar bij het raam lag. Zijn gezicht was bijna grijs.

Finnur keek naar Þórdís. Ze was weer bij hem binnengekomen. Nu hing er een koffiegeur om haar heen die al het andere overstemde. Hij slikte. Het was alsof zijn reukvermogen het enige was wat nog werkte. Hij had altijd goed kunnen ruiken. Het ziekenhuis was bijzonder, omdat er meestal weinig geuren waren. Alles was schoon en geschrobd en alles was reukloos. Finnur hield van de geur van Þórdís.

Zijn gedachten gingen weer met hem op de loop. De geur van vers gemaaid gras, thuis op de boerderij. De geur van de aarde als hij aardappels rooide. De geur van Parijs toen hij daar voor het eerst kwam, een rijkgeschakeerde geur die zijn zintuigen benevelde: rode wijn, parfum, knoflook, de stank die uit de Seine opsteeg op warme dagen. De geur van witte rozen. De geur van de zee, van zeewier. De geur van bloed die zich mengde met de geur van aarde en gras.

Zijn ogen waren dichtgevallen. Kon hij ze nog openen? Hij voelde hoe zijn ademhaling zwaarder werd. Ja, Þórdís was er, hij rook haar geur, parfum, koffie, de crème die ze elke dag op haar gezicht aanbracht. Ze hield ervan zichzelf te verwennen.

Hij wilde iets tegen haar zeggen, iets belangrijks...

Þórdís merkte dat de ademhaling van haar man was veranderd, ineens begreep ze dat hij misschien afscheid nam. De tranen sprongen haar in de ogen en nu maakte het niet meer uit hoe ze eruitzag. Daar lag haar man en hij was bezig te vertrekken.

Þórdís greep zijn hand en keek naar hem alsof ze dat mooie gezicht dat zo lang bij haar was geweest in haar herinnering wilde vastleggen.

Toen opende Finnur zijn ogen. Eerst keek hij als door een waas uit het raam, maar daarna richtte hij zijn blik op Þórdís. Even werden zijn ogen helderder, zo vol energie zelfs alsof hij nooit zo levend was geweest als op dat ogenblik.

'Viðey. Je moet naar Viðey gaan.'

Þórdís keek Finnur in de ogen.

Hij zuchtte diep. De vonk verdween uit zijn ogen.

Tegelijk was het alsof het donker werd in de kamer.

Finnur Stephensen had deze wereld verlaten.

14 augustus 1986

Valur Róbertsson zat bij Mokka, met het weekblad.

Het was vers van de pers, de drukinkt rook heerlijk, zeker in combinatie met de geur van vers gezette koffie. Er waren niet veel mensen in Mokka, een paar stamgasten die Valur wel kende, maar hij was er niet heen gegaan op zoek naar gezelschap. Hij wilde allereerst de krant eens goed doornemen. De oogst van de week was binnengehaald. En hij hoopte zijn zus te zien. Ze troffen elkaar minstens één keer per week, altijd bij Mokka, namen koffie met wafels en praatten over het leven.

De voorpagina was indrukwekkend. Hij was er echt trots op. Stijlvol en pakkend. Dagbjartur, de hoofdredacteur van het *Vikublaðið*, had er net als altijd de nadruk op gelegd dat de voorpagina de krant verkocht. En daar draaide het allemaal om bij kranten die los werden verkocht. Soms gingen ze te ver, maar Valur was in de toekomst grote dingen van plan. Hij wilde de belangrijkste onderzoeksjournalist van IJsland worden en hanteerde daarvoor zijn eigen spelregels, hoewel hij ook probeerde om het zijn chef naar de zin te maken. Hij zag voor zich dat hij over een jaar of zo een naam had opgebouwd en kon overstappen naar een dagblad of misschien zelfs de televisie. De radio trok hem niet zo, hij had het gevoel dat de televisie de toekomst had, niet in het minst nu bekend was geworden dat er een nieuw particulier televisiestation in de lucht zou komen. Alles was in beweging, de maatschappij veranderde ten goede en er kwamen steeds meer kansen. Hij was nog maar vijfentwintig jaar, maar toch al vijf jaar werkzaam in de journalistiek. Hij had zich stap voor stap opgewerkt en werkte nu ruim twee jaar voor deze krant, bijna net zo lang als het weekblad oud was. Het bestond nog niet zo heel lang. Nu wilde het toeval dat de verkoop net twee weken op rij alle records gebroken had en alles wees erop dat dat nu weer zou gebeuren. En voor de derde keer op rij was de voorpagina volledig gevuld door Valur.

En dat kwam allemaal door Lára.

Dat ongelukkige meisje dat dertig jaar eerder spoorloos was verdwenen.

Valur was, net als de meeste mensen, opgegroeid met die zaak. Dezelfde oude foto van haar dook steeds weer op in de media en had zich op die manier in de ziel van de bevolking genesteld. Iedereen kende die foto van Lára. En om de een of andere reden was Valur al heel lang gefascineerd door dit raadsel. Er zat iets mysterieus aan het verhaal van Lára, alsof het meisje niet van deze wereld was. Alsof ze nooit van vlees en bloed was geweest, wat toch echt wel zo was. Daar lag het mysterie in besloten, dacht hij soms. Het was onmogelijk om zeker te weten of ze dood was of nog leefde.

Zijn zus Sunna en hij hadden vroeger eindeloos over die zaak gepraat. Ze scheelden maar twee jaar, dus ze hadden veel samen opgetrokken en waren nog altijd beste vrienden nu ze twintigers waren. Het verhaal van Lára was voor hen een eindeloze bron van mijmeringen. Dat gold ongetwijfeld ook voor veel van hun leeftijdgenoten, de naam van Lára was op ieders lippen in die tijd, maar hij moest toegeven dat zijn zus en hij een nogal sterke verbeelding hadden. Hij had een uitlaatklep voor zijn creatieve neigingen gekregen in de journalistiek, maar Sunna studeerde literatuur aan de universiteit. Zij wilde schrijver worden, zei ze soms. Hij geloofde haar. Hij rekende er zelfs op dat ze goed zou zijn en moedigde haar aan als dat nodig was.

Het was nu ruim een maand geleden dat Sunna hem een idee had aangereikt op een zilveren dienblad, ook bij een kop koffie in Mokka.

Er was in augustus dertig jaar verstreken sinds de verdwijning. Het voorbereidende werk was een maand geleden begonnen. Valur was het kantoortje van zijn hoofdredacteur binnengelopen, een man van tegen de zestig die zijn hele leven in de journalistiek had gezeten en duidelijk van plan was om zijn loopbaan ook te beëindigen als hoofdredacteur van het *Vikublaðið*. Eerst had hij niet zo enthousiast gereageerd op het voorstel. Alles wat er over Lára geschreven kan worden, is al eens geschreven, had hij gezegd. Hij zei ook dat ze nooit zou worden gevonden. Valur had het niet opgegeven, had hem eraan herinnerd dat de vermissing van een jong meisje een raadsel was dat het hele volk wilde oplossen en dat het de verkoop van het blad ten goede zou komen als er herhaaldelijk over haar geschreven zou worden. Valur was van plan om zich er die maand in vast te bijten en met iedereen te praten die haar had gekend en die hij kon bereiken. Hopelijk lukte het hem om nieuwe aanwijzingen boven water te krijgen.

Het argument van de verkoopcijfers had ongetwijfeld het zwaarst gewogen toen Dagbjartur er met tegenzin mee instemde dat Valur een artikelenreeks over Lára zou schrijven.

Drie weken en drie edities verder moest de hoofdredacteur toegeven dat Valur de spijker op zijn kop had geslagen. De kranten waren de kiosk uit gevlogen en er was duidelijk nog altijd veel belangstelling voor Lára. Valur had zelf ook media-aandacht gekregen voor zijn artikelen en was geïnterviewd voor televisie en radio. Hij was het gezicht geworden van het onderzoek dat eigenlijk nooit was afgesloten.

Er was echter, ondanks alles, niets nieuws aan het licht gekomen. Hij was er alleen in geslaagd, door hard werken en vasthoudendheid, om allerlei interessante dingen uit het verleden naar boven te halen die met de zaak te maken hadden. Hij had de gesprekken natuurlijk in zijn artikelen verwerkt, maar de informatie die hij van zijn gesprekspartners had gekregen, had het onderzoek geen nieuw leven kunnen inblazen. De presentatie was goed geweest, had de hoofdredacteur gezegd, en hij had hem een klap op zijn schouder gegeven. Verdiend, vond Valur.

En hij was van plan om nóg een artikel te schrijven. Het beste moet nog komen, had hij tegen Dagbjartur gezegd, die op dat moment veel meer aandacht had voor het grote jubileum van Reykjavík – de stad zou over enkele dagen zijn tweehonderdjarig bestaan vieren.

Valur rekende er niet echt op dat hij zijn belofte kon waarmaken, hij had de meeste ideeën nu wel uitgemolken en gesproken met bijna iedereen die met de zaak te maken had gehad. Het moeilijkste gesprek was dat met de ouders van Lára geweest. Hij had enkele pogingen gedaan om de mensen te spreken te krijgen die in het huis op Viðey hadden gewoond, Óttar en Ólöf. Misschien zou hij het nog één keer proberen dit weekend en een bezoek brengen aan het advocatenkantoor van Óttar.

Er was echter nog één ding waarop hij zijn hoop had gevestigd. Tot nog toe had hij geen contact kunnen krijgen met de politieman die het onderzoek had geleid. Hij was nog in leven – voor zover Valur wist – maar hij had hem niet te pakken kunnen krijgen. Valur had naar zijn huis gebeld. Een vrouw had opgenomen en had de boodschap aangenomen, maar er was niet op gereageerd. Valur had nog eens gebeld, maar zonder resultaat. Hij had niet geprobeerd hem op te wachten, maar dat zou hij nog kunnen proberen... Hij moest iets proberen om de kolommen te vullen voor de komende donderdag. Nu was het tijd om het succes van zijn werk te vieren met een kop koffie, en dan zou het weekend beginnen, hoewel

Valur eigenlijk nooit vrij had, maar altijd wel op de een of andere manier aan het werk was, soms door informatie los te krijgen uit informanten in cafés en bars, met een pul bier voor zijn neus.

Valur zag Sunna pas toen ze tegenover hem aan tafel ging zitten.

'Hé, heb je iets voor mij besteld?' vroeg ze. Ze was altijd vrolijk, haar stem klonk helder. Zelf was hij vaak wat kortaangebonden als hij ergens de pest over inhad, maar die slechte eigenschap had Sunna nooit gehad.

'Nee, ik wist niet hoe laat je zou komen.'

Ze glimlachte. Ze legde een blocnote, een pen en een dun, stukgelezen boekje op tafel.

'Wat ben je aan het lezen?'

'Elías Mar, het is een dichtbundel. Ongeveer tien jaar oud. Ik was bij hem op de koffie.'

'Bij hem?'

'Ja, in het westen van de stad. Het leek wel of je in een uitdragerij terechtkwam, er stonden overal boeken en het was er bedompt. Maar hij is zo aardig! Ik schrijf een scriptie over hem. Niets beter dan je onderwerp in eigen persoon te ontmoeten.'

'Ben je dan niet aan het valsspelen?' vroeg hij spottend. 'Je onderwerp ontmoeten, mag dat wel?'

'Het leven is een wedstrijd, weet je nog?'

'En wat zei hij allemaal voor mooie dingen?' vroeg Valur. Hij wilde aan zijn zus laten zien dat het hem interesseerde, al wilde hij het liefst met haar praten over het weekblad en de zaak waarin ze in elk geval allebei geïnteresseerd waren.

'Elías? Gewoon, leuke dingen. En jij? Heb je Lára al gevonden?' Ze stond op. 'Ik ga even koffie halen.'

Zo was ze nu eenmaal, altijd druk. Ze gaf antwoord op haar eigen vragen, wachtte niet eens op een antwoord. Valur bleef geduldig op haar wachten.

'Nou? Vertel eens, heb je haar gevonden?' vroeg ze toen ze weer ging zitten, met een kop koffie.

'Dat heeft tijd nodig.' Hij glimlachte. 'Ik heb wel een probleempje.'

'Probleempje?'

'Ik moet dit nog minstens één week gaande houden.'

Ze lachte hardop. 'Gaande houden? Je kunt geen nieuws fabriceren als je niets hebt, Valur. Of je hebt iets om op verder te borduren of niet...'

'Jij hebt duidelijk nooit vanuit je gevoel gewerkt, altijd alleen schoolwerk gedaan,' zei hij sarcastisch. 'Zo werkt het nu eenmaal in het echte leven. Je moet soms iets uit niets halen om je werk te behouden.'

'Jij raakt heus je werk niet kwijt. Er wordt tegenwoordig over niets anders gepraat dan over Lára, en dat allemaal dankzij jou. Die artikelen zijn enorm aangeslagen, de krant loopt binnen dankzij jou.'

Valur wist dat ze gelijk had. Misschien moest hij van de gelegenheid gebruikmaken en om loonsverhoging vragen. 'Heb je al oude kranten doorgenomen?' vroeg ze, behulpzaam als altijd.

'Natuurlijk, eindeloos. Ik heb dagen in de bibliotheek gezeten, terwijl andere mensen van het mooie weer aan het genieten waren. Ik heb stapels kranten doorgenomen uit augustus 1956, in sommige gevallen helemaal tot in september. Het duurde even voor de mensen doorhadden hoe ernstig het was, bleek. Het eerste bericht dat ik vond, was van een paar dagen na haar vermissing, en dat was een kleine oproep in het *Morgunblaðið* dat er gezocht werd naar een tienermeisje. Korte tijd later was het een grote zaak geworden die overal de voorpagina's haalde, alleen niet in *Morgunblaðið*, dat snap je. Ik heb alle namen genoteerd, van alle mensen met wie gesproken werd, en vervolgens heb ik geprobeerd die mensen te spreken te krijgen.'

Hij pakte een aktetas die hij op de grond had neergezet. Een wat verweerde bruinleren tas die hun ouders hem hadden gegeven de dag nadat hij als journalist was gaan werken.

'Hier...' Hij gaf haar zijn aantekenboekje. Hij gebruikte altijd dezelfde boekjes, een paar per jaar. Zijn aantekenboekjes waren zijn schatkist en hij gaf ze meestal niet uit handen.

'Kijk eens aan, mag ik erin kijken?' vroeg ze verbaasd. Ze pakte het boekje aan. 'Dat is zeldzaam!' zei ze toen ze het opende.

'Ja, dit is al het materiaal dat ik heb gebruikt op deze wonderlijke zoektocht. En natuurlijk staan er ook dingen in die ik achterwege heb gelaten toen ik die artikelen schreef, en wat ideeën die me te binnen schoten...'

'Valur, je vertelt me toch niet dat je echt probeert het raadsel op te lossen...'

Hij glimlachte. Natuurlijk was dat wel bij hem opgekomen, maar niet serieus. Hij had er alleen over gedroomd wat een ophef dat zou teweegbrengen. De roem en de aandacht... Diep vanbinnen wist hij best dat het onmogelijk was.

'Nee, natuurlijk niet, Sunna, doe niet zo gek. Ik wil alleen maar kranten verkopen.'

'Volgens mij is het de kiosk in de Austurstræti die jouw kranten verkoopt, jij zit alleen maar te typen.'

Hij lachte.

'Mag ik het boekje lenen?' vroeg ze.

'Wat?'

'Je aantekenboekje.'

Valur dacht na. Dat was eigenlijk niet het plan, maar hij was een beetje vastgelopen en wist niet hoe hij verder moest. Misschien moest hij Lára even loslaten, een paar dagen maar, en Sunna naar zijn aantekeningen laten kijken. Die scriptie van haar kon heus wel even wachten. Hij had maar een paar goede ideeën nodig. Een nieuwe kijk op de zaak, genoeg om nog één artikel te vullen. Iets nieuws...

'Ja, neem het maar mee. Geef het me na het weekend wel terug, oké?'

'Jaja.'

'Ik maak geen grapje. Pas er goed op, Sunna.'

'Nou zeg, het zijn geen staatsgeheimen die erin staan, toch? Heb je eigenlijk al met die politieagent gesproken? Ik herinner me hem van de televisie. Hij heeft weleens interviews gegeven, is het niet?'

'Ik heb hem nog niet kunnen bereiken.'

'Je hebt je best niet gedaan.'

'Doe niet zo. Ik ben niet van plan het op te geven. Het staat voor na het weekend op het programma. Ik wil vanmiddag nog even naar de krant en dan neem ik morgen vrij. Ik ben helemaal kapot.'

'Het is wat om een sterreporter te zijn.'

'Jaja, neem dat boekje nou maar mee en laat mij zien wat jij nog ontdekt. Ik sta voor alles open, ik moet iets over het hoofd hebben gezien. Ik reken er niet op dat ik volgende week met een klapper kom, maar alles is beter dan niets.'

Sunna lachte. 'Oké, vertrouw me. Ben je al naar Viðey geweest?'

Nu was het Valur die aarzelde. 'Eigenlijk niet. Het...'

'O nee? Ik las het ergens in het artikel, een beschrijving van het weer en de sfeer op de plaats waar Lára verdween.'

'Ja, dat heb ik verzonnen. Ik had geen zin om erheen te gaan, maar ik ben wel een paar keer op Viðey geweest. Er is daar niets te vinden.'

'Je mag niet tegen je lezers liegen, Valur,' zei ze ernstig, al hoorde je iets sarcastisch in haar stem.

'Een leugentje om bestwil. Ik ga volgende week naar het eiland, ik beloof het. En jij belooft me dat je met een paar goede ideeën komt.'

14 augustus 1986

Het was rustig op de krant toen Valur er arriveerde. De enige aanwezige was hoofdredacteur Dagbjartur Steinsson, een oude vos uit de mediawereld. Het *Vikublaðið* had onlangs een nieuw onderkomen gekregen in een oud gebouw aan de Kárastígur. Ze huurden het van een oude vriend van de hoofdredacteur, die nergens moeilijk over deed. Valur had een bureau bij het raam, waar je over de Faxaflói uitkeek. Er was iets rustgevends aan dat uitzicht over zee en vandaag was de zee kalm en mooi. Valur was van plan om op een dag met mooi weer een oude droom uit te laten komen en een kleine boot te kopen. Zijn vrienden hadden het er al een paar jaar over om dat te doen. Ze hadden allemaal hun vaarbewijs, maar er was altijd iets wat hun in de weg stond om het ook echt te doen. Meestal was het geldgebrek bij een van hen, of bij hen allemaal.

'Alles goed, Valur?' Dagbjartur was altijd hartelijk. Hij was al heel lang kaal, nogal gezet en had een slechte rug, naar eigen zeggen. Hij zorgde goed voor zichzelf – ging tussen de middag altijd naar huis, hij wandelde dan naar Þingholt, waar hij en zijn vrouw woonden. Valur vermoedde dat hij minstens twee grote maaltijden per dag verorberde. Hij dronk veel koffie en rookte een pijp, maar was allang gestopt met het drinken van alcohol en had zelfs het Gebed om kalmte op zijn aansteker laten graveren. Dagbjartur nam het leven niet al te serieus. Valur had het gevoel dat de hoofdredacteur zich geen grote zorgen hoefde te maken om geld, niet echt. Als de krant over de kop zou gaan, zou er altijd wel iemand zijn die hem te hulp zou schieten.

'Uitstekend. Ik zat bij Mokka en heb wat door de krant gebladerd. Ziet eruit alsof we iets goeds aan het doen zijn.'

'Alle eer aan jou. Geweldig om de krant met goed materiaal te vullen, midden in de komkommertijd.'

'Nog iets nieuws?'

'Het is rustig. Halldór Ásgrímsson is bezig met die zaak over de walvisjacht, maar niemand heeft zin om daarover te lezen in augustus. Eigenlijk heeft niemand zin om ergens over te lezen, tenzij het over Lára gaat.'

'En die nieuwe televisiezender? Die gaat al over een paar dagen de lucht in.'

Dagbjartur snoof. Hij was niet dol op vernieuwing, dat wist Valur. Hij wilde dat alles hetzelfde bleef en de gedachte aan vrijheid in het omroepbestel beviel hem helemaal niet. Hij had zich daar al vaak over uitgesproken. Valur had hem meermalen gewezen op de tegenspraak die erin zat als je tegen het bestaan van een televisiezender in particulier eigendom was, maar tegelijk werkte voor een particuliere krant, maar die argumenten hadden nog niet veel effect gehad.

'En dan is er natuurlijk het jubileum,' zei Valur om over iets anders te beginnen.

'Het jubileum, ja.' Dagbjartur leefde op. 'Dat wordt me wat: er worden zestigduizend gasten verwacht, zegt men. Het is het nieuwsitem van de maand, al heb ik geen zin om erheen te gaan.'

'Ik ga in elk geval wel even een kijkje nemen,' zei Valur opgewekt.

'Ja, je moet je eigenlijk wel even laten zien. Volgens mij wordt het feest door de hele stad gehouden en kun je geen voet op straat zetten zonder er deelnemer aan te zijn.' Dagbjartur schudde zijn hoofd. Valur had stiekem wel plezier in zijn gemopper. Ondanks alles wist hij dat Dagbjartur een vakman was tot in zijn vingertoppen en zijn journalisten altijd steunde als er problemen waren. 'Schrijf jij maar iets goeds over het feest voor ons.'

Valur lachte. 'Dat zal ik proberen.'

'Niet probéren, je moet je bewijzen, jongen. Hier op de krant kunnen we geen middelmatigheid gebruiken.'

'Geen zorgen. En dan komt er ook nog een artikel over Lára. Ik ben van plan om die politieman die mij niet terugbelt achter zijn broek te zitten.'

'Oké, ik wilde eigenlijk vroeg naar huis gaan vandaag, blijf jij hier nog lang?'

Valur was niet van plan om lang te blijven zitten nadat Dagbjartur was vertrokken.

'Ik blijf nog even. Wil nog iets op papier zetten, een beetje vooruitwerken.'

'Prima, jongen. Hou jij maar de wacht.' Dagbjartur keek op de klok. 'Ik denk dat ik de rest van de dag thuiswerk.'

'Dat is goed,' antwoordde Valur.

Dagbjartur verdween en Valur bleef achter zijn bureau zitten. Hij had er een beetje spijt van dat hij zijn zus zijn aantekenboekje had uitgeleend. Hij had nu tijd om het door te bladeren en wat ideeën uit te werken. Hij probeerde het echter van de positieve kant te bekijken: misschien zou Sunna iets opvallen wat hij over het hoofd had gezien.

Hij pakte het telefoonboek en zocht het nummer op van Kristján, de politieman die het onderzoek in deze zaak had geleid. Je zou kunnen zeggen dat de vermissing van Lára de carrière van die arme man van begin tot eind had bepaald. Altijd maar dezelfde zaak en hij was na dertig jaar nog niet opgelost. Toen de zaak voor het eerst groot in het nieuws was gekomen, hadden er foto's van Kristján in de kranten gestaan. Hij was toen piepjong, nog maar vierentwintig jaar. Een beetje een stijve man, in een kostuum, met een hoed op zijn hoofd. Alle foto's waren zwart-wit. In 1966 was hij weer in de schijnwerpers gezet om antwoord te geven op de vraag waarom het jonge meisje nog altijd niet gevonden was. Valur had vast niet alle artikelen in de oude kranten over de zaak gevonden en gelezen, hij had zich allereerst beperkt tot de herfst van 1956 en vervolgens augustus 1966 en augustus 1976, toen er tien jaar en daarna twintig jaar voorbij waren. Er was in augustus 1976 slechts één foto van Kristján verschenen, bij een interview in de *Vísir*. Toen was hij vierenveertig jaar, maar hij zag eruit alsof hij boven de vijftig was. Misschien had de fotograaf hem op een slechte dag getroffen, maar het kon ook dat de jaren voor hem dubbel hadden geteld. Op de voorpagina van de krant had een grote foto gestaan van zijn gezicht, in kleur, naast een kleine foto, in zwart-wit, van Lára. De enige foto van haar, die iedere IJslander zo goed kende.

De foto van Lára was in de zomer genomen, zo leek het. Lára droeg een fluwelen jurk met korte mouwen en had lang donker haar. En op die foto leefde ze nog altijd, dertig jaar na dato. Ze lachte de mensen toe, elke keer als de zaak werd opgerakeld, en de lezers voelden allemaal ongetwijfeld hetzelfde: moord was op zich al vreselijk, maar om bij een jong meisje in de bloei van haar jeugd het levenslicht te doven was onvergeeflijk.

En toch liep de schuldige nog altijd vrij rond. En zou waarschijnlijk nooit worden veroordeeld.

Tenzij, natuurlijk... Tenzij Lára nog in leven was. Dat was misschien wat de mensen het meest fascineerde, het feit dat Lára op een dag levend en wel zou kunnen opduiken. Er was weinig kans op, maar het kón.

Hoe dan ook was het duidelijk dat Valur er alles aan moest doen om Kristján te spreken te krijgen. Hij belde zijn nummer, maar niemand nam op.

Het leven op de krant ging echter om meer dan alleen Lára, en Valur kon zijn tijd gebruiken door zich in te zetten voor de cultuurkolommen van de krant. De journalisten gaven daar om beurten hun mening over muziek, film, televisie en boeken. Valur had het op zich genomen om te schrijven over het televisieaanbod en wilde mooie woorden wijden aan rechercheur Bergerac, die een wekelijkse gast was op het scherm. Het stond ook op het programma om een korte recensie te schrijven over een boek dat hij had gelezen. Hij las niet veel buiten het nieuws, maar als hij las waren het meestal biografieën en dit was er zo een. Het was weleens voorgekomen, als hij weinig tijd had en ze materiaal voor de krant tekortkwamen, dat hij met Sunna overeenkwam dat zij een recensie schreef over een van de vele boeken die zij las voor haar studie. Zij wilde alleen nooit dat haar naam eronder werd gezet, zelfs niet eens haar initialen.

Valur was bijna klaar met zijn bespreking van Bergerac, zocht nog naar de juiste woorden om de hoofdrolspeler te beschrijven, toen de telefoon ging. Hij nam op, zei zijn naam en hoopte vurig dat het Kristján was die op zijn achtergelaten berichten reageerde.

'Hallo…' Het was een vrouwenstem, hoorde hij, de verbinding was alleen niet zo goed, alsof ze vanaf het platteland belde, of vanuit het buitenland. 'Spreek ik met Valur, die die artikelen schreef over die…' Het was even stil aan de andere kant van de lijn. 'Over Lára?'

'Dat klopt,' antwoordde hij.

Hij had meer van zulke telefoontjes gekregen sinds de artikelen waren verschenen, met kleine aanwijzingen die er weinig toe deden, en soms ook een vreemd telefoontje van iemand die duidelijk om aandacht verlegen zat, maar eigenlijk niets toe te voegen had. Om de een of andere reden had hij het gevoel dat dit telefoontje anders was.

'Ik wil graag even met u praten over Lára. Ik…' Weer zweeg ze, maar hij wachtte geduldig. Hij was er zeker van dat de verbinding niet slecht was, maar dat de vrouw moest nadenken, een beslissing moest nemen over hoe ze hem moest benaderen.

'Natuurlijk,' zei hij uiteindelijk om haar aan te sporen. 'Ik werk nog steeds aan een artikel over haar.' Toen voegde hij eraan toe, en hij wist eigenlijk niet waarom: 'Een afschuwelijke zaak.'

'Ja,' antwoordde zij. Hij dacht dat hij een auto langs hoorde rijden, alsof ze op straat stond. Misschien belde ze vanuit een telefooncel. Wilde ze volledig anoniem zijn... dat op zich was al interessant.

'Ik wil u helpen, Valur. Het wordt hoog tijd en het meisje heeft beter verdiend.'

Hij keek op van die uitspraak. Hij wachtte en luisterde. Weer hoorde hij een auto.

'Is ze nog in leven?' vroeg hij toen. Hij voelde zijn hart sneller kloppen. Hij wilde dat hij een bandrecorder bij de hand had en het telefoongesprek kon opnemen.

'Nee, ze leeft niet meer,' zei de vrouw. Deze uitspraak kwam hard aan bij Valur. Het voelde bijna alsof een naaste van hem was overleden. Hij had natuurlijk nooit echt geloofd dat Lára nog leefde, maar had zichzelf toch toegestaan er diep vanbinnen op te hopen. Hij was ervan overtuigd dat de vrouw de waarheid sprak, al had hij geen idee waarom en kon hij dat natuurlijk ook niet weten.

'Hoe weet u dat?' vroeg hij. Hij had er meteen spijt van, wilde haar niet afschrikken met gerichte vragen. Niet direct. Misschien zou hij dan nooit meer iets van haar horen en de mogelijkheid om haar te bereiken meteen verknallen.

Zij zweeg lang en zei toen: 'Dat maakt niet uit. Ik weet dat ze is vermoord.' Toen voegde ze eraan toe, alsof ze tegen zichzelf sprak en niet tegen hem: 'Op zaterdagavond. Niet op vrijdagavond.'

'Wat?'

'Ze is vermoord, dat weet ik,' zei ze toen. Hij schreef het allemaal direct op. *Niet in leven. Vermoord. Op zaterdagavond. Niet op vrijdagavond.*

'En kunt u mij vertellen hoe u heet?'

'Nee. Of...' Na een stilte: 'Noem me maar Julia.'

'Oké. Wat kan ik voor u doen, Julia?' vroeg hij voorzichtig.

'Ik wil dat u mij helpt, Valur,' antwoordde ze. 'Ik wil dat het meisje in gewijde grond komt, of, nou ja, dat ze een respectvolle begrafenis krijgt.'

Valur probeerde nog steeds alles vast te leggen en het gesprek letterlijk op te schrijven, voor zover mogelijk.

'Hoe kan ik u daarmee helpen? Weet u waar het lichaam is?'

Stilte.

'Ja, dat weet ik. Ik weet dat maar al te goed. U moet mij alleen één ding beloven.'

Nu aarzelde hij, en hij antwoordde met tegenzin: 'Ja, ja...'

'Daarmee is de zaak afgelopen.'

'Wat?'

'Als ik u vertel waar zij te vinden is, Valur, dan schrijft u daarover, maar stopt u met nader onderzoek.'

'Wat bedoelt u?'

'Dertig jaar is te lang. Ze verdient rust.'

Nu begon Valur te twijfelen. Vertelde de vrouw hem de waarheid of was het een verzinsel of fantasie?

'Hoe weet ik dat u niet tegen mij liegt?' vroeg hij, maar hij had meteen spijt van zijn woordkeuze.

'Omdat ik...' Ze aarzelde. 'Omdat ik weet waar ze is. Ik wil dat ze gevonden wordt. Maar ik wil niet bij de zaak worden betrokken. Ik wil alleen dat hij wordt gesloten.'

'U weet dat de politie dat niet zo ziet, Julia... Ook al zou ik er verder geen woord meer over schrijven.'

'Ik... Beloof me om erover na te denken. Lára moet rust krijgen na al die jaren. Ik kan niet... kan niet...'

'Ja, daar zijn we het over eens,' antwoordde hij met rustige stem.

'U hoort nog van mij.'
'Hoe kan ik u bereiken?'
Toen legde ze neer.

Onderweg uit zijn werk was Valur het kantoor van Óttar gepasseerd, de advocaat, maar hij had hem niet te spreken gekregen. Valur had Sunna gebeld toen hij thuiskwam en had haar verteld over het gesprek met de vrouw die zich Julia noemde. Ze hadden er uitgebreid over gesproken en uiteindelijk had hij besloten om Dagbjartur te bellen, al was het inmiddels behoorlijk laat.

Om de een of andere reden nam Valur de vrouw serieus. Het was duidelijk dat ze hem niet haar echte naam had gegeven, maar dat bevestigde misschien juist wel dat ze de waarheid sprak. Ze had hoe dan ook met de zaak te maken en wilde zich op veilige afstand houden.

'Wat zeg je daar, man?' had Dagbjartur gezegd toen Valur hem in grote trekken de inhoud van het telefoongesprek had verteld.

'Ja, het is nogal eigenaardig...'

'Eigenaardig? Dit kan groot nieuws zijn. De scoop van het jaar, Valur. Heb je haar niet kunnen vasthouden?'

'Vasthouden? Nee, dat niet, maar ze belt ongetwijfeld terug.'

'Weet je dat zeker?'

'Heel zeker,' antwoordde Valur. Hij klonk overtuigd, maar dat was hij helemaal niet.

'Jaja, onderzoek jij dat maar, maar we moeten er natuurlijk wel op letten dat alle gegevens door de beugel kunnen.'

'Ja, natuurlijk...'

'Ga er na het weekend mee door, Valur. Maar hou dit in vredesnaam voor je. Het mag niet gebeuren dat dit uitlekt naar andere media.'

'Ja, ik zeg geen woord,' zei hij, maar hij verzweeg zijn gesprek met Sunna.

'Wacht maar, we zullen er in deze komkommertijd iets groots van maken, we blazen het allemaal op voor de krant... Dit wordt vast nog groter dan dat hele jubileumfeest.' Dagbjartur lachte, nam afscheid en legde neer.

Valur stond doodstil bij de telefoon en legde de hoorn op de haak.

We zullen er iets groots van maken, we blazen het op... Waar had die man het in vredesnaam over?

14 augustus 1986

Ólöf Blöndal maakte zich zorgen. Eigenlijk maakte zij zich altijd zorgen. Ze was bang zich te verspreken, iets te zeggen wat ze niet mocht zeggen. Ze was bang het verkeerde eten klaar te maken. Ze was bang dat ze zich niet netjes kleedde. Ze werd vervuld van angst als ze naar de winkel moest met de auto. Ze zag voor zich dat ze vast zou komen te zitten als er sneeuw lag. Of dat ze een aanrijding zou krijgen of de auto zonder benzine zou komen te staan. En wat als ze pech kreeg?

En nu maakte Ólöf zich zorgen omdat ze kip had gekocht, maar niet de juiste smaakmaker in huis had – Aromat. Óttar wilde altijd hetzelfde kipgerecht eten, met roomsaus, en overdekt met Aromat. Dat gerecht hadden ze in Noorwegen leren kennen, toen ze een jaar in Bergen hadden gewoond. Aromat was onontbeerlijk in dat gerecht. Zonder zou het iets heel anders zijn.

Ólöf stond verloren in de keuken in het huis waar zij en Óttar woonden in Garðabær. De keuken had een bruin-witte inrichting en formica werkbladen. Hij stond vol met snuisterijen, onder andere beeldjes van hanen in allerlei soorten en maten. Ólöf had haar hele leven hanen verzameld, nadat haar oma er een keer een voor haar had meegenomen van een reis naar Portugal, begin jaren vijftig. Haar vriendinnen gaven haar hanen, haar kinderen gaven haar hanen en Óttar gaf haar hanen. Ze stonden overal in de keuken, het leek wel een kippenhok. Verder was hun huis net als alle andere vrijstaande huizen, alleen ongewoon groot. Óttar wist nu eenmaal van geen maathouden. Eerst had hij haar geld opgemaakt, het familiekapitaal, maar hij maakte al snel naam in de advocatuur en kreeg invloedrijke vrienden en kennissen. Ze hadden een goed leven, maar het vervelende was dat Óttar altijd moe en geïrriteerd was.

Óttar had snel werk gevonden na zijn rechtenstudie, had gebruikgemaakt van het netwerk van de familie van Ólöf en een vermogend advocatenkantoor opgezet. Voor ze er erg in hadden, hadden ze hun eerste vrijstaande woning gebouwd, toen ze nog erg jong waren. Zij miste het oude huis, ze voelde zich niet op haar gemak in de buitenwijken.

Sinds 1950 hadden ze het in hun hoofd gehad om een tweede huishouden op Viðey te stichten, in het oude huis dat al heel lang in de familie Blöndal was, en daar de zomers door te brengen. Het advocatenkantoor dreef zichzelf wel, had Óttar gezegd. Hij maakte zich nooit zorgen over geld. Na de zomer van 1956 was dat avontuur gestopt. Toen Lára verdween.

Ólöf schrok op uit haar mijmeringen over het verleden. Ze kon misschien teruggaan naar de winkel en Aromat kopen. Ze voelde dat het zweet haar was uitgebroken vanwege dat kruiderijprobleem. Er was altijd wel iets wat verkeerd liep! Ze nam het besluit. Ze zou teruggaan en Aromat kopen. Ze sloeg de pastelgroene cape om die ze bij Verðlistann had gekocht, liep naar de auto en reed de route naar de winkel. Daar vond ze al snel een grote bus Aromat van Knorr.

Óttar reed naar huis over de Reykjavíkurvegur. Hij was er met zijn gedachten niet bij na deze dag. Hij had een paar overeenkomsten gesloten, onder andere over een bouwperceel in Reykjavík voor een werktuigenfabriek waarin hij partij was. Die taak was volbracht en er was alle reden om blij te zijn. Maar Óttar was niet blij. Het liep tegen vier uur toen de secretaresse van het advocatenkantoor op de deur had geklopt en had gezegd dat er een journalist voor hem was gekomen. Valur, van het *Vikublaðið*, wilde met hem praten over Lára.

Óttar was geschrokken. Toch had hij er min of meer op gerekend dat dit zou gebeuren sinds hij de voorpagina's van het *Vikublaðið* had gezien en hij wist dat er een artikelenreeks verscheen over de vermissing van Lára en sinds diezelfde persmuskiet eerder boodschappen voor hem had achtergelaten. Het was dus geen verrassing dat hij nu inderdaad was gekomen om zijn neus in zaken te steken die hem niet aangingen. Toch was hij er niet op voorbereid. Hij was helemaal niet bereid om over Viðey te praten met een of andere kerel van de krant. Hij had weinig op met mensen van de media, vond dat ze nergens goed voor waren.

De secretaresse had geduldig gewacht op instructies. Ze was een muisachtig meisje met muiskleurig haar en een bril, volstrekt oninteressant volgens Óttar, maar geen slechte secretaresse. 'Ik heb nu geen tijd om met hem te praten. Ik moet nog een heleboel documenten doornemen.'

De secretaresse had geknikt en was weggegaan, maar had even later haar hoofd om de hoek van de deur gestoken. 'Hij zegt dat hij wacht. Hij is in de gang gaan zitten.'

Ze was weer verdwenen en Óttar had zich over zijn papieren gebogen. Hij besloot net zo lang door te werken tot de journalist weg was.

Wat moest hij eigenlijk zeggen over die vervelende oude zaak? Had die jongen soms nieuwe informatie? Zou hij ook met Ólöf willen praten? Ze moesten nog altijd één lijn blijven trekken.

Om zes uur was Óttar zijn advocatenkantoor in Ármúli uit geslopen. Hij had al zijn werk allang af en had minstens drie kwartier uit het raam zitten kijken. Hij had de journalist naar buiten zien lopen en nog een minuut of tien zien rondhangen voor hij eindelijk vertrok. Óttar had het pas een halfuur later gewaagd om naar buiten te komen en was toen met een fladderende stofjas om zijn schouders naar buiten gerend, als een boef die op de vlucht was.

Toen Óttar thuiskwam, stond de Aromat-kip in roomsaus in de oven en was Ólöf rijst aan het koken. Ze zag dat hij moe was, wist dat hij deze dagen veel aan zijn hoofd had.

Óttar kwam uit het oosten van IJsland, uit een familie van zeelieden, hoewel hij het grootste deel van zijn leven in Reykjavík had gewoond. Zijn vader had de roep van de zee gevolgd en was lange perioden afwezig geweest. Soms kwam het idee bij Ólöf op dat hij misschien wel van een andere vader was. Hij was zo anders dan de rest van de familie.

Óttar was de oudste geweest en had op zijn kleine broertje en zijn moeder gepast, want zijn vader had vaak losse handjes gehad. Dat had hij aan Ólöf verteld.

Ze hadden elkaar op de middelbare school leren kennen en de eerste jaren was alles prima geweest. Zij had hem geholpen bij alles wat hij wilde doen, met steun van haar familie, en had hem in goede en slechte momenten bijgestaan. Zelf had ze niet veel omhanden, en ze had weinig vrienden. Tegenwoordig was ze begonnen bijeenkomsten met een medium te bezoeken. Het hiernamaals boeide haar meer dan de wereld waarin zij leefde.

Het echtpaar at in de eetkamer. De kinderen waren allang de deur uit.

'De kip is taai.'

'Wat zeg je nou? Ik heb hem precies zo lang in de oven gehad als het recept voorschrijft.'

'Precies, te lang. Net als de rijst.'

'Sorry, ik vind dat heel erg,' zei Ólöf. Ze miste de kinderen aan tafel. Ze kwamen op zondag nog wel graag lamsbout eten en dat waren Ólöfs beste uren. Dan was er ruimte om met elkaar te praten en met de kleinkinderen te spelen. En Óttar verborg zijn irritatie – dan deed hij of alles in orde was.

Zij wist dat dat niet zo was. Ze zag het nog duidelijker nadat ze die vrouwen had leren kennen op de mediumbijeenkomsten in Garðabær, die spraken over mannen en vrouwen en de relatie tussen hen. Een van hen had het over 'huiselijk geweld' gehad – en dat was Ólöf bijgebleven.

Ze dacht na over die term en keek naar Óttar, die de kip woedend naar binnen schoof.

Soms werden mannen natuurlijk moe en soms werd het hun te veel. Dan hadden ze een kort lontje. Toch was het dan niet oké om hun vrouw te slaan.

Ze wierp weer een zijdelingse blik op Óttar.

Hij had zijn bord leeg. Ze vroeg zich af hoe boos hij was. Soms was het of de woede zich in hem opbouwde en hij zichzelf niet kon beheersen. Hij bood haar na afloop wel altijd zijn verontschuldigingen aan, dan had hij er spijt van dat hij zo boos was geworden.

Óttar bromde 'Bedankt voor het eten' en stond bruusk op van tafel. Hij stootte tegen zijn glas, dat van tafel viel en brak. Ólöf sprong op om de scherven op te ruimen.

'Wat moet je ook met al die glazen van je?' schreeuwde Óttar. 'Ze zijn veel te mooi om dagelijks te gebruiken, kijk nou wat ervan komt!' En toen Ólöf aan kwam lopen om de scherven te verzamelen, voelde ze zijn hand hard tegen haar gezicht aan komen. De tranen sprongen haar in de ogen en ze hield als vanzelf haar handen omhoog om zijn slagen af te weren.

Deze keer bleef het bij één klap. Óttar volstond ermee tegen haar te sissen voor hij de eetkamer uit stormde en de deur achter zich dichtsloeg. Het was zijn gewoonte om 's avonds alleen in zijn werkkamer te zitten als hij een slecht humeur had. Zij huilde, angstig en met een pijnlijke wang, blij dat het hierbij gebleven was. Eerst ruimde ze de scherven op en daarna deed ze de afwas.

Een uur later was alles netjes in de eetkamer en de keuken.

Ólöf zat aan de keukentafel en rookte nog een sigaret voor het slapengaan. Het was donderdag en er was niets op de televisie. Ze had de radio aangezet, er begon net een programma over Reykjavík in de literatuur.

Ólöf luisterde niet. Ze dacht na over de laatste mediumbijeenkomst. Het medium was een man met grijs haar en een bril, die een directe lijn met het hiernamaals leek te hebben. Veel vrouwen herkenden hun vader of hun moeder, overleden neven en nichten, vrienden en bekenden. Mensen werd gevraagd op hun gezondheid te passen, voorzichtig te zijn en kregen de groeten, bijna zoals in verzoekprogramma's voor patiënten. Niemand had zich nog gemeld voor Ólöf, maar zij drong zich ook niet naar voren, net als elders. Met haar pastelgroene cape om haar schouders en haar beige sjaal en haar lichte lippenstift ging ze bijna op in de omgeving. Maar misschien had iemand haar bij de laatste bijeenkomst wel opgezocht. Een jong meisje met donkere ogen dat zich had gemeld en had gezegd dat ze geen rust had. Geen van de vrouwen herkende dit jonge meisje dat zei dat ze nooit vrede had gekend.

Ólöf voelde een rilling over haar rug lopen. Het kon toch niet zo zijn dat Lára naar zo'n mediumbijeenkomst kwam om haar op te zoeken?

Ze was zo'n mooi meisje geweest. Lief, ijverig en plezierig in de omgang.

Ólöf herinnerde zich de politieman die naar haar was komen zoeken. Hij had iets vermoed, maar daar nooit werk van gemaakt.

Ik heb nog altijd geen rust gevonden.

De woorden van het medium echoden in Ólöfs hoofd. Opeens kwam ook de term huiselijk geweld weer bij haar op. Ze maakte haar sigaret uit en haastte zich naar de slaapkamer, om er zeker van te zijn dat ze sliep als Óttar naar boven kwam.

Geef mij rust.

15 augustus 1986

Het was helder boven de stad, al had Valur eigenlijk niet eens het gevoel dat hij in een stad was op dit moment. Het was eerder of hij op het platteland was aangekomen en toen hij uit de auto stapte, viel het hem op hoe overheersend het zingen van de vogels hier was vergeleken met de buurt waar hij woonde, dichter bij het centrum. Het was de eerste keer dat Valur in Grafarvogur was, de nieuwe wijk die was gerealiseerd na de gemeenteraadsverkiezingen van vier jaar geleden. Er stonden nog onafgebouwde huizen hier en daar, met onbebouwde percelen ertussen. Het kon niemand ontgaan dat hier serieus werd gebouwd.

De taxichauffeur had de grootste moeite gehad om het huis te vinden en eerlijk gezegd ook met het oversteken van de fjord. Het was de bedoeling dat het mogelijk was om over een brug te gaan vanaf Höfðabakki, maar die was nog niet klaar. Uiteindelijk had hij Valur op een totaal verkeerde plek uit de auto gezet, maar het was hem op de een of andere manier toch gelukt de juiste straat te vinden.

Het huis van de politieman, Kristján, was voltooid, daar kon geen twijfel over bestaan. Een fraaie bungalow met een garage en een Lada Sport op de oprit. Er stonden enkele populieren in de tuin, maar die boden nog weinig beschutting. Dat zou met de tijd beter worden.

Valur had zijn komst niet aangekondigd, net zomin als hij dat de dag ervoor bij Óttar had gedaan. Daar had de secretaresse hem tegengehouden, en Valur had er nog steeds de pest over in dat hij de advocaat niet te spreken had gekregen. Hij dacht er zelfs over om bij hem thuis aan te kloppen, net als nu bij Kristján, en op die manier contact met hem of Ólöf te krijgen. Hij vond dat hij hen wel moest spreken voor de volgende voorpagina, ook al hadden ze ongetwijfeld niets nieuws te vertellen.

Het was onmogelijk om ongezien door de stille straten van Grafarvogur te lopen en Valur hoefde niet op de deur te kloppen, want hij werd voor het huis opgewacht door een man van middelbare leeftijd. Valur herkende hem direct van de foto's, ook al was hij zichtbaar ouder geworden. Kristján was keurig aangekleed; hij droeg een grijze pantalon, een wit overhemd en een stropdas, ondanks het warme weer. Hij was lang en zijn voorkomen was autoritair, zoals bij zoveel politiemannen die Valur in de loop der jaren had ontmoet. Zijn gezichtsuitdrukking was eerder neutraal te noemen. Kristján leek verbaasd noch boos, maar hij was zeker niet blij.

'U moet Valur zijn,' zei hij zacht.

Valur knikte.

'Ik heb foto's van u gezien in de krant. En ik heb gemerkt dat u hebt geprobeerd mij te bereiken.'

'Ja, dat klopt. U hebt niet op mijn berichten gereageerd, dus ik besloot...'

'Onder normale omstandigheden zou ik mij zoiets niet laten welgevallen. Je moet in je eigen huis met rust worden gelaten, ziet u,' zei hij op een toon alsof hij niet zeker wist of hij een predikant was of een politieman. 'U lijkt me echter nogal onschuldig. Of bent u van plan zonder mijn toestemming iets over mij te schrijven?'

Valur aarzelde, maar antwoordde toen: 'Nee, nee, ik schrijf niets zonder uw instemming.' Het stelde hem een beetje teleur dat Kristján die voorwaarde stelde, want anders had hij ongetwijfeld wel wat interessants over dit bezoek kunnen schrijven.

'Ik heb uw artikelen gevolgd. Je kunt er eigenlijk niet omheen. En volgens mij schrijft u ze uit respect voor Lára, uit oprechte interesse om erachter te komen wat er gebeurd is. Klopt dat?'

Het was duidelijk dat Kristján niet van plan was hem binnen te vragen.

'Inderdaad, ik maak me geen enkele illusie dat ik dit raadsel kan oplossen, en ik wil er zeker geen sensatieverhaal van maken. Maar je weet nooit of er iemand met informatie komt of zich meldt als de zaak weer zo in de aandacht komt,' zei Valur. Hij dacht aan de vrouw die zich Julia noemde.

'Ik begrijp het, en hopelijk hebt u gelijk, maar weet u, Valur, ik heb me erbij neergelegd dat deze zaak nooit zal worden opgelost. Sommige zaken zijn nu eenmaal zo. Het is niet de enige zaak die ik met me meeneem in het graf, al ben ik nog niet van plan om snel dood te gaan.' Het was de eerste keer dat Kristján lachte in dit gesprek.

'Herinnert u zich die dag op Viðey nog, toen u...'

Kristján viel hem in de rede. 'Denk eraan, ik ben niet van plan om nog iets te zeggen over deze zaak. Ik heb hem van voren naar achteren en weer terug besproken met de journalisten. Meer dan van mij verwacht had mogen worden. Ik heb vaak ja gezegd, ben vaak onder de druk bezweken, tegen beter weten in. Nu ben ik in de vijftig, heb net een nieuwe woning betrokken in een gloednieuwe wijk – ik ben in een stadium van mijn leven dat ik nog wel aan het werk ben, maar ook van het leven wil genieten met mijn vrouw en het rustiger aan wil doen. Ik heb er helemaal geen zin in om weer in de aandacht van de media te komen staan vanwege een dertig jaar oude zaak. Ik hoop dat u dat begrijpt.'

Valur knikte, maar niet van harte. Hij zou het liefst protesteren en Kristján zeggen dat hij meer aan het verdwenen meisje moest denken dan aan zichzelf, maar hij zag ervan af. De politieman leek zo zeker van zijn zaak. Valur dacht niet dat hij hem op andere gedachten zou kunnen brengen.

'Ja, dat begrijp ik, natuurlijk...' Toen voegde hij er aarzelend aan toe: 'Mag ik mij misschien als het nodig is tot u wenden, off the record? Om alles beter te kunnen begrijpen...'

'Zoals ik al zei, ik wil liever niet te veel meer aan die zaak denken. Het is verleden tijd en je moet niet te veel stilstaan bij het verleden. Ik wil niet voortdurend worden herinnerd aan die zaak, een zaak die ik niet heb kunnen oplossen.'

'Nee, natuurlijk niet,' zei Valur, maar hij wist ook dat hij dat tegen beter weten in zei, en natuurlijk was Kristján zich daar ook van bewust.

Kristján stak zijn hand uit. 'Leuk u te hebben ontmoet, Valur. Ik wens u veel succes. Nu moet ik gaan en mij met andere dingen bezighouden. We hebben straks een barbecue verderop in de straat en ik moet me daarvoor klaarmaken.'

'Ja. Veel plezier en bedankt voor het gesprek.'

Valur bleef wat onhandig staan en besefte dat hij nu helemaal naar de dichtstbijzijnde winkel of het eerste het beste tankstation zou moeten lopen om een taxi te bellen. Hij had er eerlijk gezegd op gerekend dat het gesprek zich zou uitbetalen, dat hij de politieman aan het praten zou krijgen. De zaak had zijn hele carrière bepaald en het was vreemd dat hij er niet over wilde praten, zelfs niet vertrouwelijk.

'Bent u niet met de auto, beste man?' riep Kristján naar hem, al was het antwoord overduidelijk. Tussen de paar huizen in de straat die waren afgebouwd was nergens een auto te zien, behalve de Lada Sport-jeep, die waarschijnlijk van Kristján was. Opeens schoot Valur een regel te binnen uit een tekst van Tómas Guðmundsson voor een nummer van Gunnar Þórðarson. Het werd nu vaak gedraaid op de radio in verband met het jubileum van Reykjavík en Valur kon de lage stem van Egill Ólafsson bijna horen: 'Wie begrijpt het leven en al die braakliggende percelen?'

'Nee, ik ben met de taxi gekomen.'

'Zal ik een taxi voor u bellen, of was u van plan om terug te lopen naar het centrum? Daar zitten alle kranten, toch?'

Zijn toon was iets warmer dan daarvoor. Het leek wel of hij medelijden had met die hulpeloze journalist.

'Inderdaad, we zitten in het centrum, in de Kárastígur. En ja, graag, dat zou heel fijn zijn. Het is een heel eind naar de eerstvolgende winkel of...'

'Zeg dat wel. Kom binnen, de telefoon is in de gang. Het staat u vrij die te gebruiken.'

Valur volgde Kristján naar binnen. Binnen moest er nog veel worden gedaan. Valur wierp een blik in de kamer en zag dat daar een begin was gemaakt met het leggen van parket. In de gang stonden ongeopende dozen met parketdelen en tegels en er lag overal stof. Op de grond lagen werktuigen; er werd duidelijk gewerkt. Valur werd al moe bij de gedachte aan zo'n omvangrijk karwei, hij voelde zich beter achter zijn schrijfmachine, of buiten, op jacht naar nieuws, of bij een kop koffie in gesprek met mensen die interessante verhalen te vertellen hadden. Het ergste van alles was dat Kristján juist heel veel te vertellen had, maar ervoor koos dat niet te doen.

Valur belde een taxi en zei toen langs zijn neus weg – hij kon toch moeilijk de kans die hem nu geboden werd niet aangrijpen: 'Kristján, was er eigenlijk een Julia bij de zaak op Viðey betrokken?'

'Wat?' De vraag leek hem te overvallen. 'Julia?'

Hij was in elk geval niet kwaad geworden omdat er toch nog een vraag over Lára werd gesteld.

'Ja, ene Julia. Een oudere vrouw, volgens mij. Nu, bedoel ik. Ze moet destijds natuurlijk dertig jaar jonger zijn geweest.'

Kristján trok een nadenkend gezicht.

'Volgens mij niet, ik weet dat bijna zeker. En dit gesprek blijft tussen ons, zoals ik al zei. Ik heb die documenten zo vaak doorgenomen, heb er zo vaak aan teruggedacht dat ik mij iedereen herinner die met de vermissing van Lára te maken had. En daar was geen Julia bij. Ik herinner me ook niet dat ze een vriendin had met die naam. We hebben met vrijwel al haar vriendinnen gesproken.'

'Ze klonk ook alsof ze ouder was dan dat. Ze was ongetwijfeld volwassen toen Lára verdween.'

'Mag ik vragen wie die Julia is?' Nu was Kristján plotseling degene die de vragen stelde. Het was Valur gelukt de interesse van de politieman te wekken en hij was daar best een beetje trots op.

'Zij belde mij. Ik weet verder niets over haar, ze gaf me niet haar volledige naam. Misschien heet ze zelfs niet eens Julia.' Daarmee had hij zijn belofte aan Dagbjartur dat hij niet over het telefoongesprek zou praten verbroken, maar Kristján zou het vast niet verder vertellen.

'Juist, ja. Bellen er niet voortdurend mensen naar de krant, alleen om aandacht te krijgen?'

'Weet u, ik had het gevoel dat dat in dit geval niet zo was. Ze was nerveus en leek oprecht, ze zei vrijwel niets en gaf mij op zich vrijwel geen informatie.'

'Maar wat zei ze dan?'

Valur had het gesprek bijna letterlijk genoteerd, maar hij had die notities niet bij zich. 'Ze zei iets over dat Lára in gewijde grond moest komen te liggen, herinner ik me. Het was alsof ze meer wist over wat er met haar was gebeurd.'

'Gewijde grond, jaja, dus.' Kristján trok bleek weg. Hij liep de kamer in en ging zitten op een keukenkruk. Er stonden nauwelijks andere meubels. Valur liep hem achterna. Nu gebeurde er eindelijk iets.

'Ja, dat waren haar letterlijke woorden,' zei Valur na een korte stilte.

'Dat betekent natuurlijk dat Lára dood is.' De stem van de politieman klonk vlak, alsof hij voorlas uit een proces-verbaal. Kristján leek in zijn eigen wereld te verkeren en Valur durfde even niets meer te zeggen.

Uiteindelijk ging Kristján verder en zei voor zich uit: 'Ik hield me altijd vast aan de hoop dat ze nog in leven was. Dat ik haar op een mooie dag zou tegenkomen. Haar hand zou kunnen vastpakken, haar zou kunnen omhelzen en het hele verhaal te horen zou krijgen.'

'Kristján, kunt u zich voorstellen wie die vrouw zou kunnen zijn?'

De politieman keek op. Hij leek nu pas te merken dat Valur in de kamer stond in zijn pasgebouwde vrijstaande huis. Toen schudde hij zijn hoofd. 'Helaas, ik heb geen idee.'

'Als zij serieus was, deze Julia, dan kunnen wij ervan uitgaan dat we het stoffelijk overschot van Lára ergens kunnen vinden, dat het mogelijk is om dat in gewijde grond te begraven, ziet u.'

'Ja, dat begrijp ik,' antwoordde Kristján met gefronste wenkbrauwen.

'Dan is ze dus niet in zee verdwenen.'

'Precies.' Dat feit leek geen enkele invloed te hebben op Kristjáns gezichtsuitdrukking. Hij was nog altijd in shock, alsof hij net gehoord had dat een dierbare was overleden, en niet een onbekend meisje dat al dertig jaar werd vermist.

'Kunt u zich plaatsen herinneren waar u gezocht hebt?' vroeg Valur. 'Ideeën die bij u opkwamen?'

Het duurde lang voor Kristján antwoordde.

'Bedoelt u op Viðey? Bepaalde gebouwen daar?'

'Niet alleen daar. We weten natuurlijk niet of Lára het eiland heeft verlaten of niet.'

'Ja, dat was altijd het moeilijkste, dat we dat niet wisten. We hebben natuurlijk overal op Viðey gezocht, zoals u misschien weet.'

Valur wist dat inderdaad. Hij had de belangrijkste kranten allemaal doorgenomen, gezien hoe de zaak veranderde en de samenleving geleidelijk aan gefascineerd raakte door dit verdwenen meisje. Altijd weer diezelfde foto van Lára, met iets geheimzinnigs in haar blik, alsof ze een verschrikkelijk geheim bewaarde. En misschien was dat ook wel zo.

En toen had Valur geprobeerd om nieuwe berichten over de zaak te vinden. Hem was vooral het interview met Kristján op de voorpagina van de *Vísir* uit 1976 bijgebleven, waarin hij uitvoerig inging op het onderzoek. Het leek of hij besloten had daarna uit de schijnwerpers te blijven. Valur had in elk geval geen interview meer met hem gevonden van na die tijd.

'Ja, er is daar toch speciaal gezocht, door een grote groep mensen die het terrein systematisch afspeurden, is het niet?'

'Ja. Ze was niet op het eiland. Het is niet mogelijk om een lijk te verbergen in de kerk of in de Viðeyjarstofa. Ik ben er nog steeds van overtuigd dat zij op de een of andere manier met iemand naar het vasteland is gekomen. Het is altijd mogelijk om een overtocht te regelen, ik moest eens mee over met een man met een motorboot en...' Plotseling zweeg Kristján. 'En ik wilde nog wel naar een barbecue vanavond. Je probeert altijd te doen alsof alles normaal is, ook al is de wijk nog helemaal niet klaar. Het zal later allemaal wel goed komen.' Hij zuchtte. 'Ik denk alleen niet dat ik nu zin heb in een barbecue, dat kan ik wel zeggen. Nu kan ik aan niets anders denken dan aan Lára. Dat arme kind.'

'Het is natuurlijk allemaal even verschrikkelijk. Maar de tijd werkt in ons voordeel. Mensen die in 1956 niets wilden zeggen, zijn nu duidelijk wel bereid om ons op een spoor te zetten...'

'Ja, dat mag ik hopen. U zou...' Kristján aarzelde.

Valur wachtte geduldig. Hij had tijd genoeg, wist dat er iets in de lucht hing. Het zou nog een hele tijd duren voor de taxi in het nieuwe Grafarvogur was en de chauffeur juiste straat had gevonden.

'Ik speculeer alleen maar wat,' vervolgde Kristján uiteindelijk. 'Ik vroeg me af of het de moeite waard zou zijn als u eens met die Högni Eyfjörð zou praten.'

'Wat zegt u?' Valur had Kristján natuurlijk wel verstaan, maar hij schrok er gewoon zo van. Waarom zou Kristján de naam van die bekende ondernemer noemen? Högni had een vinger in de pap van alles wat ertoe deed, had overal connecties, maar hield zich doorgaans ver buiten de schijnwerpers van de media. Hij was ongetwijfeld ouder dan Kristján, maar probeerde zijn leeftijd te verhullen. Valur herinnerde zich een keer dat ze elkaar hadden ontmoet in verband met een eerstesteenlegging van een van de gebouwen van Högni. Het was Valur toen opgevallen hoe slecht het Högni gelukt was zijn haar te verven.

'Högni Eyfjörð, u hebt toch weleens van hem gehoord?'

'Ja, natuurlijk weet ik wie hij is. De aannemer bedoelt u toch?'

'Precies,' zei Kristján, en hij keek snel om zich heen. 'Is de taxi onderweg?'

'Ja, hij zal er zo wel zijn. Het duurt even om de weg te vinden in deze nieuwe wijk.'

Kristján glimlachte onhandig.

'Waarom Högni?'

'Tja...'

'Denkt u dat hij op de een of andere manier iets met Lára te maken heeft?'

'Nee, begrijp me niet verkeerd, helemaal niet. Zijn naam dook destijds op, maar dat hebt u niet van mij gehoord. U mag mij niet noemen, ik mag vanzelfsprekend zulke informatie niet delen uit... uit... oude dossiers. Ik wil u alleen graag helpen. Dit bericht, dat Lára waarschijnlijk al heel lang dood is, dat is onverdraaglijk, begrijpt u? Ook al wist ik het natuurlijk diep vanbinnen allang.'

'Ik begrijp het,' antwoordde Valur met zachte stem. 'In welk verband werd er over Högni gesproken?'

'Verband?' Kristján leek na te denken. 'Hij was een paar weken eerder op Viðey geweest. Op vrijdagavond.'

'Weet u waarom?'

Kristján aarzelde. 'Ik kan er eigenlijk niets meer over zeggen, Valur. Er is niets uit gekomen, dat is het enige wat ik u kan vertellen. Misschien kunt u toch iets doen met deze informatie.' Hij haalde zijn schouders op, maar het was duidelijk dat het meer was dan een losse opmerking. De politieman had vermoedens dat Högni Eyfjörð bij de vermissing betrokken was geweest.

'Bedankt voor deze aanwijzing, Kristján. Ik waardeer uw hulp heel erg en natuurlijk hou ik u verder buiten de zaak. Weet u zeker dat u niets wilt zeggen, iets algemeens wat ik kan citeren?'

'Ik ben te oud geworden, Valur. Ik kan me niet nog een interview, nog een foto voorstellen, nog een herinnering aan het feit dat het mij niet is gelukt het meisje te redden.'

'Mag ik mijn telefoonnummer achterlaten, voor het geval u nog iets te binnen schiet?'

'Natuurlijk. Doe dat. Mag ik dan om een wederdienst vragen?'

'Ja, wat?'

'Kunt u het mij laten weten als er een doorbraak is bij u? Als u denkt te weten wat er met Lára is gebeurd? U mag mij dag en nacht bellen met een dergelijk bericht. Ik heb al dertig jaar mijn best gedaan. Ik denk elke dag aan Lára. Ik bekijk alle losse eindjes, steeds weer. Nu heb ik er werkelijk geen kracht meer voor. Misschien heeft de zoektocht naar Lára gewoon vers bloed nodig, een verse blik, snelle voeten, een jonge man, zoals u. Schrijf uw nummer maar in de telefoonklapper daar. Ik sta zelf in het telefoonboek, onder Kristján Kristjánsson, boekbinder. Dat is mijn hobby sinds ik ben gestopt met bergbeklimmen.' Toen voegde hij eraan toe: 'Volgens mij is uw taxi er.'

15 augustus 1986

Högni Eyfjörð zong terwijl hij zich aankleedde. Hij had een goed humeur en terwijl hij zijn stropdas omdeed, dacht hij terug aan de koorrepetitie van gisteravond. Hij vond het heel belangrijk er goed uit te zien. Zijn stijl was chic, maar ook origineel. Hij lette goed op wat de laatste modetrends waren en koos meestal kleding die voor jongere generaties was bedoeld. Högni vond leeftijd een relatief begrip en vond ook dat hij de vergelijking met veel jongere mannen heel goed kon doorstaan.

'Wat van mij is, is van jou en bij mij hoor je thuis, je zult bij mij alle verdriet van de wereld vergeten.'

Högni zong in het koor van de Langholtskirkja. Die kerk was enkele jaren geleden gewijd, maar het koor was al veel langer actief. Högni hield ervan te zingen en kon ook de gezelligheid van het koor waarderen. Ze hadden de repetities hervat na de zomervakantie en de sfeer was ontspannen geweest; in de kerk hadden IJslandse liederen geklonken. Högni was met name gesteld op het lied 'Hjá lygnri móðu' (In de stille mist) – de tekst van Halldór Laxness sprak hem aan. Die ging over een ongelukkige, wilde liefde en het lied was gewoon zo prachtig.

'Diep in zijn hart, in zijn heldere blik en zijn goede woorden bewaart hij een schat tot het duistere graf zijn gast zal ontvangen.'

Hij zuchtte. Het duistere graf deed hem aan Finnur denken. Zijn lot was zo vergelijkbaar geweest. Högni was hem een paar dagen voor Finnur was gediagnosticeerd in de Austurstræti tegengekomen. Toen dat nieuws bekend werd, had Högni hem in de groothandel opgezocht. Finnur was heel positief geweest en had het over een tijdelijk ziekteverlof gehad. Zijn neef zou de zaken draaiende houden terwijl hij zijn behandeling onderging. 'Dan zien we meteen wat voor vlees we in de kuip hebben,' had Finnur gezegd. Hij had duidelijk niet veel vertrouwen in hem. Högni had dat aan zijn gezicht kunnen zien. Finnur had echter positief geleken over zijn behandeling en vertrouwde erop dat hij spoedig weer naar Þórdís en zijn bedrijf zou kunnen terugkeren.

Niet lang daarna was het nieuws bekend geworden. Bij een operatie was aan het licht gekomen dat de kanker was uitgezaaid en er niets meer kon worden gedaan, behalve een palliatieve behandeling om een zachte dood te bewerkstelligen. Die dood was echter niet zo heel zacht geweest.

Högni deed zijn best zijn stropdas te strikken, een dubbele windsor, die bijzonder goed paste bij de Italiaanse kraag van zijn overhemd, dat werkelijk het nieuwste van het nieuwste was. Hij maakte gebruik van de diensten van herenmodezaak Herragarður, die een medewerker naar hem toe stuurde op het werk, met een selectie waaruit hij in alle rust kon kiezen. Hij kon passen, en wat hij niet kocht stuurde hij gewoon terug. Högni stond vaak in de krant en de mensen merkten op hoe hij zich kleedde. Nu droeg hij een grijze pantalon van katoen en wol en een donkerblauwe blazer met vergulde knopen. Er waren enkele grijze haren te zien in zijn verder zorgvuldig gekamde haardos, die Högni met regelmatige tussenpozen donker verfde. Hij streek de grijze haren glad. Zijn haar was bijzonder mooi, hij werd nog niet kaal, zoals zijn vrienden.

Hij had afstand gedaan van zijn patroniem en gebruikte in plaats daarvan zijn middelste naam, Eyfjörð, als achternaam, al was het nogal moeilijk gebleken om de autoriteiten ervan te overtuigen hem toestemming te verlenen.

Hij deed aftershave op, waar hij nooit zuinig mee was. Zijn huid was gebruind, zelfs een beetje oranje, zodat het leek alsof hij veel in de zon zat. Dat was niet zo, want het aannemersbedrijf was tijdrovend. Hij had echter een recept gekregen voor zelfbruinerpillen, die je van binnenuit zo mooi bruin maakten. Högni slikte ze nu een paar maanden en was heel tevreden met het resultaat.

Hij trok zijn schoenen aan, glimmende zwarte mocassins, en wierp nog een laatste blik in de spiegel. Hij was nog maar kortgeleden in een vrijgezellenflat aan de Ofanleiti getrokken, een schitterend appartement, bedoeld voor rijke mensen die op een leeftijd waren gekomen dat ze kleiner wilden gaan wonen. Högni had de flat zelf ingericht met lichte kleuren en veel chroom. Er lag een wit tapijt op de grond, er stond een licht leren bankstel, de televisie was de grootste die te krijgen was, het bed was enorm en had een chromen hoofdeind. In alle kamers waren spiegelwanden aangebracht.

Högni was naar een flat aan de Ofanleiti verhuisd, waarvan hij zelf een van de aannemers was geweest. Hij was niet zuinig met het verkooppraatje dat hij zulke goede huizen bouwde dat hij nergens anders wilde wonen. Het was alleen niet de enige reden. De moeder van zijn kind, Friðrika Halldórs, die bekend was van de televisie, had hem uit hun huis aan de Efstasund gezet toen ze eindelijk genoeg had gekregen van zijn vreemdgaan en gefeest. Ze hadden samen een vier jaar oude zoon, de jongste van zijn drie kinderen, ieder bij een andere moeder.

Zijn oudste zoon, Tómas Eyfjörð, was ruim dertig jaar. Hij had hem samen met María gekregen, zijn jeugdliefde van de middelbare school. Tómas was volkomen tegengesteld aan zijn vader. Hij werkte bij een uitgeverij en schreef gedichten. Hij had geen vrouw en had zijn vader onlangs meegedeeld dat hij homo was. Högni had daar grote moeite mee en vader en zoon hadden elkaar sindsdien niet meer gesproken.

Zijn dochter, Dýrleif Önnudóttir Eyfjörð, was de dochter van Anna, op wie Högni heel erg verliefd was geweest, maar ze waren hun eigen weg gegaan en Anna had zich verkiesbaar gesteld voor de Vrouwenpartij. Ze hadden weinig contact, maar Dýrleif bezocht hem met Kerstmis en op zijn verjaardag, voornamelijk om hem uit te schelden, vond hij.

Toen had hij Friðrika leren kennen, die net van de Grafische School was gekomen. Hij was haar tegengekomen toen ze werkte aan een nieuwe huisstijl voor zijn aannemersbedrijf. Friðrika was vrolijk en grappig, ze droeg de laatste mode, net als hij, en kort na hun ontmoeting was ze als omroepster gaan werken bij de nationale televisie. Ze waren samen op een verdieping aan de Efstasund gaan wonen en velen dachten dat Högni Eyfjörð eindelijk tot rust was gekomen. Het ging hem er echter om om het beste uit het leven te halen, of dat nu om meubelen ging, plezierreisjes of vrouwen. En hij was er nooit zeker van of er niet ergens iets beters te krijgen was.

Hij had wel een beetje spijt van Friðrika. Ze zou een van de belangrijkste bestuurders worden van de nieuwe omroep die binnenkort zou worden gelanceerd. Hij wist dat hij daar goed gebruik van had kunnen maken. Zij had net een interview gegeven aan een prestigieus tijdschrift over de 'relatie die niet werkte' en had daarin gezegd dat ze met behulp van yoga en meditatie over het verdriet om het beëindigen van haar relatie met Högni Eyfjörð probeerde te komen.

Högni zuchtte weer. Hij werd er niet jonger op. Hij moest er de laatste tijd iets meer zijn best voor doen, al waren een eenvoudige gin-tonic, een lichtje in zijn ogen en wat complimentjes meestal wel genoeg om welke vrouw dan ook om zijn vinger te winden. Zeker als Högni zijn charisma inzette. Eigenlijk snapte hij niets van die vrouwen en die kinderen in zijn leven. Tómas homo! En Dýrleif, die het er net als haar moeder voortdurend over had dat vrouwen meer te vertellen moesten hebben in de samenleving. En Friðrika, die nu met meditatie en allerlei zweverige dingen bezig was. Hij was kennelijk nooit de goede vrouw tegengekomen.

'Ik ben klaar om de dag te beginnen en alles wat zich aandient als een kans te zien,' zei Högni. Hij had onlangs een Dale Carnegie-training gedaan en was begonnen iedereen in zijn omgeving bij zijn naam aan te spreken om oprechter en persoonlijker over te komen. Hij had er ook een paar mantra's geleerd, die hij 's ochtends en 's avonds uitsprak en die bedoeld waren om succes en geluk in het leven af te dwingen. Högni begreep niets van het werk van Tómas en nog minder van zijn gedichten, maar hij las soms Engelstalige zelfhulpboeken die de belangrijkste regels om hogere doelen te bereiken behandelden en hoe je altijd op de hoogste tree van de ladder kon komen te staan.

Högni reed naar het hoofdkantoor van zijn bedrijf aan de Tjörn. De grootste projecten waar ze nu aan werkten, waren de woningen in Grafarvogur, nadat het bedrijf goede afspraken had kunnen maken met het stadsbestuur over de nieuwbouw in de Foldabuurt. Eyfjörð Aannemers was ook de belangrijkste partij bij de bouwwerkzaamheden in het nieuwe stadscentrum. De onderhandelingen waren vlot verlopen en het was daarbij niet onbelangrijk geweest dat hij Páll aan zijn zijde had. Högni grijnsde toen hij aan Páll Jóhannesson dacht. Hij was altijd zo formeel. Hij en Gunnlaug samen, als twee kartonnen dozen met hun perfecte huis en hun perfecte kinderen en hun perfecte leven. En toch was die kerel altijd even saai en vervelend. Hij leefde duidelijk alleen voor de politiek en de macht.

Zijn banden met Páll waren natuurlijk goed van pas gekomen. Vanzelfsprekend verdiende Eyfjörð Aannemers het om alle percelen toegewezen te krijgen. Maar dat veranderde niets aan het feit dat zijn band met Páll dingen had versneld die anders toch wel waren gelukt, maar langer zouden hebben geduurd. En daar was niets verkeerds aan. Hoe dan ook waren er veel te veel regeltjes die voorkwamen dat doeners als hij snel en veilig konden bouwen, in het belang van de stadsbewoners! Vooral omdat die regels er eigenlijk voor hadden gezorgd dat niemand meer zelf iets kon bouwen. Je moest zoveel formulieren invullen en vergunningen aanvragen of hoe dat allemaal heette. En dan was er niets beters dan Páll te kunnen bellen als zo'n dossiervreter het werk van een goede aannemer in de weg zat. Er stond niets op papier van de contacten tussen hem en Páll. Al hun gesprekken verliepen telefonisch of persoonlijk, en als hij iemand kon vertrouwen om voorzichtig om te gaan met gevoelige informatie, dan was het Páll wel. Högni was nog nooit iemand tegengekomen die geslotener was dan hij; hoe tegenstrijdig dat ook mocht klinken, dat was juist de sleutel tot zijn succes in de politiek. Högni had natuurlijk ruim bijgedragen aan de verkiezingskas van Pálls partij bij de voorverkiezingen.

Het volgende project waar Högni van droomde, was een bouwproject in Geldinganes. Daar kon een schitterende woonwijk aan het strand worden gerealiseerd, smaakvol en gewild. Een paar linkse figuren waren natuurlijk tegen deze ideeën en hadden het over ongerepte stranden en dat iedereen toegang moest hebben. Iedereen toegang! Högni proestte het uit, in zijn eentje in de auto, bij de gedachte aan die discussies.

Je had er vrij uitzicht op Viðey en de huizen waren natuurlijk onbetaalbaar.

Er ging een lichte rilling over Högni's rug toen hij aan Viðey dacht. Het meisje bezocht hem soms 's nachts in zijn dromen, nachtmerries.

Nu probeerde een journalist van dat blaadje van Dagbjartur daar goede sier mee te maken. Maar het zou wel weer overwaaien, zoals altijd.

Högni had nooit meer over de gebeurtenissen op Viðey gepraat met zijn vrienden, niet na die noodlottige avond. Toch was het op de een of andere manier nooit klaar. De zaak dook steeds weer op, met regelmatige tussenpozen, het meisje met de grote donkere ogen dat de bevolking aanstaarde vanaf dezelfde oude foto.

Hij zette de auto neer in zijn eigen parkeervak, dat zijn kenteken droeg, R 69878, en verdraaide de achteruitkijkspiegel om even naar zichzelf te kijken voor hij mensen onder ogen kwam.

Högni streek de grijze haren weer glad en glimlachte naar zichzelf. Hij stapte uit en liep met zelfverzekerde pas naar de ingang van zijn bedrijfspand, klaar om aan de dag te beginnen. Vandaag moest hij de wereld ervan overtuigen dat er gebouwd moest worden in Geldinganes en dat hij de juiste man was om dat te doen. 'Ik grijp alles wat zich aandient aan als een kans,' mompelde hij voor hij naar binnen ging.

Valur wist dat Högni Eyfjörð kantoor hield aan de Tjörn, in de Tjarnargata, in een mooi gebouw vlak bij de ministeries. Er was veel over de aankoop van dat onroerend goed geschreven, het bedrag dat ervoor betaald was zou overdreven hoog zijn geweest, al was het natuurlijk een prachtig gebouw. Woningen in het centrum waren gewoonweg niet te betalen. Het was Valur opgevallen dat zijn medeburgers die nog iets te besteden hadden nadat ze hadden betaald voor hun invloed, meestal kozen voor een groot huis aan de rand van de stad of in een van de buurgemeenten.

Valur hoorde natuurlijk niet bij die groep mensen. De journalistiek leverde niet veel op en zijn ouders waren niet bijzonder vermogend. Zij woonden nog in Húsavík, waar Valur en Sunna waren opgegroeid met veel vrijheid en natuurschoon om zich heen. Het leven in Húsavík was heerlijk geweest, maar Valur en Sunna waren toch naar de stad verhuisd toen de eerste gelegenheid zich voordeed. Hij voelde zich goed in Reykjavík en het werk beviel hem, Dagbjartur was een betrouwbare chef en geld was ook niet alles. Het leven als journalist was leuk, soms zelfs avontuurlijk, en Valur stond zichzelf toe om bij de dag te leven. Hij was jong genoeg om zich nog niet druk te maken over de toekomst, hij moest eigenlijk nog echt volwassen worden, en dan zou hij misschien terechtkomen in een van die mooie vrijstaande huizen in het centrum en zou hij dat kunnen betalen omdat alle anderen in Garðabær wilden wonen. Hij en Margrét – het meisje met wie hij omging – samen in een oud huis met grote ramen en een mooie tuin voor dagen met mooi weer.

Misschien niet direct daar aan de Tjarnargata, maar ergens anders in de buurt.

De zon scheen nu in het centrum en dan was het er natuurlijk nog mooier dan wanneer het mistig was, de kleurige daken waren helder en glanzend en er lag een betoverende glans over alles.

Valur bleef even staan en keek uit over de Tjörn, maar toen liep hij naar het kantoor van Högni. De deur was dicht. Ernaast zat een fraaie deurbel met eronder de naam van het bedrijf, EYFJÖRÐ AANNEMERS NV, gegraveerd op een vergulde plaquette. Valur drukte op de bel en wachtte op de dingen die komen gingen.

Na een poosje kwam er een vrouw van middelbare leeftijd naar de deur. Haar ogen gingen schuil achter dikke brillenglazen en ze was van top tot teen in het wit gekleed. Ze glimlachte vriendelijk naar Valur. 'Goeiemiddag?' Het was een begroeting waarin meteen een vraag verborgen zat: *Wat komt u doen?*

'Goeiemiddag. Mijn naam is Valur, ik ben van het *Vikublaðið*. Ik zou Högni graag even spreken.'

'Hebt u een afspraak?'

Valur schudde zijn hoofd.

'Högni ontvangt journalisten eigenlijk alleen op afspraak. Zal ik het met hem bespreken en dan weer contact met u opnemen met een datum en een tijd?'

Terwijl Valur naar de juiste woorden zocht om dat aanbod af te slaan, kwam Högni zelf de trap af, zongebruind zoals altijd, in een donkerblauwe blazer, kennelijk onderweg naar buiten. Hij bleef staan bij de bijziende vrouw: 'Ik ga naar een vergadering, weet niet of ik nog terugkom.'

Högni keek even naar Valur. Zijn blik was leeg, de desinteresse was van zijn gezicht af te lezen.

Valur zag zijn kans schoon en ging Högni achterna.

'Neem me niet kwalijk, maar u bent Högni Eyfjörð, is het niet?' vroeg hij.

Högni bleef staan en keek verbaasd om. 'Ja, en wie bent u, als ik vragen mag?'

'Mijn naam is Valur, journalist...'

Högni's gezicht betrok. 'Bij Dagbjartur, ja. Precies. Nu herken ik u. U ziet er op de foto in de krant beter uit dan in het echt, moet ik zeggen.'

Valur liet zich door die onbeleefdheid niet van zijn stuk brengen. Hij was wel erger gewend. 'We hebben elkaar een keer ontmoet, ruim een jaar geleden. U herinnert het zich vast niet meer, maar dat was...'

'Nee. Ik herinner mij het niet. Ik kom zoveel mensen tegen en ik moet naar een vergadering.'

'Mag ik u alleen iets vragen over Viðey?'

'Wat?'

'Viðey.'

'Eigenlijk niet. U moet een afspraak maken.'

Högni stond op het punt weg te lopen, maar Valur gaf zich niet gewonnen.

'Ik begreep dat u daar regelmatig Óttar en Ólöf bezocht.' Dat was misschien niet precies wat Kristján hem had verteld, maar Valur probeerde een reactie los te krijgen van de aannemer.

'Van wie hebt u dat?' brieste Högni. 'Dat is gelogen. Ik...'

'Kent u hen niet?'

'Natuurlijk ken ik hen, dat is geen geheim. Óttar en ik zijn vrienden, oude schoolvrienden.'

'En bezocht u hen nooit op het eiland toen hij daar woonde?'

'Ja, je gaat nu eenmaal bij je vrienden langs.'

'Vaak?'

'Ik zie niet in wat u daarmee te maken hebt.' Hij was witheet. Valur begreep dat een man als Högni zoiets niet zwijgend voorbij kon laten gaan. Hij zou ongetwijfeld bij de eerste gelegenheid Dagbjartur bellen om zich over die jongeman te beklagen. Maar Dagbjartur zou zijn man natuurlijk steunen. Valur maakte zich geen zorgen.

'Ik begreep dat u daar kort voor Lára verdween was.'

'Lára?' Het was aan Högni's reactie te zien dat hij heel goed wist wie Lára was.

'Het meisje dat verdween, het meisje dat bij Óttar vakantiewerk deed.'

'Dat is tientallen jaren geleden.'

'Dertig jaar, bijna op de dag af.'

'Ik kende die Lára niet en begrijp niet waarom u mij daarmee lastigvalt.'

'Was u daar in augustus 1956?'

'Hoe zou ik dat in godsnaam moeten weten, jongen? Hoor eens, nu moet ik echt naar die vergadering!' Hij stormde weg.

'Bedankt voor het gesprek. Ik schrijf erover op donderdag. En dan vertel ik de lezers meteen waar Lára is.'

Högni bleef staan en keek om. 'Niemand weet verdomme waar Lára is.'

'Ik heb mijn informatie. Het komt volgende week allemaal aan het licht. Ze moet in gewijde grond komen. Ik denk dat de krant dat allemaal zal onthullen. Er komt een foto van haar bij te staan. En een foto van u, natuurlijk. Mag ik een nieuwe foto van u laten maken? Anders hebben we ongetwijfeld nog wel een oude.'

'U maakt helemaal geen foto, verdomme! En u mag helemaal niets over mij schrijven. Dan klaag ik u aan, en de krant ook. Ik stel u aansprakelijk.'

'Dat is een goede quote, dank u wel. En ik bezit niets, dus dat maakt niet uit.'

'Weet wat je zegt, jongeman! Je schrijft geen woord over mij!'

'Gelukkig bepaalt u dat niet. Ik ben echter wel bereid om komende week even met u te gaan zitten en uw kant van de zaak te horen. Hoe vaak u daar was, en waarom... U moet Lára er hebben ontmoet, zij was de hele zomer op Viðey. Herinnert u zich haar?'

'Mijn kant? Er is geen enkele kant die met mij te maken heeft. Ik kende Lára niet en heb niets met die zaak te maken. Zij is ongetwijfeld ergens in het buitenland, springlevend.'

'Lára is dood en u zult er donderdag achter komen wat haar is overkomen, als u het niet al weet.'

16 augustus 1986

Margrét had de vorige zomer bij de krant gewerkt, maar was eind juli nogal onverwacht gestopt. 'Veel te veel een mannenwereld naar mijn smaak,' had ze tegen Valur gezegd.

Zij en Valur waren goed bevriend geraakt, maar pas toen ze elkaar in het voorjaar in een café weer waren tegengekomen, was er iets gebeurd. Zij was eenentwintig, iets jonger dan hij, en studeerde politicologie. Ze waren net begonnen aan iets wat op een relatie leek en zagen elkaar af en toe, maar hij hield dat grotendeels voor zich. Hij had Sunna over Margrét verteld, maar zijn ouders niet. Nog niet. Daar was nog alle tijd voor. Hij had nog altijd een goed gevoel over dit meisje, ze konden het goed met elkaar vinden en hij keek er altijd naar uit om haar te zien.

'Ga je maandag de stad in?' vroeg ze. Ze zaten in restaurant Horn. Hun lunch bestond die zaterdag uit pizza en cola, om te vieren dat ze drie maanden samen waren.

'Ja, ik denk dat je wel moet gaan. Een stuk van de verjaardagstaart eten, het vuurwerk zien. Dat is toch zo?'

'Ach, ik ben bang dat het allemaal niet veel voorstelt. Te hoge verwachtingen.'

Ze had het prima gedaan bij de krant, maar ze praatten haast nooit over het werk. Meer over de politiek, en ook over kunst en cultuur. Soms kreeg hij het idee dat ze de krant niet eens las. Niet meer.

Zij was opgegroeid in Garðabær. Haar ouders waren conservatief en het *Vikublaðið* was niet direct een krant die in dat wereldje werd gelezen. Dat kon Valur zich in elk geval niet voorstellen. Misschien had ze dat vakantiebaantje wel aangenomen om haar ouders eraan te herinneren dat ze niet altijd in hun voetsporen zou treden.

De vraag was echter of hun liefdesbetrekking een uiting was van dezelfde emotie, een stil verzet, iets wat nooit lang zou kunnen duren. Diep vanbinnen hoopte hij dat dat niet het geval was.

'Zullen we vanavond anders afspreken bij de Tjörn?' vroeg hij.

'Wat romantisch,' antwoordde zij, en ze lachte. 'Dat is een goed idee, bij de Tjörn in Reykjavík, net als in het liedje. Om acht uur?'

'Afgesproken.' Hij lachte. 'Maar nu over het weekend. Zullen we iets doen?'

'Ik heb beloofd om vanavond en morgen op de kinderen van mijn zus te passen,' zei ze, en hij voelde een klein steekje in zijn hart.

Toen voegde ze er met warme stem aan toe: 'We maken het maandag goed, Valur. En later in de week huren we een film. We maken het gezellig, goed?'

Het weer was ongewoon zacht voor augustus, maar Valur liep terug naar kantoor omdat hij toch nog wat langer aan zijn bureau wilde zitten, voor het geval die vrouw, die Julia, zou terugbellen. Het was gewoon een te belangrijke zaak om het erbij te laten zitten. Een grote zaak. Hopelijk zou het niet zijn enige grote zaak blijven, maar een van de vele.

Hij bleef nog even buiten in de zon staan om van het warme weer te genieten. Elke dag met goed weer in augustus kon de laatste zijn.

Tegen zijn verwachting in was een van zijn collega's in het kantoor aanwezig. Baldur zat al veel langer dan Valur in de journalistiek, hij was bijna net zo oud als de hoofdredacteur en had een lange carrière achter de rug. Soms kreeg Valur het gevoel dat Baldur bij elke IJslandse krant had gewerkt.

'Nee, zeg... Wat doe jij nou hier?' vroeg Baldur.

Valur was nou ook weer niet zó zelden in het weekend aanwezig op kantoor dat deze opmerking terecht was, maar doorgaans vond hij het toch prettiger om thuis te werken buiten de traditionele kantoortijden. Hij zag ervan af om Baldur uit te leggen hoe het zat en had bovendien een donkerbruin vermoeden dat zijn collega het niet zo kon waarderen dat de artikelenreeks over Lára inmiddels zo populair was geworden. Het leek er meer op dat hij vond dat Valur de afgelopen maand veel te snel omhoog was geklommen binnen de hiërarchie van het kleine weekblad.

'Ik moest nog een artikel afmaken,' antwoordde hij. 'En jij? Druk?'

'Nog een artikel over Lára, denk ik?' Baldur had een bijzonder talent om een objectieve toon te gebruiken als hij sprak en zou ongetwijfeld een goede politicus zijn geweest. Het was onmogelijk om de man te lezen.

'Nee, dat niet. Er is niet zoveel meer over die zaak te vertellen. Ik ben met iets anders bezig,' loog hij, en hij vermaakte zich er een beetje mee zich voor te stellen wat er in Baldurs hoofd omging.

Valur ging aan zijn bureau zitten en keek onwillekeurig naar de telefoon, alsof dat ervoor zou zorgen dat de vrouw eerder zou bellen. Misschien zou ze wel helemaal niet terugbellen en misschien was het wel helemaal niets. Hij probeerde zich te concentreren en bladerde door de papieren op zijn bureau. Hij had eigenlijk niets belangrijks omhanden, maar moest doen alsof hij ergens mee bezig was, omdat Baldur aanwezig was.

'Heeft er eigenlijk iemand voor mij gebeld?' vroeg hij toen.

Baldur keek op. 'Wat? Verwacht je een telefoontje?'

'Misschien.'

'Nee, er heeft niemand gebeld, maar er ligt hier ergens wel een envelop voor je.'

'Een envelop?'

'Ja, die lag hier op de grond onder de brievenbus toen ik aankwam. Denk dat hij gisteravond bezorgd is.'

Valur deed zijn best niet al te geïnteresseerd te lijken. Hij verwachtte zeker geen envelop, maar de boodschap kon maar van één iemand komen. Of niet?

'Oké. Waar is hij dan?'

'Heb ik hem niet op je bureau gelegd?' Baldur keek weer naar zijn eigen bureau. 'O nee, hier is hij!'

Hij liep met de envelop naar Valur toe en bleef dralen. Hij leek te wachten tot Valur hem openmaakte.

'Bedankt.'

Toen Baldur weer op zijn plaats zat, opende Valur de envelop voorzichtig.

Er zat een wit vel papier in, waarop met de hand één naam geschreven was: *Arnfríður Leifsdóttir.*

Hij keek nog eens naar de envelop. Die was echt aan hem geadresseerd.

Arnfríður Leifsdóttir?

Hij kende die naam niet.

Was het een boodschap van Julia? Was dat alles? Of had het soms met een andere zaak te maken?

Hij stopte het papier weer in de envelop en zag toen dat er achterop nog iets stond geschreven: *Julia.*

Hij was dus toch van haar! Ze zou niet terugbellen, maar had hem toch op een spoor willen zetten.

Hij leefde helemaal op. Hij stond op om zijn aantekenboekje te pakken, het boekje over Lára, maar herinnerde zich toen weer dat hij het aan Sunna had uitgeleend. Dit moest dan maar later in het boekje worden genoteerd. Hij stopte de brief in zijn tas.

'Ik ben ervandoor, Baldur!' zei hij luid en duidelijk.

'Nu al? Dat was kort maar krachtig.'

'Ik heb mijn aantekenboekje thuis laten liggen,' loog Valur.

'Iets interessants? In die envelop?' vroeg Baldur langs zijn neus weg.

'Envelop? O... nee, alleen een kwitantie.'

Valur was doorgaans een rustig mens, maakte zich normaal gesproken niet zo gauw ergens druk om, maar die envelop had alles op zijn kop gezet. Hij begreep dat hij een kans in handen had gekregen om zijn naam te vestigen binnen de IJslandse journalistiek. Sommigen wachtten hun hele carrière op zo'n kans – Baldur, bijvoorbeeld, hij was altijd in de middelmaat blijven hangen, bij het ene partijblaadje na het andere, meestal wel links van het midden, en had zich nooit ergens mee onderscheiden. En nu had Valur de scoop van het jaar. Hopelijk.

Hij belde Sunna zodra hij thuis was, maar kon haar niet te pakken krijgen. Ze was nooit thuis, vond hij, meestal was ze op de universiteit of zat ze bij Mokka koffie te drinken of was ze buiten met haar vrienden. Hij overwoog even om naar Hlíðar te lopen en daar op haar te wachten. Ze zou toch ooit thuis moeten komen! Hij had zijn aantekenboekje nodig. Zijn hoofd liep over en hij moest namen, feiten en telefoonnummers kunnen natrekken, nogmaals proberen om mensen die een rol speelden te spreken te krijgen. Eén naam die hij had genoteerd, herinnerde hij zich, was die van Finnur Stephensen, de groothandelaar. Hij was erachter gekomen dat Finnur een jeugdvriend was van Óttar de advocaat en dat hun vriendschap tientallen jaren terugging. Wat betekende dat ze al vrienden waren toen Óttar op Viðey woonde. Voor hij eraan toe was gekomen om bij Finnur aan te kloppen en informatie over Óttar te vragen, had hij in de krant gelezen dat Finnur dood was. Daarmee was die weg afgesloten. Hij zou Óttar en Ólöf echter niet loslaten, hij moest hen voor het volgende artikel te pakken zien te krijgen.

Op de een of andere manier moest hij erachter zien te komen wie Arnfríður Leifsdóttir was. En hetzelfde gold voor die Julia.

In plaats van onuitgenodigd bij Sunna langs te gaan – het was nu ook zachtjes gaan regenen – ging hij op de bank zitten, probeerde zijn zenuwen in bedwang te krijgen, in en uit te ademen, en belde toen Dagbjartur.

'Valur! Wat kan ik voor je doen?'

'Ik heb nieuws.'

Liever had Valur tegenover Dagbjartur gezeten om hem het nieuws te brengen en waarschijnlijk complimenten te ontvangen, maar deze keer moest hij het maar over de telefoon doen.

'Nieuws? Vertel op.'

'Over de zaak Lára.'

'Oké. Vertel me eens, jongen. Nu ben ik benieuwd.' En hij voegde er met een diepe, kameraadschappelijke stem aan toe: 'Nu gaan we kranten verkopen!'

'Dat denk ik ook.' Hoewel Valur geen financiële belangen had bij het bedrijf, was hij altijd net zo enthousiast als hij eraan kon bijdragen dat er meer kranten werden verkocht of het aantal abonnementen toenam. Hij vond het belangrijk om de verkoopcijfers te helpen opschroeven. En op een dag, het zou niet lang meer duren, zou hij zich vermannen en om loonsverhoging vragen.

'Laat horen, wat is er gebeurd?' De hoofdredacteur begon ongeduldig te worden.

'Ik kreeg vandaag post, in een envelop.'

'O?'

'Een anonieme brief, of zoiets. Van die Julia, dezelfde die mij heeft gebeld.'

'En wat stond erin?'

'Ze stuurde me alleen een naam.'
'Een naam? Welke naam?'
'Arnfríður Leifsdóttir.'
'Wie is dat? Arnfríður?'
'Geen idee, maar ik ben wel van plan daarachter te komen.'
Het werd even stil aan de andere kant van de lijn.
'Zo ken ik je! Ik zit alleen te denken...'
'Ja...' Hij wachtte op een compliment.
Dagbjartur was daar echter niet zo scheutig mee. Soms zat het compliment verborgen in het feit dat hij je niet uitschold.
'Ik zat te denken, moeten we de boel niet een beetje opkloppen?'
'Wat bedoel je? Meer kranten verkopen?'
Valur had vaak moeite om de gedachtegang van Dagbjartur te volgen en nu was het niet anders. Misschien was het de politieke inslag van de man waar Valur nooit helemaal hoogte van kreeg.
'Ja. Meer kranten verkopen,' zei hij. 'Ja, weet je, dat denk ik ook. Los jij die zaak voor mij op. Verlies die informatiebron en die aanwijzingen niet uit het oog. We moeten op één lijn zitten, Valur. Dat is de zaak. Nu heb je echt iets te pakken.' Toen voegde hij eraan toe, op een iets andere toon: 'Met wie heb je hierover gesproken?'
Valur zuchtte. Zijn hoofdredacteur had hem uiteindelijk toch niet zo hoog zitten, maar nu zou hij zijn vertrouwen verdienen.

17 augustus 1986

Na het telefoongesprek met Dagbjartur was Valur nogal rusteloos. Hij keek uit het raam naar buiten, waar kinderen aan het spelen waren en de huizen glinsterden in de zon. Hij wilde het liefst de straat op. De kleuren en de helderheid in augustus hadden hem altijd aangesproken, als het 's avonds al donkerder begon te worden en de herfst en de nachtvorst vlakbij waren.

Valur was hij geen geboren en getogen Reykjavíkker, maar wist goed de weg in de stad. Hij was tevreden met zijn kleine huurwoning aan de Laugateigur – al had hij liever in het centrum gewoond – en kon de diversiteit van de stad wel waarderen. Hij had zin om door de stad te lopen en even niet te denken aan wat er allemaal nog voor het artikel over Lára moest worden gedaan, hoewel de druk groot was. Hij grijnsde bij de gedachte dat hij altijd met alles wachtte tot het laatste moment. De zondagavond was in zijn tienerjaren altijd zwaar geweest, als hij met al zijn huiswerk voor het weekend aan de tafel zat in hun huis in Húsavík. Sunna was dan meestal allang klaar met alles en kon naar iets leuks kijken op hun zwart-wittelevisie.

Niet dat het televisieaanbod op de zondagavond Valur bijzonder aansprak. Er werden vaak Zweedse films vertoond over een gescheiden echtpaar, waarin de man dronk en de vrouw gebukt ging onder werkdruk. Of IJslandse programma's waarin Hrafn Gunnlaugsson met kunstenaars praatte over hun werk. Een gebakken ei moest wel staan voor een vrouwenborst. Valur herinnerde zich dat hij dan met al zijn wiskundewerk voor zich zat en over zijn schouder naar Sunna keek, die aandachtig alles in zich opnam. Sunna was altijd meer van de cultuur geweest, Valur had meer belangstelling gehad voor Amerikaanse programma's waarin werd gevloekt en getierd en de meeste mensen werden vermoord. Hij hoopte dat de nieuwe televisiezender die werd voorbereid en die moest gaan concurreren met de staatstelevisie meer van die programma's in de aanbieding had. Valur had zelfs even overwogen om een videoapparaat te kopen om aan zijn behoefte aan afleiding te voldoen, maar hij verdiende niet zoveel en er waren nog veel meer dingen waar hij zijn geld aan kon uitgeven.

Hij maakte koffie en ging toen onder de douche om de verveling van zich af te spoelen. Hij wilde de bus nemen naar de krant om te zien of er nog een telefoontje of een bericht was binnengekomen over de zaak Lára. Daarna wilde hij wat door de stad wandelen en rondkijken. Valur was een liefhebber van het stadscentrum en stond kritisch tegenover de bouw van een 'nieuw centrum' in Reykjavík. Er werd nu een reusachtig handelsgebouw neergezet en er zouden nog meer nieuwe winkelcentra komen die het oude stadscentrum zouden gaan vervangen. Valur was over het algemeen weinig ingenomen met de nieuwe gebouwen. Hij had onlangs nog een artikel geschreven over het nieuwe stadhuis dat aan de Tjörn zou verrijzen en dat hem slecht beviel. Nieuwe architecten beschikten helemaal niet over dezelfde smaak als de architecten van vroeger. Het liefst zou Valur willen dat er nog altijd houten huizen in Reykjavík werden gebouwd. Hij wandelde het liefst door de stad om de oude huizen te bewonderen – die vaak wel wat onderhoudsachterstand hadden – en droomde er dan van om zo'n huis te kopen en het op te knappen. Het zou er ooit van komen, misschien wel met Margrét...

Valur stapte bij busstation Hlemmur uit de bus en zag dat er behoorlijk veel mensen onderweg waren naar de stad, om dingen te doen, mensen te zien en zichzelf te laten zien. Valur liep rechtstreeks door het stadscentrum naar het hoofdkantoor van het *Vikublaðið* aan de Kárastígur. Er was niemand. Hij bleef even hangen, zocht wat tussen de spullen op zijn bureau en besloot toen weer het centrum in te lopen om zijn zinnen te verzetten.

Hij liep richting Karnabær, wilde de uitstalling in de etalage bekijken. Toen hij voor de winkel stond en een rood geruit overhemd bekeek, gaf iemand hem een klap op zijn rug.

'Hé! Hallo!'

Valur keek om. Het was een oude vriend van hem uit het noorden, Gunnar. Hij studeerde theologie aan de universiteit en was een bijzonder hartelijke vent met lichtrood haar en lachende ogen.

'Hoe gaat het? Heb je het druk bij *The Washington Post*?'

Valur lachte. 'Heel erg druk, ja. Nieuws is er altijd.'

'Ik zie dat je schrijft over de zaak Lára. Denk jij dat je het raadsel kunt oplossen? Is Columbo in Reykjavík neergestreken?'

Valur zuchtte. 'Ik weet het niet. Ik krijg die zaak niet meer uit mijn hoofd. Het was zoiets afschuwelijks. Ze is gewoon in rook opgegaan. Ik bedoel, hoe verdwijnt iemand nou zomaar? Ze is niet buiten gebleven, daar op Viðey...'

Gunnar keek hem vriendelijk aan. 'Is ze niet gewoon de zee in gelopen, Valur? Besloten om afscheid te nemen van het aardse bestaan?'

'En nam ze al haar tassen met zich mee? Al haar bagage? Je pakt toch niet je spullen om die met je mee te nemen de zee in? Of wel soms? En dan is er nog iets, Gunnar, ik sprak met de politieman die op de zaak heeft gezeten, die Kristján. Ik denk dat hij mij niet alles heeft verteld wat hij wist of vermoedde. Ik ben er niet zeker van dat zij het eiland heeft verlaten.'

Valur zweeg. Hij wilde niets zeggen over de aanwijzing van Julia, hij moest die voor zich houden voor het volgende artikel.

Gunnar keek hem met een ernstig gezicht aan en knikte toen. 'Het zou natuurlijk fantastisch zijn als jij haar zou kunnen vinden, Valur. Deze zaak zal anders de ziel van ons volk tot in de verre toekomst bezwaren.'

Valur haalde zijn schouders op. 'Ja, je weet het niet. Het is moeilijk om een dertig jaar oude zaak op te lossen. En hoe is het met jou? Ben je al bijna klaar met je studie?'

Gunnar glimlachte. 'Ik denk dat ik nog wel een jaartje of dertig bezig ben. Nee, ik maak maar een grap. Ik ben bezig met mijn eindscriptie. Gaat prima. Over de woorden van Jezus in de Bergrede: "Oordeelt niet, opdat u niet geoordeeld wordt."'

Valur knikte langzaam. Hij had haast het gevoel alsof die woorden tot hem gericht waren. Was het wel zijn taak om oude zonden aan de kaak te stellen?

Gunnar ging verder: 'Ik moet ervandoor. Morgen is het de bedoeling dat wij als theologiestudenten naar de mis gaan, vanwege het jubileum van de stad. Ik moet present zijn in de Dómkirkja, ben nu op weg daarnaartoe. Er zijn bij alle missen politici aanwezig. God sta ons bij!'

Tegen de avond had Valur allerlei koppen bedacht voor het artikel, zonder tot een besluit te komen.

Hij wilde na het weekend naar het eiland gaan en daar de situatie in ogenschouw nemen. Zijn artikel zou in elk geval een goede beschrijving van de omstandigheden en de sfeer daar kunnen geven. En hij zou kunnen citeren uit het telefoongesprek met Julia dat Lára op zaterdagavond was vermoord. Een anonieme tip aan de journalist. Het gesprekje met Högni was ook interessant geweest en zou de discussie zeker op gang brengen.

Valur kookte spaghetti en bakte rundergehakt uit dat hij in de koelkast had, waarna hij om acht uur voor zijn televisietoestel ging zitten om naar het nieuws te kijken. Er was aangekondigd dat het zou gaan over de problemen bij Arnarflug, een mogelijke boycot van Zuid-Afrika, de schaakmatch tussen Karpov en Kasparov, de schenking van een eigendomsaandeel in Viðey van het rijk aan de stad – en nieuwe ontwikkelingen in de zaak Lára.

Valur schoot omhoog in zijn stoel en zette het geluid harder. Toen ze bij dat nieuwsitem was aangekomen, keek de nieuwslezeres geconcentreerd in de camera:

'Volgens inlichtingen van de nieuwsdienst wordt komende donderdag nieuwe informatie over de verdwijning van Lára Marteinsdóttir bekendgemaakt in het *Vikublaðið*. De afgelopen weken heeft Valur Róbertsson, journalist, over de zaak van Lára geschreven. Zij verdween spoorloos op Viðey toen ze nog maar vijftien jaar oud was, nu precies dertig jaar geleden. Het lot van Lára zou deze week dus kunnen worden opgehelderd. Het *Vikublaðið* zou over informatie beschikken die nieuw licht werpt op de zaak, is de nieuwsdienst ter ore gekomen. Valur Róbertsson was niet voor commentaar bereikbaar.'

Valurs mond viel open. Het moest niet gekker worden! Waar kwam dat bericht vandaan? Hoe moest hij dat waarmaken? Hij had helemaal geen antwoorden. Hij ijsbeerde heen en weer door zijn kleine kamer en wreef in zijn handen.

Valur was niet bereikbaar… Hij had misschien langer op kantoor moeten blijven, dan had de televisie hem kunnen bereiken en had hij alles kunnen ontkennen.

Wie had gelekt naar de nieuwsdienst? Gunnar zou toch zeker niets hebben losgelaten? Nee, hij was zeker geen betrouwbare informant. Niemand kon weten hoe het met de zaak stond, behalve zijn collega's bij de krant en dan met name de hoofdredacteur zelf.

Valur beende naar de gang, waar de telefoon was. Zijn handen trilden een beetje toen hij het nummer draaide en hij voelde maagzuur omhoogkomen terwijl hij wachtte tot er werd opgenomen.

'Dagbjartur.'

'Ja, hallo. Je spreekt met Valur. Heb je het nieuws gezien?'

'Ja, ik zag het.'

'Zag je dat item over de krant en de zaak Lára? En dat er iets nieuws naar buiten zou worden gebracht deze week?'

'Ja.'

Valur vond dat Dagbjartur opvallend rustig bleef.

'Het is niet waar. Ik heb wel een aanwijzing gekregen van die vrouw, maar ik weet helemaal niet waar die heen verwijst. Ik wilde deze week naar Viðey gaan...'

'Valur, je hebt toch gezegd dat je dacht dat er nieuws in zat...'

'Ja, nieuws, of een artikel, maar ik heb die zaak niet opgelost.'

'En wekt dat geen belangstelling voor de krant of voor jou?'

'Weet jij waar ze die informatie vandaan hebben?'

'Welke informatie?'

Er klonk lawaai aan de andere kant van de lijn, geroep van kinderen – ongetwijfeld de kleinkinderen van Dagbjartur. De televisie stond ook hard aan bij hem thuis, maar hij zou er zijn stem niet om verheffen, net zomin als hij bij slecht weer voor IJsland uit zou komen.

Valur was daar wel een beetje verbaasd over. Zelf was hij bezweet en gestrest, alsof hij onder grote druk stond.

'Nou, dat er deze week een scoop werd verwacht. Het is ook zo met mijn naam verbonden, iedereen kent mijn gezicht en nu denken ze allemaal dat ik met iets nieuws ga komen. Wie heeft dat tegen de televisie gezegd?'

'Het is juist goed zo, Valur. De krantenverkoop zal records breken en iedereen zal over Lára willen lezen. Jij zult de aandacht trekken die je verdient en misschien staan we volgende maand wel in de plus. Ik zie er echt niets slechts in.'

'Heb jij het misschien aan die nieuwsdienst doorgegeven?'

'En als dat zo was, zou dat dan zo erg zijn?' Dagbjartur leek er bijzonder veel plezier in te hebben, hij gniffelde bijna.

'Dus jij was het?'

'Valur. De krant staat altijd op het punt over de kop te gaan, elke week weer,' zei Dagbjartur. Valur kreeg nu het gevoel dat dat overdreven was, hij had nooit iets gemerkt van geldgebrek of bezuinigingen. 'Ik probeer de boel alleen maar draaiende te houden. Die artikelenreeks heeft goed gewerkt en de mensen hebben interesse in de zaak Lára. Het heeft tot een betere verkoop geleid, maar het kan altijd nog beter. Dit bericht vanavond zal ervoor zorgen dat de kranten als warme broodjes over de toonbank gaan, of je de zaak nu wel of niet oplost. En jij mag nooit vergeten dat wij een bedrijf zijn, we moeten kranten verkopen, of dat nu betekent dat je een paar extra artikelen schrijft of niet. Wees nou maar blij, dit vestigt alleen maar de aandacht op de krant en op jou en ik ben er zeker van dat het je lukt om iets van dat laatste artikel te maken, zodat het niet teleurstelt. Het is zeker een ernstige zaak voor je om iets te moeten schrijven waar het hele land op zit te wachten.'

Dagbjartur was duidelijk hoorbaar tevreden met hoe de dingen verliepen.

Valur schraapte zijn keel. 'Ja, oké, dan moet het maar zo zijn. Fijne avond, Dagbjartur.'

'Fijne avond, Valur,' zei Dagbjartur, en hij legde neer.

Laufey, de vrouw van Dagbjartur, keek onderzoekend naar haar man toen hij de telefoon had neergelegd.

'Is er iets, Dagbjartur?'

'Nee, Valur, van de krant, is alleen een beetje gestrest over die artikelenreeks. Niets om je zorgen over te maken.'

'Dat is ook niet zo gek, Dagbjartur, er wordt nogal wat druk op die jongeman uitgeoefend.'

Dagbjartur antwoordde niet en Laufey ging de keuken in om thee te zetten. Die beste man leefde voor de krant en praatte van 's ochtends vroeg tot 's avonds laat nergens anders over. Hij was gezelliger geweest toen ze elkaar net leerden kennen – en minder kaal – maar ze hadden het op de een of andere manier samen uitgehouden. Ze dacht weliswaar de afgelopen jaren steeds minder aan Dagbjartur. Zij had zich toegelegd op yoga en afrodance en haar kleinkinderen en hoefde zich niet druk te maken over de perikelen van haar man op de krant.

Ze hoorde Dagbjartur kletsen met zijn kleinkinderen, schikte de doek die ze om haar haren had geknoopt en wachtte tot het water kookte.

Valur liep de kamer weer in, ging op de bank zitten en zuchtte. Hij zou zeker een tandje bij moeten zetten als hij iets moest schrijven 'waar het hele land op zat te wachten', zoals Dagbjartur het had geformuleerd.

Het was lastiger dan hij had gedacht. Hopelijk zou die Julia weer contact opnemen... En hij moest het briefje in die envelop ook niet vergeten. Misschien zou hij die Arnfríður Leifsdóttir kunnen vinden. Ja, er waren nog wel een paar aanknopingspunten die hij beter moest natrekken. De hoop dat hij er nog iets van kon maken was niet helemaal vervlogen.

Hij keek naar buiten. De zon stond lager aan de hemel en de ramen weerspiegelden het roze licht. Plotseling voelde hij zich optimistischer dan daarvoor. Hij zou het voor elkaar krijgen.

Hij stond op. Nu zou hij een lange wandeling gaan maken om zijn hoofd leeg te maken.

Hij moest iets verzinnen.

17 augustus 1986

Gemeenteraadslid Páll Jóhannesson probeerde een goede indruk te maken terwijl hij op de kerkbank zat, maar hij voelde zich niet prettig in deze omgeving. Hij was niet de politiek ingegaan om op zondagochtend naar een mis te zitten luisteren, maar juist nu hoorde dat bij het werk. Een gemeenteraadslid in Reykjavík kon moeilijk verstek laten gaan als er in alle kerken een mis werd opgedragen ter gelegenheid van het tweehonderdjarig bestaan van de stad. Hij was kerkelijk noch gelovig, maar zei in interviews dat hij het geloof uit zijn kindertijd had behouden, want hij wist dat de kiezers dat wilden horen. De banken in de Dómkirkja hadden er duidelijk al heel wat jaren op zitten en de predikant, een middelbare man die zichzelf graag hoorde praten, slaagde er niet in de aandacht van dat feit af te leiden.

Páll had voor de politiek gekozen om invloed te hebben, zoals hij het zelf verwoordde. Hij was goed in stadsplanning en dat had hem geen windeieren gelegd. Op een bepaald moment had hij zijn hoop gevestigd op het bereiken van de belangrijkste positie in de stad, maar toen was geleidelijk tot hem doorgedrongen dat hij daarvoor simpelweg niet genoeg achterban had, ook al had hij daar in de loop der jaren alles aan gedaan. Hij sleepte de zaken erdoorheen op zijn ervaring en zijn netwerk, of hij nu in de meerderheid was of in de minderheid. En hij zorgde ervoor dat hij zelf het verschil maakte. Páll maakte gebruik van de steun van de juiste mensen, die hem op hun beurt van een bepaalde status binnen het systeem verzekerden. Hij had daar meer aan dan aan de bewondering van het publiek, want hij had ervoor gekozen om in de schaduw te opereren tussen de politieke tegenstellingen. Links of rechts, dat maakte niet uit voor hem.

Dit semester had de stadsplanning hoog op de agenda gestaan in de stad. Er werd gewerkt aan een nieuw centrum en een groot winkelcentrum dat Reykjavík voor lange tijd zou veranderen. Rond dat centrum werd gebouwd aan woningen en bedrijven, niet in de laatste plaats het gebouw van de nieuwe omroep, dat lang in de pijplijn had gezeten maar nu zijn voltooiing naderde. Páll had plezier in die projecten. Hij vond het leuk om de aannemers te spreken, die hem met een mengeling van angst en ontzag bejegenden, de bouwpercelen te inspecteren en erbij betrokken te zijn hoe de stad zich in de toekomst zou ontwikkelen. Hij voelde zich enorm belangrijk. En hij paste op zijn vrienden, niet in het minst op Högni. Zij pasten op elkaar.

Páll had nooit in het middelpunt van de belangstelling gestaan. Hij had ervoor gekozen om zich in het leven gedeisd te houden. Zijn vader was een koopman geweest en zijn moeder huisvrouw. Ze waren zo gewoon geweest als je maar kon denken en hadden hun kinderen ook in die geest opgevoed. Het doel was altijd geweest om in een mooi huis te wonen, een auto te bezitten, een mooie vrouw en getalenteerde kinderen, en een goed en waardig leven te leiden. Hij wierp een snelle blik op zijn vrouw, die naast hem in de kerkbank zat.

Gunnlaug was precies die mooie vrouw geweest. Ze hadden elkaar leren kennen op de Miðbæjarskóli. Ze was een van de populairste meisjes daar. Erna was ze naar de huishoudschool gegaan. Hun twee kinderen zaten nu op de middelbare school. Haar blonde haar begon inmiddels grijs te worden en haar gezicht, dat zo zacht was geweest, was scherper geworden. Ze droeg een donkerblauw jasje met een roze sjaal, de kleuren die het best bij haar pasten. Gunnlaug had onlangs een kleurenanalyse laten doen, met haar naaiclub, en had te horen gekregen dat zij lente was. Dat had ertoe geleid dat ze roze, lila en paarse kleding was gaan inslaan.

Ze leek met grote aandacht naar de predikant te luisteren. Een wijs man had zijn huis gebouwd op een rots en dat had de golven weerstaan – anders dan het huis dat op zand was gebouwd: 'En zo is het met onze stad,' zei de predikant. 'Hij is op een rots gebouwd en houdt stand in alle golven die over hem heen spoelen.'

Páll moest direct denken aan de bouwpercelen aan het Rauðavatn, die vier jaar geleden de inzet waren geweest van een hevige verkiezingsstrijd. Bouwprojecten hadden bij de afgelopen verkiezingen niet zo'n grote rol gespeeld en dat had hij niet in de laatste plaats aan zichzelf te danken. Hij had in de politiek de aandacht op zichzelf gevestigd door te praten over de bebouwing van groene gebieden. 'Bescherm de groene gebieden' was zijn slagzin geweest. Hij wist natuurlijk ook wel dat het niet alleen om die groene gebieden ging, maar dat onroerend goed de enige beleggingsmogelijkheid was in IJsland die ertoe deed en de enige die het goed deed op voortdurende schommelingen in de conjunctuur, de inflatie en renteverhogingen.

Páll richtte zijn aandacht weer op de woorden van de predikant, die het nu had over de waarde van het gezin. Hij wierp weer een blik op Gunnlaug, die nog altijd naar de predikant keek. Wanneer had hij beseft dat hun huwelijk hem niets meer bracht? Gunnlaug was altijd zo vrolijk geweest, maar op een dag was het hem opgevallen dat ze was gestopt met lachen. Ze bestierde het huishouden perfect, zorgde voor de kinderen, bereidde op zondagen een lamsbout, volgde het nieuws en kon overal over meepraten als ze met hem meeging naar een receptie of een andere verplichting die bij zijn werk hoorde. Ze ging naar de naaiclub, las boeken en nam deel aan activiteiten van de vrouwenbond. Ze volgde cursussen, breidde truien en had zelfs een heel wandkleed gemaakt. Ze hadden een mooi ingericht zomerhuis in het Skorradalur en hun huis aan de Grenimelur was een afspiegeling van hun goede smaak en welgesteldheid. Ze was een vrouw met twee bontjassen, een teken dat het hun goed ging in het leven.

Maar desondanks had Páll zijn heil gezocht bij een andere vrouw.

Elísabet was nog maar drieëntwintig jaar en secretarieel medewerker bij de gemeente Reykjavík. Ze had blond haar, dat ze meestal in een hoge paardenstaart droeg, en was altijd gekleed in vrolijke pasteltinten, doorgaans jasjes met schoudervullingen, met een kleurige plastic ceintuur om haar middel, en grote halssieraden. Ze begroette iedereen alsof ze het echt leuk vond hen te ontmoeten. Ze nam de telefoon op, notuleerde alle vergaderingen van Páll en zette koffie. Ze woonde in een enorm huis aan de Njálsgata, waar ze haar handen vol aan had. Hoewel ze bij Stadsontwikkeling werkte, had ze weinig tot geen belangstelling voor de projecten.

Hij was geleidelijk aan meer naar dit meisje gaan kijken. Ze was zo levenslustig en vrolijk. Haar roze lippenstift lichtte de kamer op en haar kirrende lach werkte aanstekelijk.

Op een namiddag was er een personeelsfeest geweest bij Stadsontwikkeling. En daar was van het een het ander gekomen. Hij had eerst met de mannen staan praten, maar toen het feest zijn einde naderde, waren de vrouwen begonnen op te ruimen. Páll zou het thuis nooit in zijn hoofd hebben gehaald om op te ruimen, maar hij was naar Elísabet gelopen en had zijn hulp aangeboden. Het viel hem wel op dat de oudere vrouwen elkaar een betekenisvolle blik toewierpen, maar Elísabet had blij gelachen en zijn hulp dankbaar aangenomen.

En zo gebeurde het dat Páll van het stadhuis met Elísabet was meegegaan naar de Njálsgata, waar ze hartstochtelijk hadden gevreeën. Zij had hem de nauwe trap op getrokken en geschaterlacht toen hij haar zalmroze jurkje uittrok. Zij was jong en strak en deed of hij haar bevredigde. Hij en Gunnlaug sliepen nog regelmatig met elkaar, maar dat ging altijd op dezelfde manier, zij in hetzelfde of een vergelijkbaar nachthemd, het licht uit, er gebeurde nooit iets nieuws. Met Elísabet had hij het gevoel nog jong te zijn. Zij keek naar hem met een bewonderende blik en deed alsof hij de belangrijkste man in haar leven was.

Gunnlaug Haraldsdóttir keek naar de predikant. Wat was dominee Halldór toch altijd saai. Hij zei nooit iets wat hij niet al vele malen had voorgekauwd. Zij vond het wel prettig om naar de kerk te gaan, ze was verkikkerd op de bisschop en had het gevoel dat hij haar iets te vertellen had, een boodschap over het belang van een geestelijk leven of zo. Maar ze hield niet van Halldór en was hier vooral gekomen als de vrouw van Páll.

Gunnlaug was ruim in de vijftig, zei ze altijd, maar dat scheelde wel een jaar of tien. Ze was op de Miðbæjarskóli direct voor Páll gevallen. Hij was donker en knap en leek van plan alles goed te doen in zijn leven. Ze waren getrouwd toen hij op de universiteit zat, hadden twee kinderen gekregen, een mooi huis gebouwd en een gezellig zomerhuis gekocht. Toen was Páll de politiek ingegaan, met behoorlijk succes. Hij was geen politicus uit roeping, hij stond niet in de schijnwerpers van de media en leek in veel opzichten meer een ambtenaar dan een bestuurder. Het werk leverde veel op en hij leek het leuk te vinden om avond aan avond met plannen van projecten voor zich te zitten, met aannemers te overleggen en als sleutelfiguur op te treden voor de uitgegeven percelen.

En zij had volop meegedaan. Ze had koekjes gebakken en koffiegezet, was bij ontelbare vergaderingen en evenementen aanwezig geweest en had altijd naast haar man gestaan, als een rots in de branding. Ze had ontelbare maaltijden bereid voor zijn jeugdvrienden. Hun vrouwen waren er soms ook bij. Ze kon het nog het beste vinden met Þórdís, die er altijd van had genoten om in het middelpunt van de aandacht te staan. Allemaal zo trouw en zo betrouwbaar. Maar wat kregen ze ervoor terug?

Ze voelde Pálls nabijheid. Hij zat kaarsrecht en zag er waardig uit, maar zonder twijfel was hij met zijn gedachten elders. Hij was de allerlaatste die opstond toen de predikant hun vroeg de apostolische zegen te ontvangen. Páll leek er met zijn hoofd niet bij. Thuis niet en ook niet als ze uit waren, onder de mensen.

Gunnlaug kende haar man al heel lang. En van het begin af aan waren hun belangen gelijk geweest. Zij had hem gesteund in zijn ambitieuze plannen in de politiek. Ze had zelf ook ambities. Ze wilde bij bepaalde kringen horen, naar openingen gaan, op cocktailparty's worden uitgenodigd en mensen als zijzelf ontmoeten. De laatste tijd merkte ze echter dat ze uit elkaar groeiden. Hij leek geen belangstelling meer te hebben in wat ze aan het doen waren. Ze kwamen nog wel op dezelfde plaatsen als daarvoor, hij groette alle mannen en speelde zijn rol. Maar hij werkte vaker over en beweerde dat er veel taken op zijn bordje lagen in de stadsontwikkeling. Hij besteedde weinig aandacht aan haar, merkte het nauwelijks op als zij zich mooi aankleedde en zijn antwoorden kwamen automatisch over. Zelfs de maaltijden, die altijd hun moment waren geweest, omdat Páll van lekker eten hield, waren ongeinspireerd geworden. Hij leek haar weinig te vertellen te hebben.

Zij begon te vermoeden dat hij op eenzelfde punt was aangekomen als sommigen van zijn vrienden. Dat hij naar andere vrouwen was gaan kijken en Gunnlaug als een vanzelfsprekendheid was gaan beschouwen. Maar hij zou er niet mee wegkomen. Ze wist dat overspel veel voorkwam in de vriendengroep van Páll. Maar ze wist ook dat, hoewel mensen ruimdenkender waren dan vroeger, het niet zo was dat een scheiding altijd goed uitpakte voor een man in zijn positie. Het zou echter waarschijnlijk wel prettig voor haar zijn om zich van hem te ontdoen. Hij was niet direct prettig gezelschap tegenwoordig.

De predikant vroeg de kerkgangers om tot slot samen een psalm te zingen. Páll sloeg naast haar het psalmenboek open en bewoog zijn lippen. Hij was niet het type dat hardop zong. Gunnlaug keek in het psalmenboek en zette in.

18 augustus 1986

Valur was op de redactie van het *Vikublaðið* gearriveerd. Hij was vroeg gekomen op deze maandagochtend, nog steeds wat gestrest na het nieuws van zaterdagavond. Dagbjartur was er niet, maar de journalisten verspreidden zich door het gebouw en haalden hun eerste koffie van die dag. Valur riep goedemorgen naar de anderen. Hoewel zijn eigen artikelenreeks bij hem op nummer één stond, waren de andere medewerkers van het *Vikublaðið* vooral bezig met het jubileumfeest van de stad Reykjavík, dat vanmiddag zou beginnen. De meesten waren van plan om vrij te nemen of ze hadden dienst om over het feest te berichten. De meeste bedrijven hadden hun personeel vrijaf gegeven. Het was echt feest in de stad.

Baldur was op zondag naar Viðey gestuurd, waar het Rijk de stad Reykjavík zowel de Viðeyjarstofa als de Viðeyjarkirkja ten geschenke gaf. Valur vervloekte zichzelf omdat hij dit nieuwsitem niet naar zich toe had getrokken. Hij had dan op het eiland kunnen rondkijken en de sfeer kunnen inademen. Hij beloofde zichzelf dat hij er de volgende dag heen zou gaan. Een beschrijving van de situatie op Viðey zou het artikel een mysterieus tintje geven.

'Valur!' Sverrir, een van zijn collega's, riep hem. 'Het *Morgunblaðið* vraagt om een interview met je…'

Valur keek naar Sverrir en schudde zijn hoofd. Valur haalde zijn hand van de telefoonhoorn en zei dat Valur helaas niet aanwezig was.

'Zo is het om een sterreporter te zijn,' zei Baldur sarcastisch, en hij stak een sigaret op.

'Ja,' zei Valur, en hij ging achter zijn bureau zitten. Hij moest helder nadenken en een begin maken aan zijn slotartikel. Hij haalde pen en papier tevoorschijn en begon te schrijven. Het lukte hem soms om zijn gedachten te ordenen door ze eerst op te schrijven voor hij op de schrijfmachine begon te ratelen.

Lára is vermoord.

Ja, dat was de kop die het beste zou werken.

Er heeft zich een getuige gemeld die beweert dat de vijftienjarige Lára Marteinsdóttir op een zaterdagavond in augustus, dertig jaar geleden, om het leven is gebracht.
De ouders van Lára hadden datzelfde weekend contact opgenomen met de politie nadat Lára niets van zich had laten horen.
Het echtpaar Óttar Óskarsson en Ólöf Blöndal op Viðey vertelde de politie dat Lára haar vakantiebaantje op het eiland had opgezegd, haar spullen had gepakt en op vrijdag van het eiland was vertrokken.

Valur keek naar wat hij had opgeschreven en voegde er toen aan toe:

Tijd en plaats???
Als Lára op zaterdagavond werd vermoord, was ze dan in Reykjavík?
Of heeft ze Viðey nooit verlaten?

Valur zuchtte en haalde zich het gesprek met de vrouw die zich Julia noemde weer voor de geest – de aantekeningen die hij toen had gemaakt, lagen daar ergens. Hij schreef op:

Lára moet een fatsoenlijk graf krijgen.
Waar is het lijk?

'Valur!' Het was weer Sverrir. 'Nu is het de radio die een gesprek met je wil.'

Valur keek op en schudde zijn hoofd. Sverrir grijnsde en zei in de telefoon dat Valur helaas bezig was met andere dingen.

'Hé Valur! Krijg je geen rust om te schrijven?' Dagbjartur was binnengekomen, doodkalm, in een bruinfluwelen jasje en een beige overhemd. Hij zag er welgedaan uit en had sproeten, alsof hij het hele weekend in de zon had gezeten. 'Hoe gaat het?'

'Ja, prima, dank je wel,' zei Valur, en hij zuchtte. 'Er staat wel wat druk op, maar ik denk toch dat het goed komt. Ik wil morgen naar Viðey gaan om een klein raamwerk voor het artikel te schrijven over de sfeer ter plaatse en zo. Ik doe mijn best.'

'Ja, beter dan je best doen kun je niet, hè? Nou, als je even aan iets anders wilt denken, is het nog altijd mogelijk om wat over dat jubileumfeest te schrijven,' zei Dagbjartur, en hij snoof. 'Ik begrijp dat er gisteren een rij stond voor die technische tentoonstelling. Dat zegt wel wat over de zucht tot vernieuwing bij de IJslanders. En het stadsbestuur krijgt op die manier een heel goede pers. Ik heb nog iemand nodig om verslag te doen van het bezoek van de president. Wat een circus.'

Valur glimlachte. 'Ik wil nog even verder broeden en dan kan ik weleens gaan kijken of er iets is waarover ik kan schrijven.'

'Ja,' zei Dagbjartur. 'We moeten iets hebben over de taart en het feestprogramma. En ik hoorde van iemand dat er een run was op het postkantoor om eerstedagenveloppen te kopen met postzegels van het jubileum. Daar kunnen we misschien iets over in de krant zetten. Denk eraan, jongen, dat je in de journalistiek allerlei verschillende onderwerpen moet aanpakken, grote en kleine. Je mag niet arrogant worden. Je zult het goed doen bij de meisjes als je die zaak Lára oplost, maar ik reken daar niet op.'

Dagbjartur lachte om zijn eigen opmerking. Valur glimlachte en knikte, maar dacht bij zichzelf dat er weinig oninteressanter was dan schrijven over postzegels. Wat deed je niet allemaal voor je baas? Dagbjartur wist waar hij mee bezig was. Waarschijnlijk was het heel slim van hem geweest om dat bericht te lekken. Misschien zou het lang doorwerken, stemming maken voor de volgende krant die donderdag zou verschijnen – en de nodige druk op Valur zelf leggen om de zaak op te lossen.

Valur keek weer naar het papier voor zich waarop hij de belangrijkste feiten probeerde samen te vatten.

Hij haalde de envelop uit zijn tas. Arnfríður Leifsdóttir. Wie was zij?

Valur pakte het telefoonboek en keek bij de letter A, Arnfríður... Eerst in Reykjavík en toen verder, de postcodes af. Nadat hij een behoorlijke tijd met het telefoonboek op schoot had gezeten, had hij twee vrouwen gevonden die Arnfríður Leifsdóttir heetten. Hij noteerde hun telefoonnummers en adressen en wierp vervolgens een blik uit het raam. Zou hij proberen hen te bellen en naar de zaak Lára te vragen? Gewoon vragen of ze Lára Marteinsdóttir kenden?

Valur pakte de telefoon en draaide het eerste nummer. Deze Arnfríður woonde in Rauðalækur, een plaatsje ten oosten van Reykjavík, voorbij Selfoss.

'Hallo?'

'Ja, hallo, spreek ik met Arnfríður Leifsdóttir?'

'Ja, met wie spreek ik?' Aan haar stem dacht hij te horen dat de vrouw ver voorbij de middelbare leeftijd was.

'Mijn naam is Valur, journalist bij het *Vikublaðið*.'

Het bleef stil aan de andere kant van de lijn.

'Hmm, ik wilde vragen of u misschien iets weet over een meisje met de naam Lára Marteinsdóttir, dat op de kop af dertig jaar geleden is verdwenen.'

'Ik?' De vrouw leek stomverbaasd over deze vraag. 'Ja. Nee. Hebt u het over het meisje dat vakantiewerk deed op Viðey?'

'Ja, dat klopt,' zei Valur. 'Ik kreeg een aanwijzing dat u haar zou hebben gekend.'

'Nee, dat is niet zo,' zei de vrouw, die nu wat geïrriteerd begon te raken en zo te horen vond dat het gesprek een vervelende kant opging.

'Lára Marteinsdóttir is geboren in 1941,' zei Valur. 'Misschien was ze een generatiegenoot van u?' Hij krabde zich op zijn hoofd en had zelf het gevoel dat hij een radio-interview afnam van een oude boerin.

'Ik heb haar niet gekend,' zei Arnfríður ingehouden. 'Als dat alles is, ga ik nu neerleggen.' Plotseling klonk de wachttoon van de telefoon en Valur vervloekte zichzelf. Hoe had hij dat kunnen doen? De vrouw had duidelijk het gevoel gekregen dat hij over al haar grenzen heen ging.

De andere Arnfríður Leifsdóttir woonde op de Vestmannaeyjar. Hij keek niet uit naar het telefoongesprek.

Hij noteerde *Alle deuren dicht* en overwoog of dat misschien een leuk tussenkopje zou kunnen zijn, terwijl hij wachtte tot de volgende Arnfríður opnam.

'Hallo.' Haar stem klonk helder en vrolijk. Deze vrouw was een stuk jonger, als je op de stem kon afgaan. Hij schraapte zijn keel voor hij zijn boodschap bracht.

'Arnfríður?'

'Ja?'

'Ja, hallo. Mijn naam is Valur, journalist van het *Vikublaðið*, ehhmm, wij ontvingen een tip die u... nou ja, of iemand met uw naam... in verband bracht met Lára Marteinsdóttir, die dertig jaar geleden is verdwenen.'

'Lára Marteinsdóttir?' zei Arnfríður. Ze leek niet erg verrast en ook niet erg geïnteresseerd. 'Lára – u bedoelt die Lára over wie ze het gisteren in het nieuws hadden?'

'Ja, dat klopt,' zei Valur. 'Valt u niets in wat u met haar in verband brengt?'

'Ik heb alleen van die zaak gehoord, snapt u,' zei Arnfríður. 'Ik kan niets bedenken. Waarom zou ik iets met haar te maken moeten hebben?'

'We kregen een tip dat u, of iemand met uw naam, met de zaak te maken kan hebben,' zei Valur.

'Nee,' zei Arnfríður. 'Ja, nee, ik heb nergens mee te maken. Maar veel succes ermee!'

Valur nam afscheid van Arnfríður. Hij had het plezierig gevonden om met haar te praten. Zou leuk zijn geweest om haar in het echt te ontmoeten... Hij stond zichzelf niet toe om hier langer over te mijmeren. Hij had vanavond een afspraakje met Margrét en had niet nog meer vrouwen in zijn leven nodig. Lára, Margrét en Sunna waren voorlopig wel genoeg.

De eerste vrouw met wie hij had gesproken, was echter interessanter geweest en zij kon van de juiste leeftijd zijn. Hij zou er waarschijnlijk achter kunnen komen hoe oud zij was door het Bevolkingsregister te bellen. Katrín, een vriendin van Margrét, werkte daar.

Valur moest ook nadere informatie inwinnen over die mensen die op Viðey hadden gewoond, die Óttar en Ólöf. Zij hadden niet met hem willen praten en zijn poging Óttar op te wachten had geen resultaat gehad. Hij had hen in het eerste artikel genoemd, maar vond dat hij meer gegevens nodig had.

Wie had er iets bij hen te zoeken gehad op het eiland? Valur had ontdekt dat de groothandelaar Finnur Stephensen een jeugdvriend van Óttar was en hij zou hem dus kunnen hebben bezocht op het eiland. En dan natuurlijk Högni Eyfjörð, die Kristján had genoemd in verband met de zaak en bijzonder geïrriteerd was geweest toen Valur probeerde hem te spreken te krijgen.

Hij stond op en liep bij hoofdredacteur Dagbjartur naar binnen.

'Ik denk erover om te proberen meer te weten te komen over die mensen die op Viðey woonden toen Lára verdween,' zei Valur.

'Prima,' zei Dagbjartur. 'Maar heeft de politie al niet uitgebreid onderzoek naar hen gedaan? En hoe zit het met die Julia, heb je nog iets van haar gehoord? Hoe zit het met dat briefje?'

'Arnfríður, ja, de vrouw die op dat briefje werd genoemd. Ik ben haar op het spoor. Het is nog maar een kwestie van een dag tot ik haar heb gevonden.' Hij was vastbesloten om dat meisje bij het Bevolkingsregister te bellen. 'Ik ben ook bezig met Högni Eyfjörð.'

'Högni? Waarom in vredesnaam?'

'Je krijgt ongetwijfeld klachten van hem.'

'Dat betekent niets. Ik vertrouw mijn mensen, Valur. Dat weet je.'

'En als Finnur Stephensen niet dood was, dan was ik ongetwijfeld ook met hem in aanvaring gekomen. Hij stond op mijn lijstje. Alle hoekstenen van de samenleving staan erop.' Valur lachte.

'Het wordt een goede krant donderdag,' zei Dagbjartur.

'Het gaat uitstekend met ons.'

'Recordcijfers,' zei Dagbjartur. 'Recordcijfers, Valur. En lukt het je ook nog om een klein stukje te schrijven over dat jubileum? Ging jij niet een bericht schrijven over die postzegels? Het zou ook een goed idee zijn om Kiddi, de fotograaf, mee te nemen en de feestgangers wat vragen te stellen.'

Valur lachte en knikte, hij had het gevoel dat Dagbjartur hem met zijn voeten op de grond wilde zette met die eenvoudige opdrachten. Bij het *Vikublaðið* was er maar één sterreporter en dat was Dagbjartur zelf. Eigenaar en hoofdredacteur.

'Oké, ik maak er wel iets leuks van.'

18 augustus 1986

Kiddi de fotograaf was van dezelfde leeftijd als Valur, een jongen uit Breiðholt, weinig spraakzaam maar plezierig in de omgang. Hij leek uitsluitend belangstelling te hebben voor zijn camera en had inmiddels al veel lof geoogst voor zijn opvallende portretten. Hij fotografeerde het liefst politici. Hij leek geen enkele politieke voorkeur te hebben en ook weinig te weten van politiek of partijen, maar hij had een goed oog voor mensen en het lukte hem vaak om de persoonlijkheid van politiek leiders zo goed op film vast te leggen dat het opviel. Hij was heel gemakkelijk en hoewel politici favoriet bij hem waren, was hij met de meeste opdrachten tevreden – zelfs om naar het postkantoor te gaan en foto's van postzegels te maken.

Valur vroeg Kiddi om even te wachten terwijl hij nog één telefoontje pleegde. Hij kreeg contact met het Bevolkingsregister en vroeg naar Katrín. Hij moest even wachten, maar kreeg toen Katrín aan de lijn. Haar stem was zacht en helder. Hij zag haar voor zich met haar fijne blonde haar, dat ze uit haar gezicht hield met haarspeldjes. Valur vroeg haar of ze onopvallend de naam Arnfríður Leifsdóttir voor hem kon opzoeken en een lijst kon maken van alle vrouwen die de afgelopen decennia die naam hadden gehad.

Katrín had hem al eens eerder een dergelijke dienst bewezen, maar zag er toch tegen op en zei dat ze wel even tijd nodig had. Hij kon haar de volgende dag terugbellen en dan zou ze de informatie voor hem hebben. Valur bedankte haar er hartelijk voor. Dat zou een belangrijk stuk van de puzzel kunnen opleveren, een onderdeel van zijn artikel van donderdag.

Valur stopte het briefje met zijn aantekeningen in zijn leren tas, hing hem over zijn schouder en haastte zich uit het kantoor van het *Vikublaðið*, met Kiddi in zijn kielzog. Ze wilden naar het postkantoor in de Pósthússtræti gaan en daar met iemand praten over de uitgave van de jubileumpostzegels, en vervolgens een paar feestgangers zoeken voor een gesprekje in de rubriek 'Vraag van de week'. Er zou al snel een optocht vertrekken vanaf de Hallgrímskirkja en daarna zou een feestprogramma starten in de Hljómskálagarður en in hotel Kvosin.

Het bezoek aan het postkantoor was snel afgehandeld. Kiddi maakte een foto van een vrouw die als woordvoerster optrad van het postkantoor en die een envelop omhooghield met postzegels met het symbool van het jubileum: een zwaan die het getal 200 vormde. Valur noteerde een paar zinnen over de opvallende belangstelling van de inwoners van de stad voor postzegels en schreef alvast een kop: *De jubileumzegels gingen als warme broodjes over de toonbank.*

Toen ze weer buiten waren en over de Austurstræti liepen, was het al heel druk in de stad en stond het feestprogramma op het punt te beginnen. In de Lækjargata waren tafels opgesteld met een tweehonderd meter lange taart erop.

'Oké, de vraag van de week. Laten we mensen vragen hoe de taart smaakt,' zei Valur.

'Moeten we dan niet wachten tot de taart ook echt wordt gegeten?' vroeg Kiddi. Hij haalde zijn schouders op.

Ze liepen naar de taart en kozen een goed plekje. De president, een vrouw met een kaarsrechte rug, in een keurig mantelpak met een hoed, kreeg het eerste stuk, waarna groot gedrang ontstond, want iedere inwoner van de stad leek zijn deel van deze verjaardagstaart te willen bemachtigen. Kinderen kropen tussen de benen van de volwassenen door en de bakkers konden het met snijden nauwelijks bijhouden. Valur en Kiddi hadden al snel een paar taartetende feestgangers te pakken.

Hoe was de taart?
Heerlijk!

Hoe was de taart?
Ik proefde wat alcohol. Zat er sherry in?

Hoe was de taart?
Ik ben niet zo dol op marsepein.

De vraag van de week was dus snel afgehandeld en Valur en Kiddi maakten van de gelegenheid gebruik om een stuk taart te nemen. 'Niets bijzonders,' mompelde Kiddi. Toen dat klaar was liepen ze samen de Kárastígur in. Valur was van plan om die twee stukken voor de krant te schrijven en het materiaal vóór vier uur in te leveren.

Hij wilde nog even de stad in om de sfeer te proeven en dan naar huis voordat hij die avond Margrét zou ontmoeten. Ze hadden om acht uur afgesproken bij de Tjörn en wilden naar de feestelijkheden op Arnarhóll kijken. Misschien zou Margrét daarna met hem meegaan naar huis, zoals soms gebeurde.

Hij was nooit handig geweest in contact met het andere geslacht, hoewel hij geen aandacht tekortkwam. Hij voelde zich altijd wat ongemakkelijk, wist nooit wat hij moest zeggen om interessant gevonden te worden en hij was ook te verlegen om genegenheid te tonen.

Valur wist niet hoe deze relatie met Margrét zich zou ontwikkelen, maar had toch het gevoel dat het goed zou komen. Zij had nu een korte vakantie voor ze weer zou beginnen op de universiteit. Het was ongebruikelijk om niet de hele vakantie te werken, maar dat kon ze zich waarschijnlijk veroorloven, omdat ze van goeden huize was, nog bij haar ouders thuis woonde en er geld genoeg was. Ze was klein van stuk, had lang donker haar en kleedde zich wat ouwelijk.

Hij voelde altijd een tinteling in zijn maag als hij haar zag, maar wist niet waar die vandaan kwam. Misschien was het onzekerheid. Hij benijdde zijn zus, die er niets voor hoefde te doen om iedereen voor zich te laten vallen, zowel vrouwen als mannen. Valur was niet zo.

Hij worstelde zich door de menigte in het centrum op zijn weg terug. Overal waren mensen, de meeste onderweg de stad uit, waarschijnlijk om naar huis te gaan om iets te eten voor het avondprogramma begon. Hij bleef even staan en bedacht dat hij zijn tas op het kantoor van het *Vikublaðið* had laten staan toen hij daar even was binnengelopen. Hij wilde terug naar de Kárastígur en liep door de Skúlagata. Daar wilde hij een bus nemen.

Hij liet zijn gedachten de vrije loop.

Was Arnfríður de sleutel tot de oplossing van het raadsel? En wie van de twee dan?

En hoe zat het met dat echtpaar, Óttar en Ólöf? Kon iedereen zomaar naar Viðey verhuizen? Moest hij misschien eens in het archief van de stad gaan zoeken?

Was het lot van Lára op Viðey beslist?

Julia had hem eigenlijk twee dingen verteld: dat Lára op zaterdagavond was vermoord en dat haar dood op de een of andere manier te maken had met Arnfríður Leifsdóttir.

Valur was bij het busstation gekomen. Het was er druk, want alle verkeer van personenauto's was vanwege het feest verboden in de stad. Er naderde een bus met een flinke snelheid. Hij was ongetwijfeld bomvol, dus Valur drong zich dichter bij de stoeprand om zeker te zijn van een plaats. Hij wilde zich opfrissen, een douche nemen en schone kleren aantrekken voor hij naar zijn afspraak met Margrét ging. Het had iets romantisch om elkaar te treffen op deze historische feestdag.

Hij was vol verwachting en zelfs een beetje optimistisch over de toekomst.

Toen voelde hij dat iemand hem een duw gaf, met volle kracht. Hij verloor zijn evenwicht, viel de kant van de weg op en keek een fractie van een seconde de buschauffeur aan. Hij zag de schrik in zijn ogen en toen niets meer.

Deel twee

18 augustus 1986

Sunna had geprobeerd om het jubileumfeest in Reykjavík zo veel mogelijk langs zich heen te laten gaan, al was dat natuurlijk volstrekt onmogelijk. Alles draaide om dat jubileum – en tegelijkertijd ging het eigenlijk ook helemaal om Viðey. In het televisiejournaal was gisteravond gezegd dat de burgemeester naar Viðey was gegaan om het geschenk van het rijk in ontvangst te nemen, de bezittingen die het rijk op het eiland had. Het wierp een beetje een schaduw op de berichtgeving in hetzelfde journaal over groot nieuws, namelijk dat haar broer op het punt stond het raadsel van het meisje op Viðey op te lossen, later die week. Dat bericht was een verrassing voor Sunna geweest, op zijn zachtst gezegd, en ze had later die avond herhaaldelijk geprobeerd hem te bellen, maar zonder resultaat.

Daar had hij haar verdorie niets over verteld.

Kon het zijn dat hij Lára had gevonden? Net als bij de verdwijning van Guðmundur en Geirfinnur Einarsson werd ook deze zaak op de voet gevolgd, de mensen lazen er alles over, elk detail. De hele stad verlangde ernaar dat Lára werd gevonden.

Mensen waren altijd zo ongezond geïnteresseerd in misdaadverhalen, vond Sunna, en ze dacht eraan hoe zij en haar broer die winter elke dinsdagavond hadden afgesproken, zes weken achtereen, om de nieuwe detectiveserie van Dalgliesh te kijken. Er werd op dat moment over weinig anders gesproken in hun vriendengroep dan over wie de moordenaar zou zijn. Sunna had tegen het eind van de serie tegen Valur gezegd dat zij misschien weleens zo'n misdaadverhaal zou willen schrijven. 'Doe niet zo gek,' had Valur gezegd. 'Niemand gaat toch een IJslandse detective lezen? Ik zal wel een paar misdaden voor je oplossen in de krant.'

Op maandag, de verjaardag van de stad, had zij 's middags thuisgezeten en gewerkt aan haar scriptie. De radio speelde op de achtergrond. Sunna luisterde altijd liever naar Rás 2 dan naar Rás 1. Die zender was lichter van toon en speelde lichtere muziek. Ze moest toegeven dat ze niet kon wachten tot ze uit meer radiozenders kon kiezen.

Die hele heisa rond het jubileum van de stad verveelde haar. Er werd die dag over weinig anders gepraat op Rás 2 en de maat was vol toen na twee uur vanuit het stadscentrum werd uitgezonden. Daarop had Sunna besloten om de bus te nemen naar de stad, alleen om niet langer te hoeven luisteren naar radioverslagen – die grensden aan hysterie, vond zij – en ook om een stukje van die veelbesproken verjaardagstaart te proeven. Er was niets tegen een stuk taart. De drukte was zo enorm dat Sunna er een beetje van geschrokken was.

Ze kwam vrienden tegen, kennissen en familie, maar niemand wilde even blijven staan om te kletsen. Het leek wel of het feest van de Onafhankelijkheidsdag nog eens dunnetjes werd overgedaan. Ze had gehoopt dat ze Valur misschien zou tegenkomen, maar dat was niet gebeurd. Het was ook onwaarschijnlijk om iemand in die drukte terug te vinden. De sfeer sloeg wel op haar over, dat kon ze niet ontkennen. Het was een memorabele dag, ondanks alles, en het was leuk om die te kunnen meemaken. Ze zag de blijdschap op de gezichten van de bewoners – en ongetwijfeld ook bezoekers uit alle hoeken van het land – en het was onmogelijk om daar niet door te worden besmet.

Toen de dag vorderde, had Sunna geen zin om naar huis te gaan. De zon scheen en het was goed weer, zeker voor IJsland. De taart was lekker gebleken, al was het moeilijk geweest om een stukje te bemachtigen in die drukte. Sunna had weinig rolmodellen in haar leven, maar een ervan was Vigdís Finnbogadóttir, de president, en het leek haar leuk om haar in het echt te zien, ze had haar zelfs graag een hand willen geven, maar daar was natuurlijk geen gelegenheid voor.

Uiteindelijk was Sunna toch op de Arnarhóll aangekomen. Gelukkig was ze warm aangekleed, want het was kouder geworden. Ze keek naar het feestprogramma, luisterde naar de redevoeringen en het amusement, al was niet alles naar haar smaak. De klassieke muziek en de scènes uit toneelstukken die werden gespeeld gingen over de hoofden heen, maar de liedjes uit Reykjavík waren leuk. Ze kon er niets aan doen, maar werd ontroerd toen een nummer werd gespeeld van Gunnar Þórðarson, al zou ze dat tegenover haar vriendinnen nooit toegeven. Misschien had ze haar vriendinnen moeten opzoeken, maar daar was het nu te laat voor. Ze was er zo van overtuigd geweest dat dit hele feestgedoe iets was voor kinderen en bejaarden. Maar ze miste Valur. Het was gezellig geweest om hem daar naast zich te hebben in de koude wind en over het amusement te praten, er misschien wel de draak mee te steken. Ze had vanochtend moeten proberen hem te bereiken en iets met hem moeten afspreken. Hij was ongetwijfeld ook ergens in de menigte, samen met zijn vriendin. Het lag voor de hand dat ze naarmate de uren verstreken verder van elkaar verwijderd raakten.

Het stadsbestuur besloot het programma met een toespraak en er begon een fantastische vuurwerkshow. De herfstschemering was begonnen de IJslandse zomer te verdrijven en de vuurpijlen verlichtten de duistere nachthemel. Opeens was de dag een onvergetelijke mix geworden van Onafhankelijkheidsdag en oudejaarsavond.

Sunna moest lang wachten voor ze een bus had die haar naar huis bracht, maar ze voelde zich wonderlijk tevreden, ondanks de kou. Het was een mooie dag geweest en ze was er aan het begin onnodig negatief over geweest.

Ze wurmde zich op een stoel in de bomvolle bus en ze voelde een aangename rust over zich komen. Het laatste stukje lopen naar huis was ook fijn. Er waren nog veel mensen op de been in de buurt, onderweg naar huis na de vuurwerkshow, allemaal duidelijk in een feestelijke stemming. Weer moest ze denken aan oudejaarsavond, met name de oudejaarsavonden in haar jeugd, als zij en Valur mochten opblijven met hun ouders. Het was iets magisch geweest om die avond als kind te beleven en op dit moment voelde ze zich een kind.

Ze wilde Valur bellen als ze thuiskwam. Ze zou niet gelijk kunnen slapen na zo'n avond en ze wilde zijn stem horen. En horen wat hij wist over Lára, of hij niet nerveus was voor donderdag, als de volgende krant zou uitkomen. Het stadsbestuur en de president hadden die dag alle schijnwerpers op zich gericht gehad, maar Sunna vermoedde dat over een paar dagen haar broer de grootste ster zou zijn, zeker als het hem echt zou lukken het verdwenen meisje te vinden.

Toen ze vlak bij haar huis was, zag ze dat bijna alle lichten aan waren op de bovenste verdieping, bij Kamilla. Dat was ongewoon, maar natuurlijk was vanavond alles anders. Alles was lichter na dit alles, ondanks de augustusschemering, alles was vanavond mooier. Sunna had alle ironie terzijde geschoven, ze was echt ontroerd geweest door de verjaardag van de kleine noordelijke hoofdstad, de blijdschap van de bewoners was oprecht geweest. Ze zag haar bed al voor zich en keek ernaar uit om haar hoofd op het kussen te leggen en weg te zweven naar dromenland, blij dat er onverwacht een dag was gekomen waarop alle onenigheid even leek te zijn vergeten. Morgen zou het dagelijkse spel weer beginnen, de krantenartikelen, de berichten over politieke verschillen, de walvisjacht en bestuurszaken.

Ze zocht in haar tas naar haar sleutels, was even bang dat ze ze was verloren, maar zoals gewoonlijk vond ze ze uiteindelijk toch. Toen ze de deur opende, zag ze een ongebruikelijk beeld. Op de trap in de gang zat Kamilla, klaarwakker, alsof ze op Sunna had zitten wachten. Dat bracht Sunna van haar à propos en ze bleef even stokstijf in de deuropening staan. Het trappenhuis was gemeenschappelijk, en Kamilla was eigenaar van het hele huis, dus ze was tegelijkertijd buurvrouw en huisbaas van Sunna. Hun samenwonen was altijd goed verlopen. Ze scheelden twintig jaar of zo en Kamilla liet de feestjes die nu en dan op de benedenverdieping werden gehouden niet op haar zenuwen werken, al was ze zelf altijd heel erg rustig.

'Kamilla...' Sunna had bijna gevraagd: *Wat doe je hier eigenlijk?*

'Sunna, ik zit op je te wachten,' zei Kamilla. Haar stem klonk warmer dan anders.

'Wat? Op mij?'

'Wil je even met mij naar boven komen? Ik heb net koffiegezet.'

Het aanbod klonk zo onschuldig dat Sunna automatisch knikte, al was er natuurlijk niets normaals aan om midden in de nacht koffie te drinken bij een buurvrouw die je anders nooit binnenvroeg en ongetwijfeld zelden na middernacht nog op was.

Ze volgde Kamilla naar boven en de woning in. Kamilla vroeg Sunna om te gaan zitten in de kamer, verdween toen best lang, maar kwam uiteindelijk terug met een dampende kop koffie voor haar.

'Hoor eens, Sunna, de politie was eerder vanavond aan de deur en ze wilden met je praten. Ik beloofde dat ik het zou laten weten als je terugkwam.'

'Wat?'

Opeens voelde ze zich alsof ze in een val was gelokt, maar dat was natuurlijk helemaal niet zo. Ze had niets verkeerds gedaan, behalve dat ze haar scriptie had laten versloffen.

'Ze zijn onderweg. We moeten maar even op ze wachten.'

'Weet je, ik snap er niets van,' zei Sunna. Ze hield haar kop koffie vast, maar het kwam niet bij haar op er een slok van te nemen.

'We moeten op ze wachten.'

Dit was waarschijnlijk de langste conversatie die ze met Kamilla had gehad nadat ze destijds de huurovereenkomst hadden getekend. Ze kon het prima met haar vinden, ze was een voorbeeldige huisbaas, maar ze hadden gewoon niets gemeen.

Sunna stond op, ze morste koffie op haar kleren. Ze zette het kopje weg. 'Ik kan niet wachten, je moet het uitleggen. Ik bedoel... heb ik iets verkeerds gedaan?'

Ze voelde dat het zweet haar uitbrak en haar ongemak nam toe. Ze kon daar geen minuut langer blijven.

Kamilla legde een hand op haar schouder. 'Ga zitten. Je hebt niets gedaan. Ik wilde alleen dat je het nieuws van de politie hoorde.'

'Nieuws? Welk nieuws?'

Haar hart klopte in haar keel. Het voelde alsof alle zuurstof uit de woning was verdwenen.

'Ik vind echt dat we moeten wachten, Sunna. Ik weet echt niet wat ik moet zeggen.'

Nu zag ze dat Kamilla zich ook afschuwelijk leek te voelen. Het was overduidelijk dat ze daar allebei niet wilden zijn. Sunna ging weer zitten. Ze kon onder deze omstandigheden onmogelijk blijven staan.

'Is er iets met mijn vader? Mijn moeder? Is er een ongeluk gebeurd?'

Kamilla aarzelde. 'Nou ja, zij zijn in orde, maar... je moet eigenlijk gewoon even wachten. Ik... het is niet de bedoeling, denk ik, dat ik het je vertel.'

'Dat kun je me niet aandoen!' riep Sunna uit. 'Je moet... je moet me iets zeggen, ik hou het niet uit...' Ze begon overstuur te raken en voelde dat de tranen over haar wangen stroomden.

Kamilla antwoordde niet en de stilte werd langzamerhand ondraaglijk.

Valur? Was Valur iets overkomen?

Ze had niets van hem gehoord, had hem niet kunnen bereiken, terwijl hij anders nooit ver weg was. Hij was zo trouw, altijd was hij er als ze hem nodig had. Natuurlijk was er niets met Valur gebeurd. Haar grote broer had altijd op haar gepast. Zij was altijd bij Valur in de buurt geweest, had in hun tienerjaren rondgehangen bij zijn vriendengroep en altijd had hij dat prima gevonden. Hij zette zijn zus altijd op de eerste plaats, ze wist en voelde dat zij een grotere plaats in zijn leven innam dan zijn vrienden en ook dan hun ouders. Misschien wist zijn vriendin waar hij was. Sunna zette die gedachte van zich af.

Zij en haar broer waren soms geweest als een schip op open zee, ver uit de kust en zonder een idee te hebben van de richting waarin ze voeren, maar ze hadden altijd elkaar gehad. Valur had haar geadviseerd om literatuur te gaan studeren, hij had haar gestimuleerd, en zij was er de trotse getuige van geweest dat hij een goede journalist was geworden. En nu leek hij het grootste mysterie van de afgelopen jaren te gaan oplossen.

Natuurlijk was hem niets overkomen.

Toch voelde ze hoe haar ongerustheid toenam en opeens was het of ze wist dat er iets met Valur was gebeurd. Ze voelde het gewoon en hoe langer de stilte duurde, hoe zekerder ze ervan was. Oude herinneringen kwamen naar boven, ongevraagd. Ze probeerde ze van zich af te zetten, zonder succes. Haar hart klopte sneller en haar oren begonnen te suizen. Misschien ging ze wel flauwvallen.

Ze stond op, om maar iets te doen. 'Ik ga naar beneden, ik hou het niet langer uit, ik ga naar beneden.'

Kamilla knikte. 'Jij beslist, Sunna, ik...'

Op dat moment ging de bel.

'Ze zijn er,' zei Kamilla zacht, en ze liep naar de gang, zei iets in de deurtelefoon en opende de deur naar de gang.

Sunna sloot haar ogen, alsof dat iets zou veranderen, alsof zij zichzelf kon laten verdwijnen, het aanhoren van het nieuws kon uitstellen.

'Sunna?'

Een mannenstem, vriendelijk. Ze opende haar ogen weer. Voor haar stonden twee politieagenten, allebei van middelbare leeftijd.

Ze knikte.

'Het gaat om je broer, Valur.'

Ze antwoordde niet.

'Hij heeft vanavond een ongeluk gehad, een verkeersongeluk.'

Ze staarde de politieman die het woord had gevoerd aan. Een verkeersongeluk? Dat kon toch niet. De meeste mensen waren te voet en Valur reed geen auto. Hij had niet eens een rijbewijs. Misschien vergisten ze zich. Ze voelde een klein beetje hoop.

'Het spijt me heel erg dat ik je dit moet vertellen, Sunna, maar je broer is om het leven gekomen bij een ongeluk.'

Op dat moment stortte de wereld in. Ze wist dat alles vanaf nu anders zou zijn, dat dit moment nooit meer uit haar herinnering zou verdwijnen.

Ze was als door de bliksem getroffen, kon zich niet verroeren, kon geen woord uitbrengen. Ze was volledig hulpeloos, alleen op de wereld.

'Je woont hier beneden, is het niet?'

'Ja,' fluisterde ze.

'Alleen?'

'Ja.'

'Wil je dat we je naar je ouders rijden? Is dat niet beter voor jou en voor jullie allemaal?'

'Zij... wonen in Húsavík,' lukte het haar met moeite uit te brengen.

'Kun je ergens anders logeren? Bij een vriendin? Familie?'

'Mama... ik bedoel... een zus van mijn moeder... woont in Árbær, ik... ik kan misschien...'

'We brengen je daarheen.'

'Wat is er gebeurd?' vroeg ze opeens.

De politieman schrok, al was de vraag niet direct onverwacht.

'Dat verkeersongeluk... Valur heeft geen rijbewijs.'

'Hij zat niet in een auto, maar was te voet. Hij liep over straat en...' Hij aarzelde, alsof hij haar liever niet de hele waarheid wilde vertellen. En misschien wilde ze niet direct alle details weten.

Ze stond stil en keek naar de agent. Ze moest meer te weten komen.

'Hij kwam onder een bus,' zei hij ten slotte na een lange stilte.

Sunna voelde zich alsof ze knock-out was geslagen. Daar had ze in elk geval niet op gerekend en nu wilde ze dat ze haar vraag kon intrekken en die informatie kon wissen. Of gewoon deze hele dag kon wissen, kon terugspoelen als een video, terug kon gaan in de tijd, naar Valur toe kon gaan om hem te zeggen dat hij moest thuisblijven...

Ze zweeg, bewoog zich niet.

'Zullen we maar vertrekken, Sunna?'

Ze knikte.

19 augustus 1986

Sunna had nauwelijks geslapen sinds ze het nieuws over het ongeluk had gekregen.

Haar ouders waren onderweg naar de stad en de sfeer in het huis van haar tante werd naarmate de dag vorderde zo benauwend dat ze naar buiten moest.

Ze kon geen minuut langer in die logeerkamer blijven en aan Valur denken. Er was 's ochtends een predikant langsgekomen. Sunna had geweigerd om met hem te praten. Dat zou toch niets veranderen. Valur was weg, zonder enige verklaring, en misschien was er ook wel geen verklaring voor te vinden. De ironie van het lot, de verkeerde man op de verkeerde plaats.

Op de een of andere manier weigerde ze de waarheid onder ogen te zien. Ze was er zeker van dat het ofwel een droom was ofwel een misverstand, maar daartussenin namen woede en verdriet het over. Ze had frisse lucht nodig en verdween door de achterdeur, zonder iets tegen haar tante te zeggen.

Het was een heel gewone nazomerdag, precies alsof er niets was gebeurd. Het was al wat later, maar nog altijd warm en ze rekende er ineens op dat ze Valur op de volgende straathoek tegen het lijf zou lopen, of achter het volgende huis, de volgende auto, in deze rustige buitenwijk in Árbær. Ze liep een tijdje rond, zonder plan, zonder dat ze wist waar ze heen ging, maar alles was beter dan binnen zitten.

Hier buiten kon ze doen alsof er niets was gebeurd, alsof ze naar de winkel kon lopen, een muntje in het apparaat kon gooien en haar broer kon bellen. En hij zou opnemen en met haar lachen om al die onzin.

Ze had gehuild in de politieauto, maar daarna niet meer. Ze hield haar tranen binnen als ze probeerden naar buiten te komen, want tranen waren een tastbare bevestiging van de ijskoude waarheid.

De politie had zich niet meer laten zien. De informatie die Sunna had gekregen was erg beperkt en rond het middaguur, na een doorwaakte nacht, had ze geprobeerd om te bellen en om inlichtingen te vragen, maar dat had weinig opgeleverd.

Voor ze het wist, was ze bij de dichtstbijzijnde bushalte en stond ze op de bus te wachten die haar naar het centrum zou brengen.

De rit van Árbær naar Ártúnsbrekka was saai. De buschauffeur reed veel te langzaam, want nu had ze haast om naar het politiebureau te komen. Ze was niet van plan de politie te laten wegkomen met de onduidelijke antwoorden die ze haar hadden gegeven. Haar broer was dood en ze wist zo goed als niets. En ergens, tussen al die heftige gevoelens, vond ze een heel klein beetje troost in het nieuws van zondagavond, dat hij het grootste raadsel van de afgelopen jaren zou oplossen. Misschien was het verdriet of rusteloosheid, maar op de een of andere manier had de gedachte bij Sunna postgevat dat het helemaal geen ongeluk was geweest, dat hij dat verhaal gewoon niet had mogen vertellen.

Ze maakte van de busrit gebruik om het gesprek alvast te oefenen in haar hoofd. Ze was van plan om te vragen, nee, te eisen dat ze alle informatie over de gebeurtenis zou krijgen, elk kleinste detail. Ze wilde zich niet laten afschepen, dat was ze aan Valur verschuldigd. Hij was altijd stevig van leer getrokken, daarom was hij ook zo'n goede journalist. En ze wist dat zij zich ook niet snel in een hoek liet drijven, al had zij een veel rustiger vak gekozen.

Toen de buschauffeur stopte bij Hlemmur, sprong ze uit de

bus en voelde dat het ondertussen was afgekoeld. Sunna kreeg het gevoel dat tijdens de busrit de schemering over Reykjavík was gevallen.

Een politieman in uniform ontving haar toen ze binnenkwam. Hij naderde duidelijk de pensioengerechtigde leeftijd.

'Ik moet spreken met degene die het onderzoek leidt naar de dood van Valur Róbertsson,' zei ze. Er ging een rilling door haar heen en haar stem trilde. 'Nu meteen,' voegde ze eraan toe.

Het duurde behoorlijk lang voor de man antwoordde.

'Mag ik vragen hoe u bij de zaak betrokken bent?'

'Valur is mijn broer. Hij is mijn broer, en ik moet iemand te spreken krijgen.'

'Natuurlijk. Ik ga erachteraan.'

Hij verdween, maar kwam direct weer terug.

'We zoeken het voor u uit, ga even zitten.' Hij glimlachte en Sunna kreeg het gevoel dat hij iets belangrijks te zeggen had.

Ze moest heel lang wachten, had geen idee hoe lang, maar uiteindelijk verscheen er een andere agent. Hij was rond de vijftig en zijn haar was dun.

'Sunna? Neem me niet kwalijk dat ik u heb laten wachten. Mijn naam is Bjarni en ik heb vandaag aan deze zaak gewerkt. Wilt u met me meekomen?'

Ze volgde hem naar binnen, de trap op, helemaal naar de derde verdieping, een kleine vergaderruimte in.

'Koffie?'

Ze knikte.

'We proberen een goed beeld te krijgen van wat er is gebeurd. Het spijt me dat we vandaag niet met u zijn komen praten, maar ik wilde een duidelijker beeld hebben voor we dat deden.' Hij schonk koffie in een kopje en gaf het haar. 'Je kunt wel zeggen dat we er nog niet helemaal uit zijn.'

'Wat bedoelt u?' vroeg ze.

'We zijn er nog niet uit of we de zaak hier afsluiten of hem doorverwijzen naar de recherche.'

'Wat betekent dat?'

De warme koffie gaf haar een beetje kracht en kalmeerde tegelijkertijd haar zenuwen.

'Tja, in gewone mensentaal betekent dat dat we niet zeker zijn of het om een ongeluk gaat.'

Sunna schrok. 'We hebben eigenlijk nog helemaal niets te horen gekregen,' zei ze. Ze voelde dat ze meer kracht had dan eerst om te praten. Haar stem was vaster en ze rilde niet meer zo erg. 'Waar was hij toen het gebeurde? Jullie vertelden ons alleen dat het een verkeersongeluk was, en dat...' Ze zweeg even, haalde diep adem. 'Dat hij onder een bus is gekomen. Was hij met de bus onderweg? Valur heeft namelijk geen rijbewijs.'

Ze had geen idee waarom ze dat weer naar voren bracht, de tweede keer al in een etmaal. Op hetzelfde moment schoot haar een dag aan zee te binnen, een koude voorjaarsdag. Ze hadden samen naar de horizon staan kijken. Valur had gezegd: 'Ik wil leren zeilen.' Ze herinnerde het zich goed, want het was raar geweest. Hun gezin bestond uitsluitend uit landrotten en Valur had nooit interesse getoond voor de zee. Ze had gevraagd of hij van plan was zeeman te worden en toen had hij gelachen en gezegd: 'Ik kan niet eens vissen.' Hij wilde alleen varen, de wereld zien, de golfslag voelen. Dat was het avontuurlijke karakter van Valur. Ongetwijfeld was hij daarom journalist geworden. Hij was altijd op onderzoek uit, op zoek naar iets nieuws.

'Op de Skúlagata. Hij stond op de bus te wachten, denken we. Er was weinig of geen gewoon verkeer in het centrum, zoals u misschien weet. De enige manier om van de ene naar de andere plek te komen was met het openbaar vervoer. De bus waaronder hij kwam had daar geen halte, hij reed snel, en wij denken, ja, wij denken eigenlijk dat uw broer op slag dood was. Dat is nog een geluk, gezien de omstandigheden.'

Ze wist niet of ze moest lachen, huilen of schreeuwen. *Een geluk, gezien de omstandigheden...* Haar broer was dood. Ze deed geen van de drie, maar zweeg. Ze bleef doodstil zitten en luisterde.

'Ik begrijp dat u ook in de stad was?' vroeg Bjarni.

Ze knikte.

'Het was druk, zoals u weet. Veel volk op de been, zacht gezegd. En de bushalte stond ook vol mensen, natuurlijk. Ook daarom hebben wij geen duidelijk beeld van wat er is gebeurd. Nog niet, begrijpt u. We denken dat we met alle ooggetuigen hebben gesproken, of in elk geval met de meeste. Er lijkt niemand te zijn geweest die Valur echt heeft gezien. Sommigen stonden met vrienden te praten, anderen keken uit naar hun bus, keken in de krant of keken naar iets anders, begrijpt u? En toen viel hij voor de bus. De buschauffeur zegt dat het zo plotseling gebeurde dat hij geen tijd had om te reageren. Natuurlijk maakte hij een noodstop, maar het was te laat. En dan ben ik misschien wel bij de, tja, de kern van de zaak gekomen...'

De politieman laste een korte pauze in in zijn relaas.

'U moet het maar zeggen, Sunna, als u dit onprettig vindt, als u moe bent of als u zich niet goed voelt. We doen alles wat we kunnen om erachter te komen wat er met uw broer is gebeurd, maar we moeten ook denken aan de mensen die het dichtst bij hem staan. Voorzichtigheid moet worden betracht in de nabijheid van de ziel, zoals de dichter zei.'

'Ik moet het weten,' zei ze, en eindelijk voelde ze haar stem krachtig worden.

'De zaak is dat er in de bus een jonge vrouw zat die beweert dat uw broer de straat op is geduwd.'

Sunna hapte naar adem.

'Zij is nogal zeker van haar zaak, maar ze zag niet wie dat zou hebben gedaan. Het is moeilijk om daar precieze uitspraken over te doen. Het was zo druk. Het gebeurde allemaal zo snel, ziet u. Nu begrijpt u hopelijk waarom het even duurde voor we u en uw familie opzochten. We proberen erachter te komen of het waar kan zijn. Het is natuurlijk nogal onwaarschijnlijk dat een weggebruiker een jongeman zomaar voor de bus duwt...'

'Valur was natuurlijk bezig met die zaak...' waagde Sunna op te merken.

De politieman knikte. 'Ja, daar zijn we ons van bewust. Waarschijnlijk is het wat vergezocht, maar...'

'Ik vind het niet vergezocht,' zei Sunna. Ze klonk overtuigd. Eindelijk een hypothese die kon worden bevestigd, iets wat klopte. Natuurlijk had Valur zich niet voor de bus gegooid, zoiets was krankzinnig. De politieman had die mogelijkheid niet genoemd, maar die moest tijdens het onderzoek ter sprake zijn gekomen.

'We moeten het in alle ernst bekijken, denk ik. We hebben al contact gehad met de recherche. U beseft hopelijk dat we het dan hebben over moord, maar treed daarover in godsnaam niet naar buiten. We willen geen last krijgen van de media. Dat zou het onderzoek alleen maar storen.'

'Weet u waarover Valur in de volgende krant zou schrijven, in verband met Lára?'

'Helaas niet.' Weer zweeg hij een tijdje, alsof hij erover nadacht hoeveel hij met Sunna kon delen. We hebben natuurlijk met Dagbjartur, de hoofdredacteur, gesproken. Hij was erg van streek...'

'Hebt u de vriendin van Valur gesproken?'

De verbazing op het gezicht van de politieagent sprak boekdelen. 'Had hij een vriendin?'

'Ze heet Margrét. Ze waren nog maar net bij elkaar.' En toen besefte Sunna dat niemand het nieuws nog aan Margrét had verteld. Sunna had niet met haar gesproken en hun ouders wisten niet eens dat ze bestond. Valur was er nog niet aan toegekomen om hen erover in te lichten, hij wist ongetwijfeld dat ze zijn relatie met Margrét zouden afdoen als 'vreselijk conservatief'.

'Ja, daar zegt u me wat, we moeten met haar praten.'

'Zou zij erbij zijn geweest? Bij hem? Toen het gebeurde?'

'Nee, dat denk ik niet. Dan had ze zich bij ons gemeld of bij het ambulancepersoneel ter plaatse. Hebt u haar volledige naam of een telefoonnummer of zoiets?'

'Margrét Thorarensen. Haar vader is Jökull Thorarensen.'

'De voormalige minister van Justitie?'

'Ja, die.'

'O, oké. Ja, wij praten met haar. Ze mag het niet in de krant lezen, dat is duidelijk.'

'Denkt u dat het met Lára te maken heeft?'

Nu wachtte hij ongewoon lang met antwoorden.

'Ik weet het gewoon niet. Het is vergezocht, Sunna, heel vergezocht.'

'Had hij zijn tas bij zich?' vroeg ze.

'Zijn tas?' De politieagent fronste zijn wenkbrauwen.

'Mijn ouders hebben hem die gegeven, een bruine leren tas. Een cadeau om te vieren dat hij journalist was geworden. Hij had hem altijd bij zich.'

'Weet u, ik denk van niet. Nee, volgens mij had hij geen tas bij zich. Het was natuurlijk een grote chaos op de Skúlagata toen dat ongeluk gebeurd was. Misschien dat iemand hem per ongeluk heeft meegenomen, of…'

Sunna zag aan het gezicht van de politieman dat hij het ene zei, maar het andere dacht. Natuurlijk had niemand de tas van een overleden man per ongeluk meegenomen. Het zou opzettelijk zijn gebeurd, zonder enige twijfel. En dat ondersteunde de hypothese dat het sterfgeval iets anders dan een ongeluk was geweest nog meer.

'Een bruine tas, zegt u?'

'Van leer, een soort aktetas. Een typische journalistentas, denk ik.'

'Aha.' Het was overduidelijk dat de politieagent geen idee had hoe een typische journalistentas eruitzag.

'Ik heb misschien wel een foto in een of ander album thuis. Zou kunnen.'

'Dat zou heel fijn zijn. We laten ernaar zoeken in zijn woning.'

Toen dacht ze opeens aan het aantekenboekje.

Hoe had ze dat in hemelsnaam kunnen vergeten?

Ze had het in haar tas gedaan en was het vervolgens volledig vergeten. Ze had het boekje niet eens geopend, laat staan erdoor gebladerd, op zoek naar nieuwe ideeën en aanwijzingen, zoals ze haar broer had beloofd. Nu zou ze het goedmaken. Helaas veel te laat.

Nu wist ze hoe ze de dag verder moest doorkomen. Ze moest naar huis gaan en dat aantekenboekje opzoeken, het voorlopig voor zich houden, proberen het onderzoek van Valur in kaart te brengen en erachter te komen of hij werkelijk de moordenaar op het spoor was gekomen. En als die informatie niet in het boekje te vinden was, wat voor de hand lag, dan kon ze in elk geval een poging doen om verder te werken, hopelijk in de voetsporen van haar broer, en te kijken of zij tot een conclusie zou kunnen komen.

Misschien zou die taak een reden kunnen zijn om de volgende dag uit bed te komen, de aansporing die ze nodig had. Stapje voor stapje. Voor Valur.

Ja, de eerste stap was naar huis gaan, niet naar haar tante. En nu kon ze zich niet meer voorstellen dat ze de bus zou nemen. Ze begreep gewoon niet hoe ze zo gek had kunnen zijn om met de bus uit Árbær te komen. Ze gruwde van het idee dat ze in een bus zou stappen die misschien wel haar broer had gedood.

'Ik denk dat ik de kracht niet heb om nog verder te praten,' zei ze.

'Ja, dat begrijp ik. Nu moet u rusten. Bij uw familie zijn.'

'Is het misschien mogelijk dat ik word thuisgebracht?' Ze formuleerde het als een vraag, maar haar blik gaf duidelijk aan dat ze met geen ander antwoord genoegen zou nemen dan ja.

'Vanzelfsprekend, vanzelfsprekend.'

20 augustus 1986

Sunna had haar broer af en toe opgezocht op de redactie van de krant in de Kárastígur, maar had zich daar nooit heel prettig gevoeld. Er was zoveel wat haar niet beviel: die bohemien levensstijl, het roken en het drinken, de zorgeloosheid en het gebrek aan punctualiteit en misschien nog wel het meest het feit dat het een mannenwereld was, waarin de ene man zich nog haniger gedroeg dan de andere. Geen wonder dat Margrét er was gestopt. En toch was er iets aan de journalistiek wat aan haar trok: de druk, de spanning…

Maar ze was altijd vriendelijk ontvangen bij het *Vikublaðið*. Haar broer was er heel geliefd, had er een toekomst, en zijn collega's waren altijd aardig tegen Sunna geweest. Toen ze nu haar hoofd om de hoek van de deur stak, op de tweede verdieping, viel er echter een stilte over de groep. Er waren drie journalisten aanwezig: Baldur, Steingrímur en Dagbjartur.

'Sunna.' Baldur stond als eerste op. Hij had vaak nauw met Valur samengewerkt en had hem verschillende trucs van het vak geleerd, maar Sunna was altijd een beetje op haar hoede in zijn nabijheid. 'Ik wil je condoleren. Het is verschrikkelijk. Er zijn geen woorden voor.' Hij omhelsde haar.

'Bedankt,' zei ze.

Steingrímur en Dagbjartur volgden het voorbeeld van Baldur, ze omhelsden Sunna en probeerden hun condoleances onder woorden te brengen. Ze vond het allemaal heel ongemakkelijk.

Het was nu twee dagen geleden dat Valur was overleden en

het had die ochtend in de krant gestaan. Er stond gewoon dat hij bij een verkeersongeval om het leven was gekomen. Tot nu toe had ze nog niet in het openbaar een hypothese gehoord die leek op wat de politieagent haar had geschetst. Zij was er echter volledig van overtuigd dat de dood van Valur op misdadige wijze was veroorzaakt en ze had het afgelopen etmaal zijn aantekenboekje niet meer weggelegd.

'Ik kom nu alleen maar zijn spullen halen,' voegde ze eraan toe.

'Ja, natuurlijk, dat snap ik,' zei Baldur. 'Zal ik je helpen, of...?'

Ze schudde haar hoofd en liep met vaste tred naar het bureau van haar broer.

Daar lag alles door elkaar, zoals gewoonlijk. Hij was ongelooflijk slim geweest, maar ook vreselijk rommelig. Ze had haar tas meegenomen en begon de papieren erin te proppen. Er waren volgeschreven papieren en blocnotes, sommige over het werk, maar ook boodschappenbriefjes en bonnetjes; bovendien lagen er nog een paar aantekenboekjes die Valur duidelijk niet meer had gebruikt. Hij had de gewoonte er één tegelijk te gebruiken en elke bladzijde vol te schrijven, waarna hij overstapte op het volgende. Ze probeerde zo snel mogelijk te zijn, ze kon daar niet lang blijven, ze kon niet te veel aan Valur denken waar andere mensen bij waren. Ze kon het zich niet permitteren in te storten. Het aantekenboekje had haar extra kracht gegeven, maar op een bepaald moment had ze het weg moeten leggen om te kunnen huilen. Zijn journalistenpas lag op een hoek van het bureau, ze glimlachte en stopte hem in haar portemonnee, als herinnering aan haar favoriete mens.

Daar stond Valurs koffiekop, die hij van thuis had meegenomen toen hij hier was begonnen. De kop was halfvol, dus Sunna ging ermee naar de keuken en spoelde hem om in de gootsteen.

'Sunna?'

Iemand tikte haar op haar schouder en ze schrok. Ze liet de koffiekop haast in de gootsteen vallen. Dat zou er nog bij moeten komen, dat ze Valurs koffiekop zou breken.

Ze keek om en daar stond Baldur.

'Sorry, ik wilde je niet aan het schrikken maken.'

Hij stond onaangenaam dicht bij haar.

'Oké, geeft niet. Ik ga zo weg.'

'Ik wilde alleen vragen naar die envelop, of jij...'

'Envelop?'

'Ja, die envelop die Valur kreeg, vlak voor hij stierf...' Het was alsof hij die laatste woorden niet had willen zeggen. 'Sorry, ik bedoelde... Sorry, zoals gezegd, die envelop, die had iemand hier in de bus gegooid...'

'Wanneer?'

'Zaterdag, herinner ik me. Ja, het was zaterdag.'

Sunna stapte iets opzij om het gesprek te kunnen voortzetten zonder dat Baldur in haar nek hijgde.

'Was dat iets ongewoons?'

'Ja, het bleef me bij. Hij werkte natuurlijk aan die zaak Lára, zoals je weet, en het gebeurt niet elke dag dat de journalisten hier anonieme tips krijgen in de brievenbus. Het leven is helaas niet net als een oude bioscoopfilm.' Toen voegde hij eraan toe: 'Valur was nu eenmaal zo, weet je, het zat hem in de genen. Zoals een journalist in een oude zwart-witfilm, een soort Cary Grant. De hoed ontbrak er alleen nog aan. Geboren voor die job!'

Sunna kon niet weten of dat compliment oprecht was of dat hij dat alleen maar zei om haar een beter gevoel te geven, maar het maakte niet uit; ze voelde zich beter door zijn woorden.

'Weet je wat er in de envelop zat?' vroeg ze toen.

Baldur schudde zijn hoofd. 'Helaas. Ik vroeg het nog, maar Valur liet er niets over los. Ik zag hem niet op zijn bureau liggen, denk dat hij hem heeft meegenomen. Zijn naam was er met de hand op geschreven. Een mooi handschrift, van een wat ouder iemand, zou ik zeggen. Tegenwoordig schrijven maar weinig mensen nog zo mooi.'

Sunna had zoiets niet op het bureau zien liggen, maar ze wilde de papieren nog beter doornemen. Valur had de envelop vast in zijn tas gedaan, dat was de enige logische verklaring. Daarin bewaarde hij eigenlijk alles wat belangrijk was. En nu was de tas verdwenen.

Margrét ontving Sunna in het huis van haar ouders, een imposant vrijstaand huis in Garðabær. Ze zag er behuild en moe uit.

'Bedankt dat je wilde komen,' zei ze. 'Kom binnen. Mama en papa zijn niet thuis. Ik heb ze min of meer weggestuurd. Kon ze niet de hele dag om me heen hebben.' Margrét lachte even. 'Wil je iets?'

'Nee, dank je.'

Binnen was het huis heel anders dan het huis van Sunna's ouders in Húsavík. Alle meubels en de kunstwerken aan de muren herinnerden de bezoekers eraan dat het deze familie aan niets ontbrak. Margréts ouders waren allebei advocaat en hadden hun eigen advocatenkantoor, maar haar vader was natuurlijk vooral bekend omdat hij een tijdje minister van Justitie was geweest.

'Hoe gaat het?' vroeg Margrét toen ze zaten.

Sunna haalde haar schouders op. Wat zou ze op die vraag moeten antwoorden? Margrét zou moeten proberen haar eigen gevoel met tien te vermenigvuldigen, of misschien wel met honderd, en dan had ze het antwoord...

'Ik geloof gewoon niet dat hij er niet meer is,' zei Sunna uiteindelijk om maar iets te zeggen. Ze had Margrét niet vaak ontmoet en had eigenlijk nooit begrepen wat zij en Valur gemeen hadden. Misschien was het van allebei een soort protest geweest, van Margrét dat ze het aanlegde met een arme journalist van het weekblad en van Valur dat hij iets begon met een meisje dat alles bezat en nooit iets anders zou stemmen dan rechts, zoals haar ouders. Misschien was dat wel de sleutel tot het geluk, dat je twee tegengestelden bij elkaar bracht. Misschien was het antwoord ook wel veel eenvoudiger, was Margrét nu juist het type waar Valur op viel, donker en met een wat mysterieuze oogopslag; precies het meisje waar Cary Grant mee zou eindigen in een van die oude journalistenfilms waar Baldur het over had.

'Kwam de politie ook bij jou langs?' vroeg Sunna toen.

'Alleen om het mij te vertellen. Daarna niet meer. Waarom vraag je dat?'

En toen kwam Sunna ter zake.

'De zaak is,' zei ze, hoewel ze beloofd had om niets te zeggen, 'dat we denken dat iemand Valur voor die bus heeft geduwd.'

'Wat? Wat zeg je?'

'Was je misschien bij hem?' vroeg Sunna langs haar neus weg.

'Bij hem?'

'Toen het gebeurde.'

'Nee, nee, natuurlijk niet. Nee, hij was alleen. Ik denk dat hij onderweg was naar mij toe, of misschien eerst naar huis. We hadden afgesproken elkaar bij de Tjörn te ontmoeten en die bussen reden in rondjes door het centrum, hij heeft gewoon willen...'

'Juist.'

'Zeg je dat iemand hem heeft geduwd?'

Margrét leek zich de vraag van Sunna niet onnodig aan te trekken, ze had hem niet opgevat als een verwijt, dat ze misschien iets te verbergen had, dat ze niet de hele waarheid zou hebben verteld.

'Dat zegt de politie, ja.'

'Nee, dat kan toch niet waar zijn?'

Sunna zei niets.

'Dat kan niet waar zijn,' herhaalde Margrét. 'Wie? Waarom?'

'Dat weten we niet, maar het moet natuurlijk te maken hebben met Lára.'

'Lára? Het verdwenen meisje?'

'Zijn tas is ook weg.' Ze zei nog niets over zijn aantekenboekje. 'Ik denk dat hij te dicht bij een of ander geheim is gekomen.'

Margrét schudde haar hoofd. 'Ik weet eigenlijk niets over die Lára, herinner me niets van die zaak. Ik heb natuurlijk wel wat gelezen van wat Valur aan het schrijven was, maar we hadden het er nauwelijks over. We praatten weinig over zijn werk bij de krant. Ik heb er weinig behoefte aan dingen over die redactie daar te horen, nadat ik er zelf heb gewerkt.'

'Ik vroeg me eigenlijk af of jij mij kon helpen.'

'Ik? Hoe dan?'

'Met de zaak Lára.'

'Maar ik weet niets van...'

'Ik wil erachter komen wat er is gebeurd, Margrét. Iemand heeft mijn broer voor de bus geduwd...'

'Dat weten we niet zeker...'

'Wil je me helpen?'

'Ja, ja,' zei Margrét aarzelend, met zachte stem, alsof de tranen niet ver meer waren. Misschien had Sunna haar te hard aangepakt. Zij was niet de enige die Valur miste en anderen verwerkten de schok misschien op een andere manier dan zij.

'Ik heb naar zijn aantekeningen zitten kijken,' zei Sunna. Ze liet zich bijna ontvallen dat ze zijn aantekenboekje in haar bezit had. 'Ik ging naar zijn werk en haalde zijn spullen daar op. Ik las ook al zijn artikelen over Lára nog eens door. Hij moet iets nieuws in handen hebben gehad, iets wat de zaak echt zou openbreken.'

'En wat ben je van plan te doen?'

'De zaak onderzoeken, natuurlijk. Ermee verdergaan, voor hem, omdat hij het zelf niet kan doen.'

Sunna dacht aan het gezicht van Margrét te zien dat ze dat idioot vond, en misschien was dat ook zo. Ze moest alleen iets te doen hebben en juist nu voelde ze zich het best bij dat idee, dat ze het werk van Valur zou voortzetten waar hij het had achtergelaten. Ze voelde zich alsof ze was terechtgekomen in het oog van een orkaan, en er zat niets anders op dan doorgaan tot het weer rustiger zou worden of tot ze een veilige haven had gevonden. Voorlopig was ze zo verdrietig dat ze er nauwelijks woorden voor kon vinden, ze kon niet eens huilen, zoals Margrét duidelijk wel had gedaan. Ze was ook zo verschrikkelijk trots op haar broer, hij had zoveel voor elkaar gekregen in zo'n korte tijd, dat ze vastbesloten was om zijn naam in ere te houden. En was niet de beste manier om dat te doen het oplossen van het raadsel rond de verdwijning van Lára? Ze zou een afsluitend artikel kunnen schrijven in het *Vikublaðið*, ondertekend door hen beiden, Valur en Sunna. Een samenwerking die boven het graf en de dood uitsteeg, ze konden nog één keer samenwerken…

'Oké.' Margrét onderbrak Sunna's gedachten. 'Waarom ook eigenlijk niet…'

'Je kent de zaak toch, in grote lijnen?'

'Ja, ja. Die Lára, ze raakte vermist op Viðey, dertig jaar geleden. Is ze niet gewoon in zee verdronken?'

Ze antwoordde niet op die vraag. 'Ze had daar een vakantiebaantje bij een echtpaar, Óttar Óskarsson en Ólöf Blöndal. Zij zijn nog in leven. Hij is advocaat, net als jouw ouders.'

'Óttar en Ólöf, ja, ik ken ze wel. Vrienden van papa. Al die advocaten zijn vrienden van elkaar, lijkt het wel. Ze komen vaak eten.'

'Kleine wereld.'

Margrét glimlachte.

'Ik moet eigenlijk met ze praten en ik vroeg me af of jij mij met hen in contact kon brengen?'

'Wat? Vanwege Lára?'

'Ja.'

Margrét aarzelde. 'Is dat niet een beetje gek, Sunna? Denk jij dat ze daarover willen praten? Het is zo lang geleden. Het zijn goede mensen, al vind ik ze misschien niet zo leuk en gezellig. Ze doen geen vlieg kwaad.'

'We moeten het doen voor Valur. Ik weet dat het een ongemakkelijke vraag is,' antwoordde Sunna. Ze klonk iets minder onvriendelijk dan daarvoor. Ze probeerde Margrét, een meisje dat met een zilveren lepel in haar mond was geboren en nooit iets ongemakkelijks had hoeven doen, niet te veel op haar zenuwen te werken.

'Tja, het is niet zo dat ik zelf veel contact met hen heb, maar Óttar is een studiegenoot van mijn vader en moeder...'

'Het was maar een idee,' zei Sunna op een iets warmere toon. 'Voor Valur,' herhaalde ze toen.

'Ja, natuurlijk, ik zal je helpen, geen probleem.' Het was alleen overduidelijk dat Margrét er helemaal geen zin in had. Naarmate het gesprek vorderde, had Sunna er steeds meer moeite mee te begrijpen wat Valur en Margrét had samengebracht. Een stel dat minder gemeen had was moeilijk voor te stellen.

Ze glimlachte. 'Dank je, Margrét. Het zou fantastisch zijn als je hen op de koffie kon vragen of zo. We hebben het er nog wel over.'

'Natuurlijk.'

'Dus jullie zouden elkaar zien, jij en Valur? Op de dag van het feest?'

'Ja. 's Avonds. We wilden samen naar die toneelvoorstelling kijken, in de stad. Maar hij kwam niet opdagen en ik dacht dat we elkaar hadden misgelopen of zo. Dat gebeurt. En toen kon ik hem niet bereiken toen ik 's avonds thuiskwam, en de dag erna ook niet... en...'

Sunna kon op dit moment niets meer over Valur horen. 'Ik denk dat ik ervandoor ga,' zei ze. 'Bedankt dat ik even langs mocht komen en dank voor je hulp. Denk je dat we snel na de begrafenis koffie kunnen drinken met Óttar en Ólöf?'

'Jaja, vast wel.'

Sunna glimlachte en nam afscheid.

25 augustus 1986

Sunna leende de auto van haar vriendin, een oude Skoda, om naar het noorden te rijden, naar Húsavík. Vliegen was duur en het was ook goed om de tijd te hebben om na te denken onderweg. Ze reed op maandag naar het noorden. De begrafenis zou op dinsdag zijn, om één uur 's middags. Het was heerlijk nazomerweer, alles groeide en bloeide en de kleuren waren niet meer de heldere voorjaarstinten, maar doorleefde herfstkleuren.

Ze reed door het Mosfellsgebied, dat de afgelopen jaren snel was volgebouwd. Al snel was ze bij Kjalarnes en toen volgde de eindeloze Hvalfjörður. Ze reed rustig, want ze vond de fjord mooi en ze had ook tijd nodig om over meer dingen na te denken dan alleen het autorijden.

Hoe was het eigenlijk zover gekomen dat Valur opzettelijk voor de bus was geduwd? Het kon met niets anders te maken hebben dan met de zaak Lára. Valur had geen vijanden. Hij had in zijn privéleven met niemand ruzie. Het moest iets zijn wat met zijn werk samenhing, hij moest iets op het spoor zijn gekomen waarover hij niet mocht schrijven in de krant. En dat kon niets anders zijn dan de zaak Lára. De televisie had net nieuwe ontwikkelingen aangekondigd, misschien zelfs een ontknoping...

De ene kilometer na de andere verdween onder de wielen van de Skoda. Het liep tegen de middag toen Sunna Borgarnes binnenreed. Even later stopte ze bij een tankstation en at een hamburger. Die deed haar heel erg goed, net als de frietjes en de cocktailsaus die erbij zaten.

Pas tegen de avond reed Sunna het Aðaldalur in. De avondzon wierp een goddelijke gloed op de Skjálfandaflói en het verdriet en gemis werden bijna tastbaar. Hier waren zij en Valur opgegroeid, hier hadden ze gespeeld, waren ze naar school gegaan, hadden ze samen gekkigheid uitgehaald, elkaar geheimen verteld, waren ze samen kerstcadeautjes gaan kopen voor mama en papa bij de Kaupfélag, hadden ze bessen gezocht, avonturen beleefd en samen over de toekomst gepraat. Dat hoofdstuk in haar leven was nu definitief gesloten. Valur was er niet meer.

Ze zag ertegen op haar ouders te zien en bleef daarom even in de auto zitten op de Garðarsbraut om het onoverkomelijke uit te stellen, maar uiteindelijk vermande ze zich. Ze stapte met haar kleine sporttas uit de auto en liep over de keurige oprit naar haar ouderlijk huis. Het was al over tienen en er was duidelijk koffiegezet toen ze de deur opende en haar een baklucht tegemoetkwam.

'Hoi!' riep Sunna.

'Hallo lieve Sunna,' zei haar vader. Ze had het gevoel dat hij gekrompen was. Hij droeg een wollen vest over zijn overhemd en zag er niet langer gezellig en tevreden uit, maar verdrietig en afwezig. Hij kwam haar tegemoet en omhelsde haar. Haar moeder kwam achter hem aan, een kleine vrouw die altijd iedereen om haar heen had geïnspireerd en haar huishouden voorbeeldig had bestierd. Zij omhelsde Sunna ook, stevig en warm, het verdriet scherp afgetekend op haar gezicht.

Haar ouders waren kort in Reykjavík gebleven, twee nachten, en waren toen weer naar huis gegaan om de begrafenis voor te bereiden. Nu ze hen weer zag, werd ze er voelbaar aan herinnerd dat niemand ooit zijn kind mag verliezen.

De avond was rustig. Haar moeder zette koffie en cake op tafel, crackers en garnalensalade. Sunna at zoveel ze kon en ging toen naar boven, naar haar oude kamer. Daar stond haar bed, keurig opgemaakt. Haar oude bureau stond er en voor de ramen hingen de witte kanten gordijnen die haar moeder had genaaid in het jaar dat ze haar eerste communie deed, op uitdrukkelijk verzoek van Sunna. Sunna zuchtte. Hiervandaan was ze vertrokken toen ze zestien jaar was, naar school in Akureyri – op bijna dezelfde leeftijd als Lára toen ze naar Viðey was gegaan.

Misschien had Lára's kamer er wel net zo uitgezien.

26 augustus 1986

Sunna sliep als een roos in haar oude bed en werd wakker van de zon die genadeloos door de witte kanten gordijnen naar binnen scheen. Ze glimlachte en herinnerde zich dat haar moeder haar er destijds op had gewezen dat het niet zo'n handig idee was, maar Sunna was een romantische puber geweest en zag weer voor zich hoe de wind de witte gordijnen bewoog als ze bij het raam zat en naar de zee staarde…

Reykjavík had haar duidelijk van alle romantiek genezen.

Rond het middaguur arriveerde ze met haar ouders in de kerk. Het was een prachtige houten kerk, de trots van het stadje. Daar was Sunna naar de mis gegaan, voorafgaand aan haar belijdenis, en had ze regelmatig les gekregen over de christelijke tradities en waarden. Ze was gelovig geweest en had elke avond trouw gebeden, bang dat haar naasten iets ergs zou overkomen. En nu was dat ook gebeurd, ondanks al haar inspanningen.

Ze zaten vooraan. Sunna wist dat Margrét zou komen en wilde haar vragen bij hen te komen zitten. Margrét was er om halfeen en accepteerde de zitplaats, maar voelde zich duidelijk heel ongemakkelijk in het gezelschap van het echtpaar dat misschien wel haar schoonouders had kunnen worden.

Om tien over halfeen was de kerk vol. Sunna keek om zich heen en zag Valurs collega's van de krant, Dagbjartur en Baldur. Daar zaten ook hun schoolgenoten uit Húsavík, onder wie Gunnar. Ze was verkikkerd op hem geweest toen ze tien jaar was. Hij glimlachte even naar haar en ze schrok toen ze besefte dat ze had zitten staren.

De dienst was mooi. De predikant, een man van middelbare leeftijd die bekendstond om zijn voorkomende gedrag, las voor uit *Prediker*. 'Alles heeft zijn tijd. Voor alles wat gebeurt is er een uur.' Sunna balde haar vuisten. Valurs tijd was nog lang niet gekomen. Iemand had dat voor hem bepaald en had haar broer vermoord. En zij was niet van plan om die zaak onopgelost te laten, net zomin als de zaak Lára.

De predikant noemde de belangrijkste punten uit Valurs leven op en wees daarna nogmaals op *Prediker*. 'Zijn tijd kwam veel te vroeg. Maar nu leggen we ons vertrouwen bij God neer en vertrouwen we ons verdriet aan hem toe.' En toen was opeens het moment gekomen dat de predikant met schepjes aarde ging gooien, en Valurs klasgenoten, Gunnar voorop, liepen naar de kist om hem naar buiten te dragen. Het was vol in de kerk en warm. De kistdragers hadden rode wangen en tranen in hun ogen toen ze zich langs de voorste banken naar voren drongen. De 'Marche funèbre' van Chopin echode door de kerk. Sunna voelde dat de tranen over haar wangen stroomden. Dit was het laatste afscheid.

Toen de kist naar de auto was gedragen en erin was gezet, reden Sunna en haar ouders naar de begraafplaats. De andere gasten gingen naar het hotel waar de receptie zou worden gehouden. Toen ze daar eindelijk ook aankwamen, waren de gasten al begonnen aan de koffie en de pannenkoeken en de sneden verrukkelijke broodtaart met een dikke laag mayonaise en dunne, mooi gesneden plakjes komkommer. Sunna keek om zich heen. Ze had misschien bij haar ouders moeten blijven, maar ze moest van deze gelegenheid gebruikmaken om een paar mensen te spreken. Misschien iemand tegenkomen die enig licht zou kunnen werpen op wie haar broer had vermoord. Ze voelde een steek in haar maag als ze eraan dacht. Ze duwde het bord met broodtaart van zich af, glimlachte naar haar ouders en stond op.

Sunna begon bij Gunnar, die tussen een groepje klasgenoten van hem en Valur uit Húsavík in zat.

'Hallo, leuk je te zien,' zei ze onhandig.

'Insgelijks, Sunna,' zei Gunnar, die nooit onhandig was. Hij stond op en omhelsde haar hartelijk. 'Het is ongelooflijk wat er met Valur is gebeurd. Een verschrikkelijk ongeluk,' zei Gunnar. 'Ik kwam hem nog tegen. Ja, was het niet zaterdag? We praatten wat over zijn artikelenreeks over de zaak Lára. Ik had het gevoel dat hij veel meer wist dan hij me vertelde. En nu is het maar de vraag of dat ooit nog bekend wordt.'

'Het was geen ongeluk,' liet Sunna zich ontvallen, zonder dat het haar bedoeling was geweest om het gesprek die kant op te sturen.

Gunnar reageerde verrast. 'Wat bedoel je? Is Valur niet onder een bus gekomen?'

'Jawel, maar iemand heeft hem ervoor geduwd... Iemand die niet wilde dat hij zou publiceren wat hij in de zaak Lára had ontdekt.' Sunna vond zelf dat ze klonk alsof ze niet helemaal lekker was.

Gunnar keek haar nadenkend aan, maar sprak haar niet tegen. Hij knikte langzaam en zei toen rustig: 'Heb je de politie verteld over je vermoedens?'

'We hebben erover gesproken,' zei ze voorzichtig.

'Dan zullen zij de zaak wel onderzoeken. Je kunt wel op de politie en het rechtssysteem vertrouwen,' zei Gunnar, en hij fronste zijn voorhoofd.

'Tja. Dat heeft Lára ook niet veel geholpen,' zei Sunna zacht.

Gunnar keek ernstig naar haar en zij voelde dat hij echt naar haar luisterde. Ze lachte naar hem. 'Zei hij nog iets tegen je toen je hem tegenkwam?'

Gunnar dacht na. 'Ik herinner me dat hij zei dat Lára misschien wel nooit van Viðey was vertrokken. Ik zei dat ze misschien wel gewoon de zee in was gelopen. Hij was duidelijk van mening dat er iets was gebeurd en ik begreep dat hij dacht dat er iets op Viðey was voorgevallen.'

Sunna knikte en zag toen dat Dagbjartur van tafel opstond, samen met Baldur. Ze nam afscheid van Gunnar en liep snel de zaal door.

'Hallo,' zei ze, en ze gaf Dagbjartur een hand.

'Dag Sunna. Het is zo verschrikkelijk.' Hij had zijn nette pak aangetrokken, dat eruitzag alsof het al wat jaren oud was en vele centimeters te krap. Dagbjartur had zelfs een gestreepte stropdas in groene tinten om zijn hals geknoopt. Hij droeg anders nooit een stropdas.

Sunna praatte snel. 'Ik maak me er serieus zorgen over dat Valur is vermoord vanwege de zaak Lára. Dat iemand die niet wilde dat nieuwe informatie werd gedeeld hem voor die bus heeft geduwd. Iemand die in de bus zat, beweerde dat hij werd geduwd...'

Dagbjartur keek naar haar. Zijn gezicht stond bedroefd. 'Ik vind het zó erg voor jullie.' Hij geloofde haar duidelijk niet.

Sunna slikte, ze voelde hoe gestrest ze was, ze had het gevoel dat ze de wereld ervan moest overtuigen dat ze gelijk had. 'Wat als Lára destijds is vermoord? En Valur daarachter is gekomen? Iemand heeft misschien naar het nieuws gekeken en beseft dat voorkomen moest worden dat Valur zijn laatste artikel zou schrijven.'

Dagbjartur fronste zijn voorhoofd. Hij keek ernstig. 'Sunna, ik weet niet hoe ik dit onder woorden moet brengen... Ik heb de televisie getipt dat er hoop was op een doorbraak in de zaak Lára. Ik geef toe dat ik alleen maar de bedoeling had om meer kranten te verkopen. Het bedrijf staat altijd op de eerste plaats. Valurs artikelenreeks over de zaak Lára had ons er weer wat bovenop geholpen, dat mag je best weten. Maar grote god, als dat hiertoe heeft geleid... Ik kan die gedachte niet verdragen.'

Sunna voelde zich misselijk worden. Ze begreep heel goed

wat de hoofdredacteur had bewogen, maar raakte toch vervuld van woede. Misschien had dit allemaal voorkomen kunnen worden.

Dagbjartur was nog aan het woord. 'Ik wist niet precies wat hij van plan was te schrijven en ik betwijfel of iemand van de krant dat wel wist. Heeft hij het er met jou misschien over gehad?'

Sunna schudde haar hoofd en zuchtte. 'Nee, ik heb niets van hem gehoord, ik...'

'Ik voel zo met je mee. Hopelijk wordt het allemaal duidelijk,' zei Dagbjartur op vriendelijke toon, en hij nam afscheid. Ze zag dat hij haar ouders in het voorbijgaan groette voor hij het hotel verliet.

Sunna sliep die nacht weer in haar oude kamer. Haar vader en moeder waren het erover eens dat de uitvaart heel mooi was geweest en de receptie geslaagd. Ze vroegen vooral naar Gunnar, en Sunna kreeg bijna het gevoel dat ze hoopten dat zij iets in hem zag. Misschien moest zij hem, terug in Reykjavík, eens op de koffie vragen.

Ze reed de volgende ochtend vroeg weer naar de stad. Haar ouders liepen met haar mee naar de auto, omhelsden haar en gaven haar een kus. Ze voelde hoe het verdriet haar overmande toen ze hen in de achteruitkijkspiegel langzaam zag verdwijnen.

De thuisreis verliep voorspoedig en in Skagafjörður kwam de zon tevoorschijn.

Nu wilde ze zich helemaal in de zaak onderdompelen en het aantekenboekje van Valur grondig doorspitten.

Ze moest dit allemaal tot op de bodem uitzoeken.

29 augustus 1986

De begrafenis was als een droom geweest die zich als een nachtmerrie had voorgedaan, onwerkelijk en toch zo onverdraaglijk echt, fragmentarisch, in mist gehuld.

Sunna had gehoopt dat ze zich na het afscheid zou kunnen neerleggen bij gedane zaken, dat ze haar broer kon achterlaten, maar dat was niet gelukt. Ze was nog lang niet zover dat ze dat kon. Ze had eerder het gevoel dat Valur dichter bij haar was dan ooit, dat ze elkaars hand vasthielden om samen Lára te vinden, uit te zoeken wat haar was overkomen.

En daarom zat ze aan haar bureau in haar kleine flat en bladerde in het aantekenboekje, daarom noteerde ze punten en overwegingen in een blocnote. Ze had de artikelen van Valur nog eens van voren tot achteren doorgelezen, ze kende sommige stukken uit haar hoofd – haar broer was er altijd goed in geweest zijn gedachten onder woorden te brengen. Ze had ook wat tijd doorgebracht in de Nationale Bibliotheek aan de Hverfisgata, had oude kranten aangevraagd en was in de grote leeszaal gaan zitten, aan een onhandige houten tafel, met groen leer bekleed, in een al net zo onhandige stoel, maar toch voelde ze zich daar goed, want daar hadden zij en Valur soms samen gezeten en onderzoek gedaan. Valur was graag in de leeszaal en in het gebouw zelf gekomen, dat had hij vaak tegen Sunna gezegd, en daarom had ze zijn aanwezigheid des te sterker gevoeld toen ze daar zat en door dertig jaar oude kranten bladerde.

Ze had het idee dat ze de zaak nu wel door en door kende.

In het aantekenboekje had ze allerlei bruikbare informatie gevonden, mogelijk enkele aanwijzingen. Nu kon ze zich eindelijk op een taak richten, en op dit moment kwam haar studie op de tweede plaats. De scriptie over Elías Mar kon wel wachten. Het zou niet uitmaken in de grote samenhang der dingen of Sunna dit jaar of het volgende zou afstuderen.

Een naam in het aantekenboekje was een soort raadsel: Gréta Grímsdóttir. Er stond een vrouw met die naam in het telefoonboek en Sunna had geprobeerd haar te bereiken, zonder resultaat.

In de marge van een bladzijde in het aantekenboekje had haar broer een naam geschreven die niet direct te maken leek te hebben met de zaak Lára, maar die wel Sunna's aandacht trok: *Finnur Stephensen*. Ze herkende die naam vaag en nadat ze het had nagevraagd bij haar moeder besefte ze dat het hier ging om de bekende groothandelsfirma F. Stephensen nv. Het was een van de grotere firma's en de eigenaar was waarschijnlijk een rijk man. Ze had twee telefoonnummers uit het telefoonboek genoteerd, het ene van de firma en het andere van ene F. Stephensen, groothandelaar, die op de Laugarásvegur woonde. Een straat met vrijstaande woningen, dacht Sunna bij zichzelf.

Ze liep naar de hal en ging zitten in een van de kuipstoeltjes bij de telefoon. Ze draaide het nummer van de groothandelaar thuis. Wie niet waagt, die niet wint.

De telefoon ging lang over, maar uiteindelijk werd er opgenomen. Het was niet Finnur zelf, maar een vrouwenstem, van een oudere vrouw.

'Ja, hallo? Hallo? Wie is daar?' De stem klonk haast alsof hij uit een andere dimensie kwam, de woorden echoden door de telefoon heen.

'Goedendag,' zei Sunna voorzichtig. 'Mijn naam is Sunna Róbertsdóttir en ik ben op zoek naar Finnur Stephensen. Ik hoop dat dit het goede nummer is.'

'Ja, dit is het goede nummer.' Toen bleef het even stil. Sunna dacht zelfs even dat de verbinding was verbroken. 'Finnur is helaas overleden.'

Sunna schrok een beetje. Ze begreep zelf niet goed waarom. Het voelde een beetje alsof ze in het onderzoek direct tegen een muur aan was gelopen. Was dit een teken dat ze er maar beter mee kon ophouden?

En toen bedacht ze iets anders: was dit misschien geen toeval? Had iemand Valur voor de bus geduwd en ook Finnur vermoord? Alles om een oude misdaad te verhullen?

'Neem me niet kwalijk,' zei Sunna. 'Vergeef me dat ik u heb gestoord en... gecondoleerd,' voegde ze eraan toe, al wist ze niet of ze met zijn weduwe sprak of niet.

'Geen probleem. En bedankt.'

'Mag ik vragen wanneer hij is overleden?'

'Kortgeleden, aan het begin van de maand.'

Weer dat onbehaaglijke gevoel. Had het allemaal met elkaar te maken?

'Kende u Finnur?' vroeg de vrouw opeens.

'Wat? Nee, ik kende hem niet. Ik wilde alleen even met hem praten.'

'Waarover?'

Sunna dacht even na en besloot toen om het te vertellen.

'Het heeft te maken met een artikel waaraan mijn broer werkte. Hij is nogal plotseling gestorven en ik was van plan om het met hem af te maken... Voor hem, bedoel ik.'

'Vreselijk om te horen. Ik betuig u mijn medeleven. Hoe heette hij?'

'Valur.'

'Valur, ja. Echt heel erg om dat te horen. Waar gaat dat artikel van hem over?'

'Over een jong meisje dat is verdwenen. Lára, heette ze. U herinnert het u misschien wel?'

'Dat herinneren we ons allemaal nog, iedereen die van mijn

leeftijd is. En u wilde met mijn overleden man praten over iets wat met dat artikel te maken heeft, zegt u?'

'Ja, mijn broer heeft zijn naam opgeschreven, ik weet alleen niet waarom.'

'Nee, dat is bijzonder.'

'Kan ik misschien... Zegt u maar nee als u er geen zin in hebt, maar kan ik even bij u langskomen? Voor een kop koffie?'

'Weet u, Sunna, dat spreekt vanzelf. Het leven is hier bij mij een beetje traag aan het worden, de klok tikt niet meer zo snel als vroeger en uw bezoekje zou me wat gezelschap geven. Ik denk dat hetzelfde voor u geldt, nietwaar?'

'Dat zou je kunnen zeggen,' antwoordde Sunna.

'Laten we afspreken dat u deze week langskomt, misschien op maandag op koffietijd? U hebt het adres ongetwijfeld, aangezien u ook het telefoonnummer hebt gevonden.'

'Ja, inderdaad,' antwoordde Sunna.

'Goed. En mijn naam is Þórdís. Ik kijk ernaar uit u te ontmoeten.'

Tegen de middag ging Sunna langs bij de krant van Valur. Het zou altijd zijn krant blijven, ook al was hij er niet meer. Ze had er eigenlijk weinig te zoeken, dus de werkelijke reden dat ze langsging was misschien wel dat ze Valur miste en ze daar zo tastbaar zijn aanwezigheid voelde.

Er was iets met die journalistiek wat Valur had gefascineerd en ze voelde dat ze nu zelf ook de smaak te pakken begon te krijgen, ze voelde nu ook wat van de verwachting, de drukte, de spanning.

Toen ze de redactie binnenliep, voelde ze hoe de adrenaline haar tegemoet stroomde. Dagbjartur schreeuwde iets naar Baldur en die schreeuwde terug: 'Dat is gewoon nog niet klaar, Daddi!'

'Dan komt er geen krant! We publiceren geen lege bladzijden!'

Ze keken allebei op toen ze binnenkwam.

'Sunna!' Het was Dagbjartur die sprak. 'Nog bedankt. Wat een mooie uitvaart was het.' Hij klonk wonderlijk vriendelijk vergeleken met het geschreeuw van net.

'Heel mooi,' viel Baldur hem bij.

'Sorry voor ons geschreeuw, altijd diezelfde stress. Kunnen we iets voor je doen?'

'Ik zou even met je willen praten, heel kort maar.'

Dagbjartur ging haar voor zijn kantoortje in, dat wel uit een film leek te zijn geknipt; er heerste een volstrekte chaos en er hing zelfs een oude journalistenhoed aan de kapstok, ongetwijfeld voor de sier, of misschien gebruikte Dagbjartur hem echt wel om zijn schedel warm te houden.

'Vertel eens, Sunna? Hoe gaat het met je?'

'Dat weet ik eigenlijk niet. Ik hou vol, laten we het daarop houden.'

'Hetzelfde zou je over ons kunnen zeggen, al is het natuurlijk veel moeilijker voor jou.'

'Dagbjartur, ik...' Ze koos haar woorden voorzichtig: 'Ik zou de artikelen van Valur willen afmaken.'

'De artikelen afmaken?'

'Het laatste artikel schrijven, bedoel ik. Er een punt achter zetten. Nog één laatste artikel, van ons samen.'

Hij leunde achterover in zijn stoel. Zijn gezicht stond nadenkend.

'Waarom niet, eigenlijk? Waarom niet? Valur sprak altijd zo goed over jou, Sunna. Hij zei dat jij veel slimmer was dan hij. Misschien is het wel een goed idee als jij je toelegt op de journalistiek...'

'Nee, zo bedoelde ik het niet...'

'Studeerde jij niet IJslandse taal- en letterkunde? Een goede basis voor een journalist.'

'IJslandse literatuur.'

'Precies.'

'Ik wilde alleen dit voor hem afmaken...'

'Natuurlijk mag je dat doen. Geen druk, doe het gewoon in je eigen tempo. We hebben altijd plaats voor nog een artikel van Valur. En Sunna... ik sta er altijd voor open om je hier een kans te geven bij de krant, als je op zoek bent naar werk.' Toen voegde hij eraan toe. 'Dat zou Valur mooi hebben gevonden.'

1 september 1986

Sunna zat aan de keukentafel thuis in Hlíðar en dronk kruidenthee die ze in het nieuwe koffiehuis aan de Laugarvegur had gekocht. Het was prettig om thee te drinken en geroosterd brood te eten, een grote luxe in Sunna's ogen. Ze kocht regelmatig exotische theemengsels in een zakje om te proberen dat gevoel mee naar huis te nemen. Misschien kon de geur zelfs wel even andere gedachten verdringen. Maar deze keer was er werk aan de winkel. Ze dronk haar thee op en opende het aantekenboekje.

Valur was nooit erg georganiseerd geweest, dacht ze toen ze het boekje nog een keer snel doorbladerde. Er stonden overal namen en jaartallen, overwegingen en losse zinnen. Daar was de naam van Kristján Kristjánsson, de politieman, en een adres in Grafarvogur. Was daar echt iemand naartoe verhuisd?

Naast die naam had Valur geschreven: *Waarom heeft de politie niet beter onderzoek gedaan op Viðey?*

Daar stonden natuurlijk ook de namen van Óttar en Ólöf en allerlei krabbels waar Sunna weinig van kon maken. Ze zag wel dat Valur had opgeschreven dat het moeilijk was om Óttar te bereiken en of hij zich niet beter op Ólöf kon concentreren. En toen ook de naam van de groothandelaar, Finnur Stephensen, maar die was doorgestreept. Achter de naam dacht Sunna te kunnen lezen: *jeugdvriend*. Of iets van die strekking.

Ze had later die dag een afspraak met de weduwe, Þórdís, en toen ze haar thee ophad, ging ze weer naar de Hverfisgata, naar de bibliotheek. Ze was ondanks alles toch de bus weer gaan gebruiken, uit pure noodzaak.

In de bibliotheek trof ze een stoffige man met een hoornen bril en een grijze snor, ongetwijfeld het type dat altijd de hoogst mogelijke boete zou opleggen als je je boeken te laat terugbracht.

'Ik ben op zoek naar informatie over Finnur Stephensen,' zei Sunna. 'Hij is eind vorige maand overleden.'

De man keek haar verwonderd aan. 'Dan vindt u hem natuurlijk in de overlijdensberichten. Daar bewaren wij de doden.'

'O, ja, vanzelfsprekend...'

'En er was ook een artikel over de uitvaart, herinner ik me. In het *Morgunblaðið*. U zult dat zelf moeten opzoeken. Vul het formulier maar in. Vraag niet meer kranten in één keer aan, ik kan niet hele jaargangen dragen.'

Sunna glimlachte verlegen. 'Bedankt. Ja, natuurlijk. Ik vul het in.'

De overlijdensberichten vertelden een lang verhaal, met veel woorden, maar er stond niets in wat enig licht kon werpen op de zaak Lára. Óttar had ook iets over Finnur geschreven, een lang verhaal over een goede vriendschap die was begonnen op de Miðbæjarskóli. Hij was dus waarschijnlijk de jeugdvriend met wie Valur Finnur in verband had gebracht. Bij het lezen begreep Sunna ook dat Þórdís, de vrouw met wie ze had afgesproken, de actrice Þórdís Alexandersdóttir was. Sunna herinnerde zich haar van veel televisieseries en amusementsprogramma's.

Toen vond ze het bericht over de uitvaart, op bladzijde 4 van het *Morgunblaðið.*

Finnur Stephensen ten grave gedragen.

De voorste twee dragers stonden op de foto en hun namen werden in het bijschrift genoemd: *gemeenteraadslid Páll Jóhannesson en aannemer Högni Eyfjörð.*

Misschien moest ze proberen om ook hen te spreken te krijgen. Dat zou zeker geen kwaad kunnen…

Ze keek weer naar de krant met de overlijdensberichten. Ja, Páll Jóhannesson had ook iets over Finnur geschreven, had hem afgeschilderd als een getalenteerd man en hij had een mooi gedicht geciteerd. Van Högni was geen bijdrage te vinden.

Sunna bracht de kranten terug en glimlachte naar de bibliothecaris. Ze zag dat zijn mondhoeken licht omhooggingen, hopelijk was het een glimlach terug.

Nu ging ze op pad naar Þórdís, maar toen ze uit de bus stapte, twijfelde ze opeens. De vrouw had net haar man verloren. Sunna had veel moeite met haar eigen verdriet en besefte dat zij waarschijnlijk niet de beste persoon was om troost te bieden. In haar familie werd nooit over gevoelens gesproken.

Ze nam snel een besluit, liep naar een telefooncel en belde Gunnar. Hij studeerde theologie, kon misschien met haar meegaan en haar helpen met Þórdís. Ze vond hem in de telefoongids – hij woonde in Reynimel – draaide zijn nummer en liet de telefoon overgaan.

'Hallo, met Gunnar Gunnarsson,' klonk het. Hij klonk zalvend, precies zoals een predikant moest klinken.

'Hoi Gunnar, dit is Sunna,' zei ze, en ze besefte meteen hoe idioot haar vraag was.

'Hé, hoi,' zei Gunnar, en hij klonk allervriendelijkst.

'Ik… nou ja… eh… ik heb eigenlijk je hulp nodig bij iets.'

'Natuurlijk,' zei Gunnar. 'Ik ben wel toe aan een kleine pauze in het schrijven aan mijn scriptie.'

Sunna vroeg Gunnar om haar te ontmoeten bij Mokka en daar stapte hij een halfuur later binnen. Hij droeg een blauw jasje en jeans, veel te stoer voor een predikant, dacht Sunna, maar ze wist meteen dat niemand beter met een rouwende weduwe kon spreken dan juist deze lieve jongen die altijd zoveel warmte en vriendelijkheid uitstraalde.

Toen het erop aankwam had Gunnar echter helemaal geen zin in wat zij hem vroeg.

'Sunna, dat is het vakgebied van de politie. Wat doe je met dat aantekenboekje? Er kan belangrijke informatie in staan voor het onderzoek.'

'De politie doet niets,' bromde Sunna, en ze keek Gunnar vragend aan. 'Er staat niets belangrijks in dat boekje, alleen namen en onduidelijke overwegingen. Ik wil alleen maar zien of de weduwe kan verklaren waarom Finnur in het aantekenboekje van Valur over de zaak Lára voorkomt,' zei ze, al dacht ze het eigenlijk al te weten. Finnur en Óttar waren gewoon vrienden geweest.

Gunnar liet zich uiteindelijk overhalen en gaf haar een lift naar de Laugarásvegur. Het liep al tegen vier uur, terwijl ze eigenlijk hadden afgesproken rond koffietijd.

Sunna tilde de indrukwekkende deurklopper op en keek naar de eerbiedwaardige leeuwen die aan weerszijden van de oprit op hun sokkel zaten. Gunnar stond achter haar en mompelde dat Þórdís wel niet thuis zou zijn en dat dat maar goed was ook, het was allemaal een slecht idee. Sunna luisterde niet naar zijn waarschuwende woorden. En toen ging de deur open.

Þórdís Alexandersdóttir was in het zwart gekleed, in een keurig mantelpak. Ze lachte vriendelijk naar Sunna.

'U moet Sunna zijn. En u…?'

'Gunnar Gunnarsson. Een vriend van Sunna,' antwoordde Gunnar. Hij leek een beetje uit het veld geslagen, dacht Sunna. Dat kwam niet vaak voor.

Hij vond zijn evenwicht snel terug: 'Ik wil u mijn medeleven betuigen met de dood van Finnur,' zei Gunnar. 'Ik begrijp dat u vandaag met Sunna hebt afgesproken, ik hoop dat ik ook welkom ben.'

Þórdís keek naar hen. Sunna wierp een snelle blik op Gunnar. Zijn gezicht stond bijzonder vriendelijk.

Þórdís en Sunna keken elkaar even aan.

'Kom toch binnen,' zei Þórdís toen.

Het huis was overweldigend rijk ingericht, maar toch smaakvol – afgezien van de gipsen leeuwen. Het interieur liet zien dat de eigenaren verre reizen hadden gemaakt en van al hun reizen bijzondere voorwerpen mee naar huis hadden genomen. Aan de muren hingen schilderijen, zowel van oude IJslandse meesters als van nieuwe kunstenaars die Sunna niet kende. De boekenkasten stonden vol kostbare boeken, misschien van een te traditionele smaak; het waren boeken die deftige mensen hoorden te bezitten, niet per se boeken die ze ook lazen.

'Het spijt me dat van uw broer te horen,' zei Þórdís. 'Ik vind het heel erg.'

'Bedankt,' zei Sunna bedrukt.

'U zei dat uw broer iets over ons geschreven had, de naam van Finnur? Of van ons allebei?'

'Alleen Finnur. Kende u hem? Valur?'

Þórdís schudde haar hoofd, nogal gespeeld, vond Sunna. 'Nee, ik kende uw broer niet, Sunna.'

Opeens schoot het Sunna te binnen dat het misschien wel Þórdís was geweest die naar Valur had gebeld. Julia.

'Heeft uw man Lára misschien gekend?'

'Nee, hij kende haar niet.'

'En u?'

'Nee...'

'Maar u kende het echtpaar op Viðey toch wel, Óttar en Ólöf?'

'Óttar en Finnur waren bevriend. Ze hebben elkaar hun hele leven gekend.'

Gunnar kwam tussenbeide. Sunna was hem daar niet dankbaar voor. 'We weten dat dit natuurlijk een moeilijke periode voor u is, we...'

'Maakt u zich geen zorgen over mij,' zei Þórdís. 'Ik herinner me de zaak Lára, net als alle IJslanders. Mijn man en ik kenden haar niet, zoals ik al zei. Hebt u met Óttar gesproken?'

'Nog niet.' Toen voegde Sunna eraan toe: 'Ik denk dat Valur is vermoord, vanwege Lára.'

Deze uitspraak bracht duidelijk veel teweeg bij Þórdís.

'Dat... Nee, dat kan ik echt niet geloven, nee...'

'Hij is voor de bus geduwd,' zei Sunna.

Þórdís zat als versteend. 'Grote god, waarom was dat niet op het nieuws?'

Toen stond Þórdís plotseling op.

'Het spijt me dat ik u niet kan helpen. En het spijt me dat over uw broer te horen,' zei ze nogmaals. Ze keek naar Sunna en het was alsof er een barst in haar masker ontstond.

Gunnar gaf Þórdís een hand. 'Bedankt voor uw tijd. Als u nog iets te binnen schiet, we staan allebei in het telefoonboek. Gunnar Gunnarsson en Sunna Róbertsdóttir.'

Þórdís glimlachte naar Gunnar en gaf ook Sunna een hand. 'Het ga u goed, mijn beste,' zei ze met trillende stem, en toen sloot ze de deur achter hen.

Sunna en Gunnar bleven even voor het huis staan. Er waaide een kille wind, hoewel de zon scheen.

'Ze weet meer,' zei Sunna vastberaden.

'Dat denk ik niet. Laten we het hierbij laten.'

Sunna zuchtte. Ze was erg op Gunnar gesteld, maar ze was wel van plan om in haar eentje met Óttar en Ólöf te gaan praten. En misschien zou ze ook wel bij die twee dragers van de kist van Finnur aankloppen, Páll en Högni.

'Ik hoop dat je nu ophoudt met er zoveel aan te denken.'

'Weet je, ik ben van plan het nu naast me neer te leggen en me op mijn scriptie te concentreren,' zei Sunna. Ze glimlachte.

3 september 1986

'Jij moet Sunna zijn.'

De vader van Margrét, Jökull, opende de deur en liet haar binnen. Ze had de voormalige minister van Justitie door de jaren heen zo vaak in de media gezien dat ze het gevoel had dat ze binnenstapte bij het televisiejournaal. Alleen de nieuwslezer ontbrak er nog maar aan.

Hij keek ernstig en zijn stem klonk wat geïrriteerd. Ze was duidelijk niet welkom en daarom was de sfeer in huis niet goed, maar het was Margrét blijkbaar toch gelukt om haar ouders zover te krijgen een afspraak te maken met Óttar en Ólöf, al had het even geduurd. Valur had duidelijk de grootste moeite gehad om deze mensen te bereiken, volgens zijn aantekenboekje, en Sunna vond het best slim van zichzelf dat ze Margrét had gebruikt om dit gesprek tot stand te brengen.

'Ja, ik ben Sunna,' zei ze, en ze trok haar schoenen uit. Ze wierp een blik in de kamer en zag dat er inderdaad gasten waren.

'We hebben niet lang de tijd,' zei Jökull zacht. 'Ik begrijp niet goed wat de bedoeling is, maar Margrét vroeg of jij even met hen zou kunnen praten. Laat het duidelijk zijn dat Óttar en Ólöf vrienden van ons zijn. Geintjes worden niet getolereerd.'

Sunna glimlachte bij zichzelf. Het was zo raar om deze in hoog aanzien staande minister, al was hij niet meer in functie, het woord 'geintjes' te horen gebruiken.

'Geen gekkigheid,' zei ze, en ze probeerde niet te grijnzen.

'Óttar, Ólöf,' zei hij. Hij sprak nu luider. 'Dit is Sunna, degene die jullie wilde ontmoeten. Zij is de zus van wijlen Valur Róbertsson, zoals ik vertelde. Ik heb al tegen haar gezegd dat we niet veel tijd hebben, dat we onderweg zijn naar een etentje, maar zij wilde jullie kort spreken over die zaak waarover Valur schreef in… tja, dat weekblad.' Hij had net zo goed 'dat sufferdje' kunnen zeggen, zoveel minachting klonk er in zijn stem.

Óttar stond op en gaf haar een hand. 'Gecondoleerd.'

'Dank u wel.'

Ze had een oude foto van hem gevonden in het advocatenregister en hij was ouder geworden. Zijn haren waren grijs, zijn voorhoofd hoog en zijn ogen stonden vermoeid. Hij was gekleed alsof het nog steeds de jaren zeventig waren, in een grijs pak met een dubbele rij knopen, met een pochet in zijn borstzak en een strikje om zijn hals.

De vrouw die naast hem zat, waarschijnlijk was zij Ólöf, was daarentegen in alles uitdrukkingsloos. Ze had dun haar en haar mantelpakje was beige. Ze was overduidelijk niet blij met de situatie. Ze zaten naast elkaar op de lichtgekleurde bank, op de tafel voor hen stonden drankjes – hij had iets wat op gin-tonic leek, met een schijfje citroen erin, en zij een lichtroze drankje in een wijnglas, misschien kir royal. Jökull en Nanna, zijn vrouw, hadden ook een glas in hun hand, maar niemand bood Sunna iets aan. Margrét zat op veilige afstand op een stoel met een geborduurde rugleuning, in een hoek van de kamer. Naast haar tikte een staande klok en het rook er naar sigaretten, al waren de asbakken leeg. Op de grond lag een licht tapijt en voor de ramen hingen wijnrode fluwelen gordijnen.

Óttar nam opnieuw het woord. 'We hebben door de jaren heen de zaak Lára uit en te na besproken. We hebben lang geleden al besloten om ons niet meer in het openbaar uit te laten over die verschrikkelijke zaak. Zij verdween terwijl ze onder ons toezicht stond. We hebben nooit begrepen wat er gebeurd is en we hebben ons er niet bij neergelegd, niet echt. Het is heel verdrietig als een jong meisje in de bloei van haar leven op die manier verdwijnt. Ooit moet je er echter een punt achter zetten en dat hebben wij gedaan. We hebben geen verklaring voor deze zaak en ik waag het te betwijfelen of uw broer een steekhoudende verklaring voor de verdwijning van Lára heeft gevonden. Ik denk dat deze zaak nooit zal worden opgelost. Niet met de feiten die we nu hebben.'

'Ik heb er het volste vertrouwen in dat mijn broer...'

Óttar viel haar in de rede: 'Sunna, ik begrijp volledig dat u vertrouwen hebt in wijlen uw broer. Ik begrijp ook dat u er innig naar verlangt om te geloven dat hij Lára heeft gevonden. Maar dat is niet zo, geloof me. Ik heb me zo lang met deze zaak beziggehouden. Ik ben ouder dan u en heb meer ervaring, heb tientallen jaren in de advocatuur achter de rug en ik weet wanneer mensen liegen en wanneer ze de waarheid vertellen. Dat bericht op het journaal had niets om het lijf. Ik ken Dagbjartur, natuurlijk, en hij doet alles om zijn krant te verkopen. Zo is hij altijd geweest. Dat gezegd hebbende, waarmee zouden we u kunnen helpen?'

Hij ging zitten, glimlachte vriendelijk en zij voelde tegelijkertijd de kilte die achter die glimlach schuilging. Óttar zou een uitstekende politicus zijn geweest, net zo goed als de vader van Margrét, zoveel was duidelijk. Een moment geloofde ze zelfs, bijna, dat hij haar echt wilde helpen.

Ze was even van haar stuk gebracht, maar haalde toen het aantekenboekje van Valur tevoorschijn, waarin ze een paar vragen voor het echtpaar had neergekrabbeld.

'Allereerst zou ik u willen vragen of u Finnur Stephensen kent. Hij is onlangs overleden, was groothandelaar...'

Óttar deed het woord, maar zijn vrouw keek met een bezorgd gezicht opzij. Ze leek het moeilijk te vinden om Sunna in de ogen te kijken.

'Finnur, jazeker. Hij is nogal plotseling overleden. Hij kreeg kanker en stierf binnen een paar weken of maanden, die arme kerel. Hij was van mijn leeftijd, of eigenlijk precies even oud. Het is een klein land, iedereen kent iedereen.'

'Misschien niet iedereen, maar u kende hem dus? U allebei?'

Ze kreeg nog steeds geen oogcontact met Ólöf.

'Ja, we hebben samen op school gezeten, als dat iets verklaart. Ik zat met een heleboel mensen op school, maar kende niet iedereen even goed. Ik begrijp de vraag eigenlijk niet zo goed.' Hij bromde wat.

'En u, Ólöf? Kende u Finnur?'

Ze keek nog altijd naar haar schoot en zei niets. Sunna verbaasde zich over het zwijgen van de vrouw en staarde naar haar. Het scheen geen enkele invloed te hebben.

'Wanneer zag u elkaar voor het laatst?' Sunna richtte haar vraag weer tot Óttar.

'Dat weet ik niet meer. Ik denk een jaar of twee, drie geleden. De klas kwam soms bij elkaar.'

'Zat u dus in dezelfde klas?'

'Ja, dat zei ik net al.' Zijn toon was iets veranderd, alsof Óttar nerveuzer was dan daarvoor.

'U zei alleen dat u samen op school hebt gezeten. Ging u naar de begrafenis?'

Na een korte aarzeling antwoordde Óttar: 'Ja, natuurlijk. Zou u niet naar de begrafenis van een klasgenoot gaan?'

'Niet van allemaal,' zei Sunna, en ze vervolgde: 'Kwam hij weleens op Viðey?'

'Wie?'

Sunna glimlachte. De advocaat probeerde tijd te winnen om na te denken.

'Finnur.'

'Finnur, ja. Hoe moet ik dat nou verdorie weten?'

'Op bezoek bij u en uw vrouw, bedoel ik.'

'We kregen niet veel gasten op het eiland, het is niet zo gemakkelijk bereikbaar.'

'Kende hij Lára?'

'Wat is dat voor een onzin?' Óttar keek nu naar Jökull.

Jökull nam het woord. 'Sunna, we nodigden je hier uit om met Óttar en Ólöf te praten, uit beleefdheid. Ik verwachtte geen kruisverhoor, hier op woensdagavond, je doet of je hier bent in het kader van een politieonderzoek.'

Nanna, de moeder van Margrét, gekleed in een lange gestreepte jurk in pasteltinten, schraapte haar keel. 'Sunna, je bent natuurlijk van streek na de dood van je broer, maar ik begrijp niet wat deze vragen moeten voorstellen en welk doel ze dienen.' Ze wierp een kille blik op Sunna en haar dochter, die zich nergens mee bemoeide.

Sunna rechtte haar rug.

'Valur deed onderzoek naar de verdwijning van Lára. Zij verdween terwijl zij vakantiewerk deed bij Óttar en Ólöf. Ik heb bewijs dat...' zei Sunna, 'bewijs dat er een verband is geweest tussen Finnur Stephensen en Lára. En zoals gebleken is, kende u zowel Lára als Finnur.'

'Wat voor bewijs bedoelt u?' vroeg Óttar, die nu in zijn rol van advocaat de confrontatie zocht.

'Daar kan ik geen mededelingen over doen,' zei Sunna, en ze probeerde over te komen als een vrouw die alle troeven in handen had. 'Valur werkte aan een artikel dat daarover ging en toen werd hij vermoord.'

Er was een zachte kreet te horen uit de richting van Ólöf: 'Vermoord?'

Sunna staarde naar de vrouw en zag dat ze doodsbang was.

Óttar wierp een snelle blik op Sunna en zei ongewoon luid, alsof hij in een televisieserie speelde: 'Zijn er bewijzen voor dat uw broer is vermoord?'

Sunna vertrok geen spier. 'Hij is voor een bus geduwd.'

Óttar zei geen woord.

'Heeft Finnur Stephensen Lára ooit ontmoet, voor zover u weet? Kwam hij bij u op Viðey?'

'Dat is heel goed mogelijk,' zei Óttar. 'Het is dertig jaar geleden en je herinnert je nu eenmaal niet iedereen die op bezoek is geweest.'

Sunna nam het woord. 'U zei eerder dat het eiland niet zo gemakkelijk bereikbaar was en dat er daarom maar weinig gasten kwamen.'

Óttar aarzelde en zei toen: 'Ik herinner me niet dat Finnur er geweest is. Finnur Stephensen is nooit betrokken geweest bij iets wat niet door de beugel kon. Hij was een buitengewoon getalenteerde en goede man.'

'Kent u Páll Jóhannesson, het gemeenteraadslid?' Weer richtte Sunna zich tot Óttar.

Nu stond Jökull op, duidelijk niet in zijn hum. 'Hier trek ik een grens.' Hij wees naar de kamerdeur. Nanna kwam eveneens overeind.

'Dank u voor het gesprek,' zei Sunna scherp. 'Ik wens u verder een fijne avond.'

Margrét kwam uit de hoek van de kamer tevoorschijn, haast ongezien, en verliet met Sunna de kamer.

'Die waren niet blij,' zei Margrét zacht.

'Helemaal niet,' zei Sunna. 'Wat zegt dat ons? Óttar weet meer. Finnur heeft ze vast en zeker opgezocht op Viðey.'

'Ja,' zei Margrét ongemakkelijk.

'Bedankt, Margrét,' zei Sunna. Ze voelde dat Margrét haar wilde helpen en dat was belangrijk. 'Ik spreek je later.'

Margrét glimlachte vaag en knikte.

Sunna keek over haar schouder toen ze een eindje bij het huis vandaan was en zag dat Jökull haar nakeek. Het kon haar niets schelen. Ze moest de bus naar huis nemen.

Het was begonnen te schemeren, de straatlantaarns brachten licht in de duisternis. Er waren maar weinig mensen op straat en Rás 2 schalde door de bus, de buschauffeur had de radio lekker hard gezet.

Sunna sloot haar ogen, stond zichzelf toe even te ontspannen.

Ze had al heel wat materiaal voor haar artikel – hun artikel – en het volgende dat op de agenda stond, was een bezoek aan gemeenteraadslid Páll Jóhannesson.

4 september 1986

'Wat een fantastische film,' zei Margrét. 'En Tom Cruise mag er ook wezen.'

Ze stonden in de rij voor de versnaperingen in de pauze in de Universiteitsbioscoop. Margrét had Sunna onverwacht meegevraagd naar de bioscoop om *Top Gun* te zien, de populairste film in het land. Ze wilde graag goed contact houden, had ze gezegd toen ze Sunna belde. Haar toon was oprecht geweest. Eigenlijk wilde ze iets tegenover het onbeschofte gedrag van haar ouders stellen. De dag was rustig geweest, maar het was Sunna wel gelukt om een afspraak te maken met het gemeenteraadslid, al had hij pas later die maand tijd voor haar.

'Ja, hij is goed,' stemde Sunna met haar in, die niet vaak naar de film ging, niet zo vaak als Valur had gedaan. Ze had minder interesse in films en hield meer van boeken. En dit was nou niet direct een film die zij zelf zou hebben uitgekozen, ze hield meer van iets rustigers. *The Color Purple* draaide in de Austurbæjarbío, dat was meer haar smaak geweest.

Ze probeerde aardig te zijn tegen Margrét, maar ze hield automatisch wat afstand. Ze zouden geen vriendinnen kunnen worden, dat zou gewoon niet werken.

'Wat doe je in het weekend?' vroeg Margrét. Ze waren nog niet aan de beurt. Sunna was een beetje ongeduldig aan het worden, ze wilde niet zo lang alleen zijn met Margrét. In de bioscoopzaal zitten ging nog wel, daar kon je toch niet praten. En ze was zeker niet van plan om in het weekend met haar de stad in te gaan, als ze dat bedoelde met haar vraag.

'Ik heb geen plannen,' antwoordde zij, maar ze besefte dat dat antwoord ongetwijfeld veel te open was. 'Ik bedoel, ik ben van plan het weekend aan mijn scriptie te besteden. Ik wil deze winter afstuderen, vertelde ik je dat niet? Gaat niet al te best.'

'Dan kun je beter rustig aan doen.'

Margrét was de kwaadste niet, misschien hadden ze onder andere omstandigheden wel vriendinnen kunnen worden. Als Valur niet was overleden... Zo begonnen en eindigden alle gedachten van Sunna deze dagen, het leven draaide in kringetjes rond; de dagen herhaalden zich, al leken ze vanuit de verte niet op elkaar.

'En jij?' vroeg Sunna zonder na te denken.

'Ik ga waarschijnlijk naar de Hollywood, zoals gewoonlijk.'

Voor haar begon het leven zijn gewone loop weer te nemen, dacht Sunna, al was het natuurlijk niet eerlijk om zo hard over haar te oordelen.

'Oké.'

'Ik bedoel, niet direct om te drinken of te dansen of zo, maar mijn vriendinnen gaan daar altijd heen. Dan breek je de week in tweeën. Het is moeilijk om alleen maar thuis te zitten en aan Valur te denken, snap je?'

'Ja,' antwoordde Sunna, maar ze snapte er helemaal niets van.

'Wat mag ik je aanbieden?'

Ze waren opeens aan de beurt.

'Alleen popcorn en een cola, dank je,' zei Sunna.

'O ja, nu denk ik er weer aan, er was afgelopen weekend een meisje in de Hollywood...' zei Margrét opeens. Ze leek niet in de gaten te hebben dat de jongen aan de balie, een tiener nog, wachtte tot ze haar bestelling plaatste.

'Margrét, wat wil je hebben?' vroeg Sunna.

'Huh? O, alleen popcorn. En Tab, heb je dat?'

De jongen knikte.

Margrét wendde zich weer tot Sunna: 'Ja, dat meisje, ik vergat helemaal het tegen je te zeggen. Ze vroeg naar Valur.'

'Valur?' Het was natuurlijk niemand die het nieuws ook maar een beetje volgde ontgaan dat Valur was omgekomen bij een verkeersongeluk. De jonge journalist die 'de aandacht van het publiek' had getrokken met zijn artikelen over Lára. Hij was ineens een soort heilige geworden, er stonden foto's van hem in alle kranten, haar grote broer die door niemand op straat werd herkend voordat het onheil was geschied. 'Wat wilde ze weten over Valur?'

'Nee, ze wilde niets over hem weten. Het is een vriendin van mij, ze heet Katrín. Valur had haar een keer ontmoet via mij. Hij had haar laatst gebeld. Ze werkt namelijk bij het Bevolkingsregister.'

'Waarom? Laatst? Wanneer?' Sunna stond als aan de grond genageld in de rij, hoewel ze nu zowel haar popcorn als haar cola in haar handen hield.

'Voor hij stierf, zei ze.'

Sunna zuchtte. 'Wanneer?'

'Vlak voor hij stierf, bedoelde ik.'

'En waarom?'

Iemand tikte Sunna op de schouder. Ze schrok en de popcorn sprong uit haar zakje en viel op de grond.

'Neem me niet kwalijk, de film gaat zo weer beginnen. Willen jullie doorlopen?'

Ze verliet de rij en volgde Margrét de zaal in.

'Waarom belde Valur haar?' vroeg ze zodra ze zaten.

'Vanwege een vrouw. Hij vroeg haar een naam op te zoeken. Een vrouwennaam.'

'Welke naam?'

'Weet ik niet meer, of misschien vertelde ze mij dat niet. De muziek stond nogal hard.'

'En deed ze dat?'

'Wat?'

'Heeft ze die naam opgezocht?'

'Ja, ik denk het wel, maar hij belde haar nooit terug. Je kunt het haar vragen als je wilt. Katrín, bij het Bevolkingsregister. Je kunt het best even langsgaan, denk ik. Tenzij je dit weekend met me mee wilt, ze zit altijd in de Hollywood.'

'Ik ga wel even bij haar langs. Bedankt.'

Op dat moment begon de film weer en waren de bioscoopgangers stil.

5 september 1986

Het was ongetwijfeld zinloos, maar Sunna was toch op pad gegaan en dat was positief. Als Margrét haar niet had verteld over die vrouw bij het Bevolkingsregister, zou ze deze vrijdag ongetwijfeld in huis zijn gebleven en hebben gedaan alsof ze aan haar scriptie werkte.

Ze was ongewoon vroeg wakker geworden, rond zeven uur, had ontbeten met ontbijtgranen en had net als de voorgaande dagen de radio op de nieuwe zender Bylgjan afgestemd. De verslaggever met die vriendelijke stem, Sigurður G. Tómasson, las het weerbericht voor. De nieuwe zender was nu ruim een week in de lucht en Sunna had naar niets anders geluisterd. De nieuwigheid was van Rás 2 af en die nieuwe zender was spannend. Al die nieuwe stemmen die de luisteraars nu moesten leren kennen, en dat zou binnenkort ook gaan gebeuren met de nieuwe gezichten op het televisiescherm. Als Valur niet dood was… Steeds weer dezelfde gedachte. Misschien zou hij wel bij de nieuwe radiozender zijn terechtgekomen of als ster bij de nieuwe televisiezender.

Ze was nog vastberadener dan ooit tevoren om dit onderzoek voor hem af te ronden.

Het Bevolkingsregister zat op de derde verdieping van een deftig gebouw aan de Hverfisgata. Sunna arriveerde er om negen uur en vroeg naar de vriendin van Margrét.

Katrín ontving de ongenode gast vriendelijk. Toen Sunna zichzelf kort had voorgesteld, vroeg Katrín haar binnen te komen in een klein kantoortje met uitzicht op de herfstige Hverfisgata.

'Ik heb Valur maar een of twee keer ontmoet, maar dit is gewoonweg afschuwelijk. Ik weet gewoon niet wat ik moet zeggen.' Haar stem klonk warm en oprecht.

'Je hoeft niets te zeggen.'

'Sorry voor de rommel. Ik ben hier net in dit paradijsje getrokken, maar moet nog opruimen. Ik deelde eerst een kantoor met twee anderen, je klimt langzaam omhoog op de ladder. Ik ben een paar jaar geleden bij het Bevolkingsregister begonnen, toen Klemens de tent nog runde. Hij was fantastisch. Ongelooflijk formeel, maar echt een schat. De oudere generatie, hij zei nog net geen u tegen zijn collega's. Dat is allemaal aan het veranderen. De nieuwe tijd komt eraan,' zei ze, en ze glimlachte.

'Inderdaad.' Sunna glimlachte beleefd, de vroegere leidinggevende van het Bevolkingsregister kon haar niets schelen. 'Ik wilde je vragen naar dat gesprek van jou en Valur...'

'Ja, natuurlijk. Hij belde me, ik probeerde te bedenken wanneer precies, maar het was 16 augustus, twee dagen voor het jubileumfeest.'

En twee dagen voor hij stierf. Op diezelfde dag had hij die wonderlijke envelop op de redactie ontvangen...

Katrín ging verder: 'Hij wilde dat ik een vrouwennaam voor hem opzocht: Arnfríður Leifsdóttir. Ik ben natuurlijk niet gewend zulke verzoeken te krijgen, maar dit was de vriend van mijn vriendin. Geen punt om iemand een plezier te doen. Ik verwachtte steeds dat hij zou terugbellen, maar toen hoorde ik...'

De stilte was drukkend.

'En wie was die Arnfríður? Of waren er meer?'

'Drie. Twee in leven en een die in 1940 is overleden. Ik heb het allemaal op een briefje genoteerd, de weinige gegevens die ik heb. Ik weet niets over die personen, maar jij kunt ongetwijfeld meer over ze vinden door een beetje onderzoek te doen.'

Ze gaf Sunna het briefje. 'Weet jij misschien waarom Valur mij naar deze vrouw vroeg?'

Sunna schudde haar hoofd. 'Ik heb eigenlijk geen idee, maar ik ben blij dat je het Margrét hebt verteld.'

'Hopelijk komt het nog ergens van pas.'

'Vast,' antwoordde Sunna, maar ze voelde zich alsof ze weer helemaal aan het begin stond van haar zoektocht.

12 september 1986

Het rinkelen van de telefoon wekte Sunna, die nog wat was blijven liggen. Ze was niet van plan geweest om uit te slapen, maar als je geen verplichtingen had, kon je je die luxe gemakkelijk veroorloven.

Ze wreef haar ogen uit en haastte zich naar de gang. Op de een of andere manier vond ze het altijd vervelend om een telefoontje te missen. Ze ging dan altijd de hele dag piekeren over wie haar had proberen te bereiken en of ze misschien iets spannends was misgelopen.

Er was weinig gebeurd de afgelopen week. Sunna had twee keer de reis naar de Tjarnargata gemaakt om te proberen Högni Eyfjörð te spreken te krijgen, maar zonder succes. Toen had ze een brief in de bus gegooid bij de ouders van Lára, in de hoop dat zij met haar zouden willen praten. Ze had ook nog een keer het nummer van Gréta Grímsdóttir gedraaid, maar net als eerder nam niemand op.

Misschien was het Gréta die belde, of de ouders van Lára. En toen kwam het idee bij haar op dat er misschien eindelijk iemand belde van het tijdschrift *Máls og menning*. Ze had halverwege de zomer een kort verhaal in een envelop gedaan en dat naar de hoofdredacteur van het blad gestuurd, in de hoop dat het ooit zou worden gepubliceerd, misschien ergens tussen de gedichten van Stéfan Hörður Grímsson en Gyrðir Elíasson in. Dat waren natuurlijk vergeefse dromen, er kwamen natuurlijk talloze verhalen en gedichten binnen van literatuurstudenten, misschien verdwenen ze allemaal regelrecht in een la van het bureau van de hoofdredacteur of gingen ze zelfs ongelezen meteen de prullenbak in. Als kind had ze verhalen en versjes gestuurd naar het tijdschrift *Æskan*, dat vrijwel alles publiceerde. De wereld van de volwassenen was lang niet zo eenvoudig.

En nu veroorloofde ze zichzelf te hopen dat op deze heldere late ochtend een redacteur van het tijdschrift aan de lijn was met de verheugende mededeling dat haar korte verhaal in de volgende aflevering zou worden geplaatst.

'Spreek ik met Sunna?' Een mannenstem.

'Ja. Wie is dat?'

'Sunna, dit is Jökull Thorarensen, advocaat.'

Op een telefoontje van hem had ze niet gerekend. Raar dat hij zich zo formeel voorstelde en niet gewoon zei dat hij de vader van Margrét was, maar misschien moest ze maar blij zijn dat hij zich niet voorstelde als voormalig minister van Justitie.

'Ja, goedemorgen,' antwoordde ze een beetje argwanend. Wat wilde hij in vredesnaam van haar?

'Ik wilde excuses aanbieden voor de... tja, de woordkeuze toen je laatst bij ons op bezoek was. We waren natuurlijk allemaal van slag en ik had me beleefder moeten opstellen. Zulk gedrag past niet bij mij en ik hoop dat je het je niet te erg hebt aangetrokken. We weten natuurlijk dat je een groot verlies hebt geleden, net als onze dochter.'

'Het is moeilijk voor ons allemaal en ik dank u voor uw telefoontje.'

'Dat spreekt vanzelf. Hoe gaat het nu met het...' Hij zweeg, alsof hij naar het juiste woord zocht. '... tja, met het onderzoek?'

'Het gaat langzaam.'

'Denk je dat je de zaak tot de bodem kunt uitzoeken? Dat is natuurlijk allemaal heel onwaarschijnlijk, die hele verdwijning. Ik denk dat het meisje in de zee is verdronken, dat dat alles is.'

Met bagage en al, zou ze willen zeggen.

'Eerlijk gezegd verwacht ik niet dat ik Lára zal vinden. Valur was er erg mee bezig en daarom bekijk ik de zaak. Zo zit het nu eenmaal.'

'Ja, heel goed. Veel succes ermee, Sunna. En veel succes met je studie. Margrét vertelde dat je IJslands studeert, of literatuur, zoiets.'

'Dat klopt,' zei ze, zonder dat ze van plan was om hem het verschil uit te leggen tussen IJslands en algemene literatuurwetenschap.

Naarmate de dag vorderde begon het te regenen. De herfst was de stad binnengeslopen, de bladeren aan de bomen kleurden goud en de hemel zag grijs.

Het was een rotzooi bij haar thuis, vuile was lag naast de wasmand in de badkamer, omdat Sunna niet de tijd had genomen om naar de kelder te gaan en de was in de wasmachine te stoppen. Haar scriptie lag in stapels op tafel en op de versleten bank lagen boeken. In de keuken was het brood begonnen te schimmelen. Ze had deze afgelopen dagen geen zin gehad om te eten en ze kon aan niets anders denken dan aan de zaak Lára.

Ze moest lang zoeken naar een schone onderbroek en beloofde zichzelf om die avond de was in de machine te doen. In haar kledingkast was ook niets meer te vinden. Uiteindelijk koos ze een oranje jurk die het goed zou hebben gedaan op een tuinfeest in de zomer en zwakte het effect ervan iets af door er een wijnrode gehaakte wollen trui over aan te trekken. Ten slotte deed ze wijnrode lippenstift op en mascara en glimlachte naar haar spiegelbeeld. Ze zou nog een keer op jacht gaan: weer een poging om Högni Eyfjörð te spreken te krijgen.

Sunna bleef staan in het krappe halletje. Het goot van de regen en het was het verstandigst om laarzen en een regencape aan te trekken, maar de man bij wie ze langs wilde gaan, stond erom bekend dat hij gevoelig was voor het vrouwelijk schoon en hij zou haar eerder ontvangen in pumps met hoge hakken die ze anders nooit droeg, alleen als het echt moest. Ze had nooit echt geleerd om op hakken te lopen en voelde zich het prettigst in sportschoenen. Ze trok een lichte zomerjas aan die een beetje strak zat over de wollen trui. Ze moest een taxi nemen, want verregend zou ze waarschijnlijk alle glamour verliezen.

Toen ze de Tjarnargata in reden, was de taxichauffeur net klaar met zijn beschouwing over de belangrijke politieke topics. Hij leek te begrijpen van wie het gebouw was waarvoor ze halthielden.

'Gaat u naar Högni Eyfjörð? Werkt u in de aannemersbranche? Of gaat u een huis bouwen?'

'Nee, in de branche zit ik niet,' zei Sunna opgewekt. 'Maar inderdaad, ik ga naar Högni Eyfjörð.'

'Hij ziet er goed uit,' zei de chauffeur. 'Zeker voor zijn leeftijd,' voegde hij eraan toe, en hij knipoogde naar Sunna. Zij glimlachte alleen en gaf hem zijn geld zonder nog iets te zeggen.

Het regende nog steeds. Sunna zette haar kraag op en haastte zich de trappen op van het gebouw aan de Tjarnargata. Het was een mooi en deftig houten huis, heel anders dan de nieuwbouw die Högni Eyfjörð overal neerzette. EYFJÖRÐ AANNEMERS NV stond er op de plaquette naast de voordeur. Binnen zat een keurige vrouw van middelbare leeftijd met opgestoken haar en een bril aan een bureau en keek Sunna vriendelijk aan. Ze droeg een spierwitte twinset met een gouden kruisje om haar hals en zag er eerder uit als een medewerker van een bisdom dan als die van een bouwbedrijf.

'U weer. U komt voor Högni?' vroeg ze op mechanische toon.

Sunna kreeg toen de ingeving om de verkeerde ideeën van

de taxichauffeur te gebruiken. Ze lachte verlegen naar de vrouw en zei zacht: 'Is Högni aanwezig? Ik heb... eh... iets persoonlijks met hem te bespreken.'

De vrouw nam haar de maat, haar blik was nu scherp, en vroeg haar vervolgens plaats te nemen en even te wachten. Zelf haastte ze zich de trap op, en ze kwam even later weer beneden en vroeg Sunna naar boven te gaan.

Högni Eyfjörð zat achter een bureau in een groot kantoor met uitzicht op de Tjörn. Het straalde van hem af dat hij een levensgenieter was. Hij was bruin en welgedaan en zijn donkere, duidelijk geverfde haar leek door de wind opzij te zijn geblazen, alsof hij de hoofdrol speelde in een aftershavereclame. In het kantoor was de geur zo zwaar dat Sunna er bijna van flauwviel toen ze naar binnen ging.

'Goedemiddag. Wie bent u en wat kan ik voor u doen?' Högni was vriendelijk, zijn stem welluidend, als van een heldentenor. Hij droeg een overhemd met opgerolde mouwen, het toonbeeld van een man die veel werk te doen had. Ongetwijfeld een goed doordacht imago. Over de rug van zijn stoel hing een jasje met vergulde knopen.

'Goedemiddag. Wat fijn dat ik u eindelijk te spreken krijg...' Sunna dacht even na en besloot toen hem nog even stroop om de mond te smeren. 'U bent natuurlijk zo'n bekende figuur en ik begrijp dat u het heel druk hebt met al uw belangrijke werkzaamheden.' Ze glimlachte vleiend en hoopte dat Högni zich wat ontspande. 'Mijn naam is Sunna en ik zou u graag iets willen vragen over Lára Marteinsdóttir, die dertig jaar geleden is verdwenen.'

'Oké, ja?' Högni leunde achterover en glimlachte. 'Bent u ook van de krant?'

'Ook?'

'Er was nog een journalist die mij daarnaar vroeg, Valur, als ik het mij goed herinner.'

Haar broer was hier dus ook geweest.

Sunna aarzelde. 'Ik heb inderdaad banden met het *Vikublaðið*, dat de afgelopen weken veel over Lára heeft gepubliceerd.'

'Bent u dus een van de meisjes van Dagbjartur?' zei Högni, en hij keek onderzoekend naar Sunna. 'Hij heeft u toch zeker niet gestuurd?'

Sunna was op glad ijs terechtgekomen. 'Ik ben bezig met een zelfstandig onderzoek dat is gebaseerd op het onderzoek van de krant.'

Högni fronste zijn voorhoofd en zette een gezicht op waarvan hij zelf waarschijnlijk dacht dat het charmant was. 'Dat is allemaal erg onduidelijk, jongedame. Ik denk dat u met een beter verhaal moet komen.'

Het kon geen kwaad om maar gewoon de waarheid te vertellen. 'Valur was mijn broer. Hij is in augustus vermoord vanwege...'

'Vermoord? Wat een onzin!'

'Ik weet dat u Óttar kent, die op Viðey woonde, en bij wie Lára vakantiewerk deed.'

'Uw broer is zeker niet vermoord. Zoiets bestaat niet. En ik kende Óttar.' Hij balde zijn vuisten, maar glimlachte vriendelijk naar Sunna. 'Wij waren schoolgenoten. Onze wegen kruisten elkaar regelmatig op zakelijk vlak. Maar die contacten hebben natuurlijk niets met de zaak Lára te maken.'

'Zat u ook op school met Finnur?'

'Wat?'

'Finnur Stephensen?'

'Ja, inderdaad, niet dat dat er iets toe doet.' Hij reageerde wat beledigd.

'Bezocht u Óttar op Viðey, toen hij daar woonde met zijn vrouw Ólöf?'

Högni leek na te denken. 'Het kan best zijn dat ik daar weleens langs ben gegaan. Een vreselijk gat, vind ik nu.'

'En hebt u daar Lára ontmoet?'

'Dat herinner ik me niet. En ik heb een bijzonder goed oog voor vrouwen, dat kan ik u wel vertellen.' Hij knipoogde naar Sunna, alsof ze aan de bar zaten in restaurant Broadway. Högni paste precies in de ouderwetse sfeer die daar heerste.

Sunna had het verloop van dit gesprek precies voorvoeld, maar merkte toch dat dit machogedrag haar stoorde.

'Het was in de zomer van 1956,' vervolgde ze vasthoudend, en ze haalde een foto van Lára tevoorschijn die ze uit de krant had gekopieerd.

'Nee, ik herinner me niet dat ik Lára heb ontmoet,' herhaalde hij. 'Ik heb geen idee waar u met dit gesprek heen wilt.'

Sunna keek naar Högni en vroeg zich af wat al die vrouwen toch in hem zagen. Hij keek terug, zich niet bewust van de onzekerheid op zijn gezicht.

'Waar kent u Arnfríður van?'

Högni keek nadenkend naar haar. 'Wie is Arnfríður in vredesnaam?'

'Arnfríður Leifsdóttir,' antwoordde ze, en ze hoopte dat ze zich de naam goed had herinnerd.

'Sunna, u praat echt met de verkeerde, ben ik bang. Het was toch leuk u te ontmoeten.'

Ze stond langzaam op en nam nogal kil afscheid vergeleken met haar enthousiasme bij binnenkomst.

Högni glimlachte naar haar en stak zijn hand op bij wijze van groet.

Sunna daalde de trap af en liep langs de keurige vrouw met het gouden kruisje de koude regen in.

Misschien zat ze helemaal op het verkeerde spoor.

Was het de moeite waard om volgende week nog tijd te verspillen aan dat gemeenteraadslid? Alleen maar om weer tegen een muur aan te lopen?

En waarom had haar broer in godsnaam navraag gedaan naar die vrouw, die Arnfríður Leifsdóttir?

Sunna was zo diep in gedachten verzonken dat ze niets om

zich heen opmerkte, tot ze opeens iemand vlakbij hoorde roepen.

'Sunna!' Gunnar stond plotseling naast haar, hijgend en puffend. 'Jezus, ik loop al de halve Tjarnargata achter je aan te rennen en je te roepen! Ben je in een andere wereld beland?'

Sunna lachte, het rode haar van Gunnar was kletsnat en zat tegen zijn hoofd geplakt. Hij glimlachte naar Sunna en omhelsde haar. 'Hoe is het? Dat was een memorabel bezoekje laatst!'

'Ja, bij Þórdís! Ik heb inmiddels nog een paar mensen gesproken,' zei Sunna. Ze was eigenlijk niet van plan geweest die informatie te delen.

'Ben je aan het spioneren geweest?' zei Gunnar bezorgd. Ze waren inmiddels een heel eind de Austurstræti in gelopen. 'Kom, laten we even gaan zitten in het Nýja Kökuhús.'

Ze stemde in en ze gingen naar binnen en bestelden koffie.

'Ik heb Óttar en Ólöf gesproken, die op Viðey woonden. En Högni Eyfjörð, de aannemer.'

'Högni Eyfjörð? Waarom, in vredesnaam?'

'Hij was een van de dragers van de kist tijdens de begrafenis van Finnur Stephensen en Finnur staat in het aantekenboekje van Valur. En Valur heeft ook met Högni gesproken, weet ik. Ze zaten allemaal bij elkaar op school: Högni, Finnur en Óttar.'

'Tja, iedereen kent elkaar in IJsland. Een klein land, Sunna, een klein land.'

'En nu ben ik nog op zoek naar ene Gréta, ik weet eigenlijk niet wat zij met dit alles te maken heeft... En...' Sunna zweeg even om adem te halen. 'En Páll Jóhannesson, het gemeenteraadslid, denk ik... Of, ik weet niet... hij was ook een van de dragers van de kist van Finnur en...'

Ze rekende erop dat Gunnar haar zou ontmoedigen, haar erop zou wijzen hoe weinig ze eigenlijk in handen had.

'Sunna, kan ik je misschien ergens mee helpen?' vroeg hij in plaats daarvan. 'Ik heb niets beters te doen, afgezien van het schrijven van mijn scriptie, waar ik toch niet mee verder kom. Ik had nooit gedacht dat de Bergrede en het evangelie volgens Matteüs zo ingewikkeld waren.'

Sunna hief haar handen op. 'Praat me niet van scripties! Die van mij, over Elías Mar, ligt thuis op de bank, in volstrekte wanorde, en ik weet zeker dat ik hem niet afkrijg. Maar ik moet gewoon… Je weet wel, voor Valur…'

'Laat het me maar weten, Sunna.'

'Bedankt,' zei ze, en ze keek hem aan, misschien iets langer dan nodig.

25 september 1986

De afgelopen dagen waren snel gegaan en hadden van alles opgeleverd.

Het gemeenteraadslid – of liever gezegd zijn secretaresse – had de afspraak met Sunna een week uitgesteld. Ze kreeg niet het gevoel dat daar iets speciaals achter zat, al had ze haar eigen naam opgegeven toen ze de afspraak maakte. Páll was natuurlijk druk en had weinig tijd om zijn kiezers te ontmoeten.

En Gunnar had haar gevraagd voor een date.

Dat waren zijn woorden, 'een date' – nogal ouderwets en formeel. Ze glimlachte toen ze eraan dacht. Hij had voorgesteld dat ze naar de bioscoop zouden gaan om *Top Gun* te zien en zij had niet durven zeggen dat ze die film al gezien had. Er was een vonk, een oude of een nieuwe, overgesprongen bij het Nýja Kökuhús, ongelooflijk maar waar, en ze had ja gezegd – ook al betekende dat dat ze de eerste aflevering van een nieuwe serie over inspecteur Dalgliesh zou moeten missen.

De date was goed verlopen. Ze voelde zich prettig bij Gunnar en hij had haar aan het eind van de avond zelfs gekust. En zij had de laatste dagen veel aan hem gedacht en dacht dan even niet aan Lára en Valur. Het was haar zelfs gelukt om wat aan haar scriptie te werken, al was ze nog wel even langs geweest bij het *Vikublaðið* om nog eens bij Dagbjartur te informeren naar die baan die hij haar had aangeboden. Hij had haar vriendelijk ontvangen en had gezegd dat hij alles deed voor de zus van Valur. Hij had haar zelfs omhelsd toen ze afscheid namen. Er was werk voor haar, in elk geval op proef, ze hoefde alleen maar ja te zeggen.

Nu was de ochtend van donderdag 25 september bijna voorbij en de afspraak met Páll stond op het programma. Lára was weer op de eerste plaats gekomen in haar agenda.

De zon scheen fel, al was de herfstkilte goed voelbaar. De herfstkleuren waren in de tuinen rond Sunna's huis tevoorschijn gekomen.

Sunna had altijd van deze tijd van het jaar gehouden, de herfst betekende een nieuw begin: een nieuw schooljaar, een nieuwe jas, nieuwe schoenen, nieuwe mensen. Misschien zou het haar nu, met hulp van Gunnar, lukken om het leven voort te zetten zonder Valur. Om de toekomst met open armen tegemoet te treden.

Ze nam de bus naar de Borgartún voor de afspraak met Páll. Ze wist dat Páll zich bezighield met de stadsplanning van Reykjavík en daar bleek genoeg te doen. Er werd onafgebroken gebouwd aan nieuwe wijken en nieuwe gebouwen in de omgeving, niet in de laatste plaats het nieuwe stadhuis in Reykjavík, dat nogal omstreden was. Páll was echter geen op de voorgrond tredende politicus. Sunna betwijfelde of de stadsbewoners van zijn bestaan afwisten.

Sunna wist weinig meer over Páll en had hem opgezocht in het telefoonboek. Hij woonde in een stenen huis aan de Grenimel. Ze was er op een avond langsgewandeld en was naar het huis gelopen alsof ze een brief in de brievenbus wilde gooien. Toen had ze gezien dat er een gouden bordje op de deur zat met de namen van Páll Jóhannesson en die van zijn vrouw, Gunnlaug Haraldsdóttir, erin gegraveerd, in schoonschrift.

Sunna arriveerde kort voor elf uur in de Borgartún, meldde zich op de begane grond en werd doorverwezen naar de bovenverdieping, waar ze moest wachten. In de wachtkamer zaten alleen mannen, ongetwijfeld in de huizenbusiness of betrokken bij aanverwante projecten. De een na de ander verdween in de kamer van het gemeenteraadslid. Ze kregen een paar minuten met hem en de meesten kwamen naar buiten met een glimlach op hun gezicht.

Er was al bijna een uur voorbij toen Sunna aan de beurt was. Een jonge vrouw met haar blonde haar in een paardenstaart kwam naar buiten. 'Sunna Róbertsdóttir, alstublieft.'

De muren in het kantoor van Páll gingen schuil achter donkere boekenkasten, waarin eerbiedwaardige banden met vergulde letters te zien waren. Het gemeenteraadslid zat achter een donker bureau waarop enkele keurige stapels papier lagen, alsof ze daar voor de sier waren neergelegd. Op een ronde tafel bij het raam zag je een opengevouwen plattegrond van de stadsuitbreiding liggen.

De jonge vrouw nam plaats op een stoel in de hoek van het kantoor. Ze had een blocnote en een pen in haar hand en keek nieuwsgierig naar Sunna.

'Ga zitten,' zei Páll tegen Sunna. Hij wees naar een stoel tegenover zich. Sunna ging zitten en glimlachte. Ze had het begin van het gesprek voorbereid, maar had geen idee hoe het zou eindigen.

'Goedemiddag. Ik zou graag meer willen weten over uw relatie tot een jonge vrouw die in 1956 op Viðey is verdwenen.'

Sunna zag tot haar tevredenheid dat haar woorden duidelijk effect hadden op Páll. Hij staarde haar aan met paniek in zijn ogen. De jonge vrouw met de paardenstaart keek vol spanning toe, alsof ze naar een sensatiefilm met Eddie Murphy keek.

'Hier snap ik niets van,' zei Páll, en hij schraapte zijn keel. 'Bent u niet gekomen om over bestuurszaken te spreken...?' Hij keek naar het papier op zijn bureau. 'Sunna?'

Sunna vertrok geen spier en vervolgde: 'Ik wilde u ook vragen naar uw betrekkingen met wijlen Finnur Stephensen. De naam van de jonge vrouw die verdween is Lára Marteinsdóttir.'

Páll wierp een snelle blik op de jonge vrouw. 'Elísabet, kun je misschien even koffie voor me halen? Ik rond dit gesprek ondertussen wel af.'

De jonge vrouw was duidelijk niet blij met hoe de zaak zich ontwikkelde. Ze stond op en verliet de kamer. Páll keek naar Sunna. Zijn ogen schoten vuur.

'Wat moet dat voorstellen om hier tijdens het spreekuur voor burgers binnen te vallen en zo'n vraag te stellen? Bent u journalist?'

Sunna aarzelde geen moment. 'Ik ben de zus van wijlen Valur Róbertsson, die journalist was en over de verdwijning van Lára schreef. Ik onderzoek deze zaak...' Hier zweeg Sunna even en maakte haar verhaal toen iets mooier: 'Ik onderzoek de zaak in opdracht van het *Vikublaðið*, waar Valur voor werkte.'

Páll zei geen woord en keek naar Sunna.

'Ik weet dat u en Finnur elkaar kenden. Ik weet dat u beiden Lára kenden.'

Páll kwam met een ruk overeind, maar ging toen weer zitten. 'Vanzelfsprekend kende ik Finnur Stephensen, maar ik weet niet waar u het vandaan haalt dat wij dat meisje kenden. Daar is niets van waar.'

'Hebt u connecties met Viðey?' vroeg Sunna toen, en ze keek Páll strak aan.

'Heb ik connecties met Viðey? Nee,' zei hij boos. Zijn gezicht glom van het zweet.

'Hoe kenden u en Finnur elkaar?'

'Wij zijn... waren oude schoolgenoten. Een bijzonder begaafd man, Finnur.'

Hij zweeg weer en Sunna keek naar hem. Hij was duidelijk geagiteerd, hij draaide in zijn stoel en trok voortdurend aan de mouwen van zijn overhemd, die onder zijn grijze colbertje uitstaken.

Sunna stond op en schreeuwde haar laatste vraag bijna:

‘Wie is Arnfríður Leifsdóttir? Had zij iets met de verdwijning van Lára te maken?’

Páll trok bleek weg en staarde naar Sunna.

‘Dit gesprek is afgelopen.’

Sunna liet zich dat geen twee keer zeggen. Het gemeenteraadslid was doodsbang en dus had ze het bij het juiste eind.

In de hal wachtte het meisje met de hoge paardenstaart, ze had een kopje koffie in haar handen en barstte duidelijk van nieuwsgierigheid.

Sunna keek om en zei luid en duidelijk, voordat Páll de deur achter haar had kunnen sluiten: ‘We spreken elkaar later.’

1 oktober 1986

Sunna stond in alle vroegte op, ze kon geen minuut langer rustig blijven liggen, ze moest aan de dag beginnen.

Marteinn, de vader van Lára, had de avond ervoor contact met haar opgenomen en toegestemd in haar verzoek om een afspraak met het echtpaar. Hij had een plek voorgesteld waar ze elkaar konden ontmoeten. Ze had er even aan gedacht om Gunnar mee te nemen, maar uiteindelijk vond ze het niet gepast om iemand mee te nemen op een eerste afspraak; ze moest het echtpaar in haar eentje spreken.

Als eerste op haar programma stond echter geroosterd brood met kaas en een glas melk, de radio op de achtergrond en de kranten op de keukentafel. Op dit moment klonk net het nieuwste nummer van Madonna, maar er was eigenlijk geen tijd voor luchtigheid, want er was weinig anders meer in het nieuws dan het plotselinge en onverwachte topoverleg tussen Reagan en Gorbatsjov.

De vorige dag was het nieuws bekend geworden dat ze hadden besloten elkaar over krap twee weken te treffen in IJsland en iedereen was nu al een half etmaal helemaal hoteldebotel. De hotels in de stad waren direct volgeboekt en de media waren aan het speculeren of Kjarvalsstaðir of Hótel Saga zou worden gekozen als ontmoetingsplaats.

Sunna voelde geen opwinding of spanning over het voorgenomen bezoek van de wereldleiders, maar eerder verdriet, want het zou voor Valur veel hebben betekend. Hij zou in het centrum van de commotie hebben gezeten, en ongetwijfeld

Reagan en Gorbatsjov hebben ontmoet en hun vragen hebben kunnen stellen.

Alweer overwoog ze even in ernst om het aanbod van Dagbjartur aan te nemen om bij de krant te komen werken, al was het alleen maar om dit topoverleg van dichtbij te kunnen meebeleven. Dat kon echter nog wel een paar dagen wachten. Ze was vandaag met haar gedachten bij Lára en misschien zou het haar lukken om een mooi artikel in elkaar te zetten na het gesprek met het echtpaar, al was het haar eigenlijk niet gelukt om veel verder te komen dan Valur.

Het artikel zou ze niet meteen willen publiceren. De twee wereldleiders trokken alle aandacht naar zich toe. Natuurlijk was het niet belangrijk of haar artikel zou worden gelezen, niet echt. De zoektocht naar de waarheid was het belangrijkste. Het ging Sunna niet om de aandacht. Op de een of andere manier voorzag ze echter dat nieuws over Lára, als dat er zou komen, voorpaginanieuws zou zijn voor Dagbjartur, al was het alleen maar om de herinnering aan Valur in ere te houden. Het was nu alleen overduidelijk dat de volgende twee edities in elk geval zouden worden gevuld met berichten over de top.

'We geven eigenlijk geen interviews meer, dat weet u.' Marteinn keek vriendelijk naar haar, er was geen irritatie in zijn stem te horen, alleen maar oprechtheid. 'We praten niet met onbekenden over Lára, omdat dat geen enkele zin heeft. Voor u hebben we een uitzondering gemaakt.'

'Dank u wel,' zei Sunna. 'Ik ben daar heel blij mee.'

'De omstandigheden zijn natuurlijk ook anders, heel ongewoon, omdat uw broer is overleden. Dat was heel verdrietig om te horen. En u bent geen journalist, zoals hij. Bent u van plan om over ons te schrijven?'

Ze zuchtte, een beetje teleurgesteld, maar zei toen: 'Niet over u. Ik zou graag de artikelenreeks van Valur afmaken, maar ik schrijf geen woord over u. Ik vond het wel heel belangrijk om u te ontmoeten, al was het maar heel even.'

'We vinden het jammer dat we u niet bij ons thuis hebben uitgenodigd, maar dat is ook een besluit dat we lang geleden hebben genomen, want iedereen wil haar kamer zien en daar kan geen sprake van zijn. We moesten ergens een grens stellen.'

Sunna knikte.

Het echtpaar zat tegenover haar in een oud café aan de Bankastræti, Prikið. Sunna kwam daar nooit, maar Marteinn en Emma hadden gezegd dat ze daar goede koffie hadden. Sunna was al aan haar derde kop begonnen, veertien kronen per stuk. Ze zaten aan het raam en zagen het stadscentrum tot leven komen.

'Dit is eigenlijk ons favoriete café, al jaren,' zei Emma. 'Wij wonen hier vlakbij, in het Grjótaþorp. Nog altijd in hetzelfde huis. We hebben het van mijn ouders geërfd.'

Marteinn en Emma leken rond de zeventig, misschien iets ouder – Lára zou nu vijfenveertig jaar zijn geweest. Vermoeid, was het woord dat bij Sunna opkwam als ze naar hen keek.

'Wij waren allebei onderwijzer, Marteinn gaf gymnastiek en ik Engels en soms ook wiskunde, als invaller. Nu hebben we het rustiger, we maken nu lange wandelingen.'

'Nogmaals bedankt dat ik...'

Marteinn viel haar in de rede: 'We zeiden het niet aan de telefoon, maar we hebben uw broer ontmoet. We praten niet met journalisten, zoals ik al zei, maar hij stond op een dag gewoon voor onze neus. Geen probleem, hoor, het was misschien een wat ongewone werkwijze, maar zo is de jongere generatie nu eenmaal. En hij stelde zich voor als journalist en beloofde dat hij niets over ons zou schrijven. Destijds werkte dat nogal op mijn zenuwen, maar het was een heel lieve jongen, vonden wij. Vond je ook niet?'

Emma was het met hem eens: 'Ja, heel aardig. Daarom besloten wij om met u af te spreken, Sunna.'

'Valur beloofde om Lára te vinden. Dat was niet de eerste keer dat wij dat hoorden.' Marteinn was aan het woord. 'Ik was wel blij met de energie die hij uitstraalde, hij leek er echt van overtuigd dat het hem zou lukken. Lára komt natuurlijk niet meer terug, dat weten wij ook wel, maar zij leeft voort in onze herinnering. Misschien komen we wel nooit te weten wat er is gebeurd, maar hopelijk krijgen we op het eind van ons leven nog antwoorden.'

'Je blijft hopen,' zei Emma.

Sunna besloot op dat moment om hun niet te vertellen over het telefoontje dat Valur had gekregen, waarin werd gezegd dat Lára dood was en in gewijde grond moest komen…

'Mag ik vragen wat u met Valur hebt besproken?'

Het echtpaar keek elkaar aan.

'Hij had niet veel vragen. Ik denk dat hij ons niet wilde lastigvallen,' antwoordde Emma. 'Hij wilde allereerst weten of er die zomer meer mensen op het eiland waren geweest. Er was natuurlijk niemand anders op dat eiland – alleen zij drieën: Lára, Óttar en Ólöf. Als er een andere ooggetuige aanwezig was geweest, dan had de politie, dan had Kristján natuurlijk met die persoon gesproken, zou het niet?'

De vraag leek eerder gericht aan Marteinn dan aan Sunna en het was dan ook Marteinn die antwoordde: 'Ja, dat denk ik wel.'

Sunna kreeg het gevoel dat ze dit gesprek eerder hadden gevoerd. 'Dus u had eigenlijk weinig antwoorden?'

'Nee, maar we vertelden hem wel over Gréta,' zei Marteinn.

'Gréta?'

'Gréta Grímsdóttir.'

Sunna hield haar adem in. De vrouw die zij vergeefs had proberen te bereiken…

'Wacht even, wie was Gréta?' vroeg ze, en ze probeerde niet al te gretig over te komen.

'Dat is mijn nichtje,' antwoordde Emma. 'Zij was de zomer

ervóór op Viðey. Haar moeder had met ons, of liever gezegd met Lára, gesproken...'

Er volgde een lange stilte. Het gerammel van de koffiekopjes in het café overstemde alle gedachten.

Eindelijk ging Emma verder: 'Ja, zij sprak met Lára. En zo kreeg Lára die baan. Er werd ons verteld dat Óttar en Ólöf goed betaalden, het werk niet moeilijk was en dat het haar geen kwaad kon doen om invloedrijke mensen als hen te leren kennen. Ólöf is van een heel goede familie, zoals u weet.'

Je kon uit de woorden van Emma niet opmaken of zij Óttar en Ólöf ergens van verdacht. Misschien was het gewoon te moeilijk om toe te geven dat zij en Marteinn hun dochter bij slechte mensen hadden laten werken.

'Ze was nog maar vijftien jaar, maar dat weet u natuurlijk,' zei Emma. 'We hebben haar in mei naar de boot gebracht, het was eind mei, ik weet dat nog zo goed, het was een prachtige zomerdag, het eiland zag er in de verte zo mooi uit. Ik was nog nooit op Viðey geweest...'

'Hebt u haar daar niet opgezocht?'

'Nee, dat wilde ze niet. Ze wilde op eigen benen staan. Altijd zo zelfstandig, dat meisje.'

'Ik neem aan dat de politie destijds langdurig met u heeft gesproken, dat elke steen is omgedraaid?'

'Dat zou je kunnen zeggen,' antwoordde Marteinn, maar aarzelend. 'Je kunt het in de kranten lezen, min of meer alle hoofdzaken. Ze is gewoon vermist geraakt. We hoorden niets meer van haar. Ze belde altijd één keer per week, maar toen hoorden we opeens dat ze niet meer op Viðey was. Het is moeilijk voor ons om erover te praten, dat kunt u begrijpen, zelfs na zo'n lange tijd. U kunt alle gegevens in de kranten vinden, zoals ik al zei. Een beschrijving van hoe het allemaal gegaan is. We zijn natuurlijk naar het eiland gegaan om te zoeken met vrienden en verwanten, maar dat heeft niets opgeleverd.'

'We kunnen u niet verder helpen,' zei Emma. 'Misschien

lukt u het onmogelijke, om erachter te komen wat er gebeurd is, waar Lára is... Ik hoop het, ik hoop het...' Het was zonneklaar dat Emma alle hoop verloren had.

Sunna wist dat ze in elk geval die Gréta moest benaderen. Misschien had zij nog iets te vertellen...

'Ik zal u niet langer ophouden,' zei Sunna. 'Drink rustig uw koffie op.'

Emma wierp een dankbare blik op Sunna en zei: 'Het was leuk u te ontmoeten, Sunna. Het ga u goed. Mag ik vragen wat u doet in het dagelijks leven?'

'Ik studeer literatuurwetenschappen.'

'Ach, dat bevalt me. Heel goed, heel goed.'

Sunna stond op. 'Mag ik u misschien nog één ding vragen, voor ik ga?'

'Natuurlijk. Wij hebben de tijd.'

'Heeft alles wat van belang was in de krant gestaan? Ik vraag me gewoon af of er nog dingen zijn die mij niet bekend zijn... Dingen die mijn broer ook niet wist... Ik heb zijn aantekeningen van voren naar achteren doorgenomen en ik zou zo graag tot een conclusie komen.'

'Dat optimisme is goed. Optimisme is altijd goed,' zei Marteinn. 'En misschien lukt het u ook. Ik kan me echter niets voor de geest halen. Er is zoveel over geschreven dat het mij soms te veel was.'

'De halsketting, Marteinn, die kunnen we nog noemen...' zei Emma.

'De halsketting?' herhaalde Sunna.

'Ja, Lára droeg altijd een halsketting die haar oma haar gegeven had. Wij hebben daar niets over verteld in het nieuws. Ze kreeg hem nadat de foto was genomen die we gebruikten voor het opsporingsbericht. De politie wilde informatie achterhouden, om mensen uit te kunnen sluiten die met valse aanwijzingen kwamen. Ik weet niet of het ooit nodig is geweest, maar wij hebben die ketting in elk geval voor ons gehouden. Nu maakt het natuurlijk niet meer uit.'

'Wat was het voor ketting?'

'Die is nooit teruggevonden. Ze heeft hem nog, ik weet dat. Het was... is een prachtig sieraad. Een groot filigrein kruis aan een ketting. Het was een erfstuk, heel kostbaar. Ze deed hem nooit af, dat lieve kind.'

6 oktober 1986

Sunna en Gunnar zagen elkaar steeds vaker en daar had ze helemaal geen bezwaar tegen. Hij was lief, lachte veel en begreep haar. En hij had Valur gekend, dat gaf misschien wel de doorslag.

Ze waren op zaterdag de stad in gegaan, naar Hótel Borg. Daarna had hij haar meegesleept naar een bijeenkomst ter gelegenheid van het vijfenzeventigjarig bestaan van de universiteit. Dat was een weinig spannende aangelegenheid, maar ze had zich niet verveeld in zijn gezelschap. Hij was een schattige boekenwurm, die Gunnar.

En nu had hij voorgesteld dat ze later die week naar een technische tentoonstelling zouden gaan in het Borgarleikhús, dat je nauwelijks nog een theater zou kunnen noemen, want het toneelgezelschap van Reykjavík speelde nog altijd in de Iðno. Sunna moest echter ergens een grens trekken. Ze kon zich niets saaiers voorstellen dan een tentoonstelling tussen allerlei slimme jongens die op knoppen drukten en dus had ze voorgesteld dat hij alleen zou gaan en in zijn eentje de toekomst zou verkennen.

Gréta Grímsdóttir was nog steeds niet boven water. Ze was onbereikbaar en belde niet terug. Er stond maar één persoon met die naam in het telefoonboek en Sunna had haar nummer al een paar keer gebeld, zonder resultaat. Elke keer had ze een beleefde boodschap achtergelaten op het antwoordapparaat. Sunna had ook twee vrouwen gebeld met de naam Arnfríður Leifsdóttir, maar die telefoontjes hadden niets opgeleverd.

Sunna was van plan de dag door te brengen in de bibliotheek, maar wilde nog één poging doen om Gréta te bereiken. Dat ging echter niet zonder problemen; ze kreeg geen kiestoon op haar vervloekte telefoon. Op de achtergrond stond zoals gewoonlijk Bylgjan aan, en daar deden de luisteraars mee aan een of ander raadspelletje waarvoor ze naar de studio moesten bellen. Sunna had een paar dagen eerder al een ingezonden brief in het *Morgunblaðið* zien staan, waarin een geïrriteerde lezer zich erover beklaagde dat het telefoonnetwerk niet geschikt was voor al die spelletjes op het nieuwe radiostation, dus deze keer lag het waarschijnlijk ook daaraan – het netwerk was overbelast. De mensen konden zich kennelijk niet beheersen uit opwinding over de prijzen die werden aangeboden.

Op het nieuws werd verteld dat er drieduizend man onderweg waren voor het topoverleg en natuurlijk kon de hoofdstad zo'n groot evenement nauwelijks aan. Er deden allerlei verhalen de ronde dat de hotels hun prijzen drastisch hadden verhoogd en de restaurants hun oude menu's hadden weggehaald. Iedereen wilde een graantje meepikken van deze hele toestand. Misschien zou het topberaad ook invloed hebben op het telefoonnetwerk.

De keuze was noch op Kjarvalsstaðir noch op Hótel Saga gevallen als locatie voor het topberaad. Het was Höfði geworden. Daar had Sunna nog nooit een voet gezet, maar Marlene Dietrich en Winston Churchill hadden er gelogeerd. Dan konden Reagan en Gorbatsjov er ook wel bij. Reagan zou alleen komen, vertelden de bladen – zonder Nancy – maar Raisa zou met haar man meekomen.

Sunna deed nog een poging om Gréta te bellen – geen kiestoon – en gooide de hoorn nogal hard op het oude telefoontoestel. Op datzelfde moment klonk er een luid gerinkel door de hal. Iemand was erdoor gekomen en belde haar.

Het was echter niet Gréta. Net als toen Jökull belde, was er een man aan de lijn, maar hij was het deze keer niet. 'Spreek ik met Sunna?'

Zodra hij zijn naam zei, veerde ze op. 'Je spreekt met Elías Mar.'

'Elías, wat leuk om van u te horen!' zei ze luid en duidelijk.

'Ik bel naar aanleiding van het gesprek dat we laatst hadden. Je vroeg me naar de reden waarom ik *Gedichten in roerige tijden* heb geschreven en volgens mij heb je mij met sommige vragen een beetje in een hoek gedreven. Ik heb in oude papieren zitten kijken en vroeg me af of ik je misschien mag uitnodigen om ernaar te kijken? Je mag ze ook mee naar huis nemen, ik heb er niet veel meer aan.'

'Dat zou ik heel graag doen,' antwoordde ze, en ze voelde zich helemaal opleven. Het was zeker fijn om meer informatie te krijgen om mee te werken, maar ze kreeg vooral het gevoel dat er een raam werd geopend naar een vroegere tijd waarin alles nog in orde was en Valur nog volop aanwezig. 'Wanneer mag ik komen?'

'Nou ja, wanneer je wilt, eigenlijk. Ik heb niet veel te doen. En nu kan ik je ook vertellen wat ik eerder nog niet kon zeggen: er komt een nieuw boek uit voor Kerstmis.'

'Wat? Een nieuw boek?'

'Ja, een vertaling deze keer.'

'Spannend. Kunt u er iets meer over vertellen?'

'Ik denk het wel. Het is weer een Agatha Christie-vertaling – volgens mij heb ik je laatst verteld over dat oude radioverhaal dat ik lang geleden heb vertaald. Dit boek heet *Het derde meisje*, ook weer een fantastisch verhaal. Ik herinner me dat toen het radioverhaal werd uitgezonden, Jón Leifs naar me toe kwam. Hij vond het beneden mijn waardigheid om een boek van Agatha Christie voor de radio te lezen. Ik zei toen tegen hem dat hij vast zelf ook weleens minder goed werk had moeten leveren, toen hij in het buitenland concerten dirigeerde!'

Sunna lachte bij zichzelf. Het was Elías zomaar gelukt haar op te vrolijken. Ze keek uit het raam naar de ochtendschemering en kreeg ineens het gevoel dat de wolken nu snel voor de zon zouden wegtrekken.

Na het telefoongesprek had ze weer een kiestoon en belde ze weer naar Gréta. Ze sprak nog een keer een bericht in op het antwoordapparaat. Nu was de boodschap iets dringender dan daarvoor.

'Hallo Gréta. Ik heb de afgelopen weken geprobeerd u te bereiken. Het betreft een verdwijning op Viðey, dertig jaar geleden, een zaak waar ik mee bezig ben. Mijn broer Valur was bezig de zaak als journalist te onderzoeken toen hij in augustus onverwacht stierf. Ik zou het erg waarderen als u mij kunt terugbellen en...'

Er volgde een piep die aangaf dat er geen ruimte was om nog meer in te spreken.

Toen ging de telefoon weer over.

Ze rekende erop dat het Elías Mar weer was, dat hij iets was vergeten te zeggen. Ze moest zo snel mogelijk bij hem langsgaan, in zijn doorrookte flat, waar verhalen en gedichten ontstonden, naast detectivevertalingen die Sunna helemaal niet minder vond dan literatuur, al zou ze dat nooit toegeven aan haar medestudenten.

'Hallo? Ik ben op zoek naar Sunna.'

Deze keer was het een vrouwenstem die de weg zocht over de telefoonlijn, tussen alle radioluisteraars door die een prijs wilden binnenslepen.

'Ja, daar spreekt u mee.'

'Hallo Sunna. Mijn naam is Gréta. Ik kreeg uw bericht.'

Sunna was sprakeloos.

'Ik was met ziekteverlof in Hveragerði en ben pas net weer thuisgekomen. Ik moest u nog bellen.'

'Ja, bedankt dat u belt, dank u wel. Ik wilde u vragen naar Viðey.'

'O?'

'Ja, mijn broer was die zaak aan het onderzoeken, die verdwijning, u weet wel. Lára...'

Een lange stilte.

'Ja, ik weet het. Waarom vraagt u dat aan mij?'

'Ik heb begrepen dat u daar de zomer voor Lára's verdwijning hebt gewerkt.'

Weer een stilte.

'Dat klopt.'

'Hebt u Lára ontmoet?'

'Nee, maar ik was er ook niet tegelijk met Lára. Ik deed daar vakantiewerk.'

'Mag ik u misschien ontmoeten, gewoon voor een kort gesprek?'

'Ja, waarom niet. Het is natuurlijk lang geleden. Je had destijds zwijgplicht, maar het is dertig jaar geleden, eenendertig om precies te zijn... U kunt bij mij langskomen op mijn werk als u wilt, ik ben er de hele dag...'

Gréta werkte op het kantoor van de directeur gezondheidszorg, op de tweede verdieping van een gebouw aan Hlemmur. De ingang zag er niet heel toegankelijk uit, met een hek en een kil trapportaal. In de deuropening ontmoette Sunna echter een man die ze van de televisie herkende, de gezondheidszorgdirecteur zelf, een eerbiedwaardige man met een dikke bril met een zwart montuur en haar met grijze strepen erdoor. Hij groette haar vriendelijk, alsof ze elkaar al heel lang kenden, al was dat helemaal niet het geval.

Sunna had rond het middaguur met Gréta afgesproken. Ze hoefde niet naar haar te vragen, want kort nadat de directeur was verdwenen, kwam er een vrouw van middelbare leeftijd de gang in lopen, die naar haar glimlachte.

'U moet Sunna zijn,' zei ze. 'De directeur is net vertrokken, we kunnen wel in zijn kantoor gaan zitten. Ik mag dat zo nodig gebruiken als ik mensen ontvang.'

Sunna nam plaats op een roodbruine leren bank. Ze had haar blocnote in de hand. Valur gebruikte natuurlijk altijd een bandrecorder, maar zij had zoiets niet en was ook helemaal niet zover om die stap te zetten, om serieus van een literatuurstudent in een journalist te veranderen.

'Zoals ik al zei, heb ik heel weinig te vertellen.'

'U hebt dus ook gewerkt bij Óttar en Ólöf?'

'Ja. Het jaar voordat Lára verdween, in 1955. De hele zomer.'

'En ging dat goed? Geen incidenten?'

Gréta keek naar de grond, streek haar haren uit haar ogen en keek Sunna toen aan. 'Nee, niet echt. Óttar had verschillende vrienden die op bezoek kwamen, ik herinner me dat een van hen nogal... tja...'

Sunna wachtte.

'Een beetje ongemakkelijk was, snapt u?'

'Op welke manier?' Sunna leunde naar voren, sloeg haar blocnote open, klaar om punten te noteren, want het gesprek leek een onverwachte kant op te gaan.

'Ach, het doet er niet toe, niet meer. U bent toch zeker niet van de krant?'

Sunna schudde haar hoofd. 'Ik probeer deze zaak alleen te begrijpen. Mijn broer stierf en ik weet niet waarom. Er wordt gezegd dat iemand hem voor de bus heeft geduwd.'

'Geduwd? Grote god!' Gréta leek oprecht geschokt.

Er was niets in het nieuws gekomen over deze theorie. Sunna had onlangs weer eens geïnformeerd bij de politieman die met de zaak bezig was. Hij had haar gezegd dat de zaak 'nog open' was en dat er geen nieuwe feiten aan het licht waren gekomen. Er had zich ook geen andere getuige gemeld...

'Ik probeer eigenlijk alle mogelijke aanwijzingen na te trekken. U bent er daar een van. Hij heeft niet met u gesproken, neem ik aan? Valur?'

'Nee, ik heb hem nooit ontmoet. Niemand heeft ooit met mij gesproken.'

'En destijds? De politie?'

'Toen Lára stierf? Nee, niemand. Ik had nergens wat mee te maken.'

Dat feit wekte Sunna's interesse. Hoe diep, of liever gezegd, hoe ondiep had de politie, of Kristján, destijds eigenlijk gegraven?

'Vertel mij eens over die man, als u dat kunt.'

'Die vriend van Óttar? Het is natuurlijk heel lang geleden. Ik was vijftien jaar, ik kende die mannen helemaal niet, ze leken allemaal op elkaar. Maar er was er één die veel om mij heen hing, heel vervelend, maar hij liet me wel met rust als de avond ten einde liep.'

'Waren ze met veel?'

'Ze kwamen één keer per maand bij elkaar, altijd de eerste vrijdagavond van de maand. Dat weet ik nog goed. Ze aten samen en ze dronken wijn. Kort nadat ik in juni naar het eiland was gekomen, werd ik gevraagd om hen te bedienen, maar toen ze in juli en augustus weer kwamen, gaf Ólöf mij vrij. Ik heb me soms afgevraagd of dat vanwege die jongeman was, of Óttar een schandaal wilde voorkomen. Zodat ik hen maar één keer heb ontmoet en alleen die avond hun glazen heb bijgeschonken.'

'Weet u nog wie die mannen waren? Hoe ze heetten, of hoe ze eruitzagen? Met hoeveel waren ze?'

Gréta lachte. 'Dat zijn veel vragen in één.'

'Sorry, ik ben dit niet gewend. Ik voel me eerlijk gezegd prettiger in een bibliotheek, met mijn neus in de boeken.'

'Ik weet niet hoe ze heetten en lette ook niet heel erg op hen, want in mijn ogen, als tienermeisje, waren het gewoon een paar kerels die aan het zuipen waren. Had ik niets mee te maken. Ik zou ze nu zeker niet meer herkennen. Ik herinner me alleen dat die vervelende vent rood haar had, maar hou me daar niet aan vast, want het geheugen doet rare dingen.'

Sunna schreef het op. Nu voelde ze zich een beetje als een echte journalist, alsof Valur achter haar zat, haar de weg wees en haar aanmoedigde.

'Óttar en een paar vrienden. Weet u ook niet meer hoeveel het er waren?'

Gréta dacht na.

'Weet u, ik weet het niet zeker. Vier of vijf. Niet meer.'

'En was Ólöf er ook bij?'

'Nee, het was een mannenavond. Zij bleef boven. En ik bleef op mijn kamer, de twee andere keren dat ze kwamen, bedoel ik. Het was allemaal heel onschuldig, begrijpt u? Alleen een groepje mannen met elkaar. Ze zullen rond de dertig zijn geweest, zoiets.'

Heel onschuldig...

Sunna zag Lára voor zich, hoe ze de glazen bijschonk bij diezelfde mannen. Was een van hen misschien te ver gegaan, had een van hen te veel gedronken...? Dat was natuurlijk niet uitgesloten.

En wie waren het geweest?

Óttar, natuurlijk.

En Högni Eyfjörð misschien?

De groothandelaar, wijlen Finnur Stephensen?

Gemeenteraadslid Páll?

Een advocaat, een groothandelaar, een aannemer, een bestuurder... Allemaal hadden ze een succesvol leven gehad, hadden nauw contact met elkaar gehouden en hadden misschien wel een onbreekbare band omdat ze samen een afschuwelijk geheim hadden.

'Högni Eyfjörð, kent u hem?'

'Van naam. Ik kan hem me niet voor de geest halen.'

'Hij is aannemer en vrijwel dagelijks in het nieuws.'

Gréta haalde haar schouders op.

'Een ander die mij te binnen schiet,' zei Sunna, 'is Finnur

Stephensen. Hij is pas overleden, was groothandelaar.' Sunna vervloekte zichzelf in stilte omdat ze van de mannen geen foto's bij zich had die ze kon laten zien. Ze kon in de bibliotheek de overlijdensberichten van Finnur opzoeken en de foto die daarbij stond fotokopiëren.

'Ja, die naam heb ik ook weleens gehoord. Draagt het bedrijf niet zijn naam?'

'Ja, dat klopt.'

'Ik zou hem ook niet van gezicht kennen, eerlijk gezegd.'

'En Páll Jóhannesson, het gemeenteraadslid?'

'Nooit van gehoord. Is hij nieuw?'

'Hij zit er al een hele tijd, maar nooit op de voorgrond.'

Dat was nu juist het probleem. Het waren mannen die zich niet in de kijker speelden. Ze waren bekend in hun kring, maar op straat zouden maar weinigen hen herkennen. Ze deden in alle rust hun werk. En dat was natuurlijk prima, weinigen wilden steeds in de schijnwerpers van de media staan. Misschien hadden zij, of een van hen, zich echter schuldig gemaakt aan een afschuwelijke misdaad...

'Altijd op vrijdag, zegt u?'

'Ja. Dat weet ik nog. Vrijdagen zijn altijd favoriet bij mij, dus dat herinner ik me goed.'

En toen dacht Sunna weer aan de woorden van Julia, in het aantekenboekje van Valur: *Op zaterdagavond. Niet op vrijdagavond.*

Misschien was Sunna toch iets dichter bij de waarheid gekomen.

Had Julia gesuggereerd dat de groep – de mannenclub – die ene keer op zaterdagavond bij elkaar was gekomen, en niet op vrijdagavond? Dat er was afgeweken van de gewoonte? En dat juist die zaterdagavond Lára's laatste avond was geweest?

7 oktober 1986

Het was nog donker in de Hverfisgata toen Sunna weer bij de bibliotheek aankwam. Ze liep rechtstreeks naar de leeszaal, koos een tafel achterin en liet haar gedachten dwalen, terwijl ze naar de grijsroze ochtendlucht keek. Het was stil in de zaal, zoals gewoonlijk. Hier kwamen mensen om onderzoek te doen, te leren of te lezen. Aan het eind van de zaal zat een oudere vrouw met opgestoken haar en een fijne bril. Een andere bibliothecaresse dan normaal.

Ze registreerde de aanvragen van de serieuze lezers die op zoek waren naar de juwelen in de depots van de bibliotheek en natuurlijk niet hardop mochten praten, alleen fluisteren. En Sunna had eerder die ochtend tegen de bibliothecaresse gefluisterd dat zij graag een exemplaar wilde inzien van de Duitse uitgave van *Vögguvísa (Slaapliedje)* van Elías Mar. *Chibaba, chibaba*, heette het in de vertaling, een kleurige omslag met een plaatje van een donkerharig jongetje erop. Sunna had alleen weinig rust om het boek te bestuderen, zoals ze van plan was geweest. Haar blocnote was geopend, maar de bladzijde was leeg en het potlood lag op tafel. Wat kon ze erover schrijven? Welke geheimen kon een oude vertaling bewaren? Het enige waar ze aan kon denken was Lára. En natuurlijk Valur.

Het was een vergissing geweest om hierheen te gaan. Ze voelde dat ze nog niet klaar was om de wereld aan te kunnen.

Ze wilde Lára vinden. Dat was de reden waarom ze 's ochtends uit bed kwam en dat ze 's avonds kon gaan slapen. Geen verlangen, maar een noodzaak, een reden om te leven.

En daarom had ze alle papieren van Valur in haar schooltas gestopt – zijn aantekenboekje en alles wat op zijn bureau had gelegen. Ze had het aantekenboekje natuurlijk van voren naar achteren doorgebladerd en er alle informatie uitgehaald die ze kon, en sommige bladzijden waren nat van de tranen, omdat het moeilijk was om de bladzijden door te werken, met het doktershandschrift van Valur, zonder af en toe een traan te laten. Eigenlijk durfde ze het niet aan om er nog een keer doorheen te gaan. De papieren van het bureau hadden weinig opgeleverd, het waren vooral aantekeningen over dingen die niets met Lára te maken hadden. Valur was met verschillende dingen tegelijk bezig geweest, never a dull moment, zo was het leven van een journalist, had hij weleens gezegd. Je kon je nooit helemaal in één ding verdiepen, het was een eindeloze strijd. En toch had Sunna nog steeds het aanbod van Dagbjartur niet uit haar hoofd gezet. Hoe verder weg de gedachte was dat ze die vervloekte scriptie af zou krijgen, hoe verleidelijker het was om aan iets nieuws te beginnen, om het stokje van Valur over te nemen.

Het gesprek met Gréta kon ze ook niet van zich afzetten. Het hele plaatje was zich voor haar ogen aan het ontrollen, voelde Sunna. Vier vrienden op Viðey en daar was iets gebeurd. En geen van hen zou de stilte verbreken na al die jaren, daar was ze zeker van. Het geheim was goed bewaard, de vrienden hadden een soort geheim genootschap gevormd, niemand durfde uit de school te klappen omdat de belangen zo groot waren.

Ze schoof haar blocnote opzij en legde *Chibaba, chibaba* op de tafel naast haar – de leeszaal was niet drukbezet die ochtend, de meeste studenten wilden liever nog iets langer blijven liggen nu de hemel zo duister was. Toen pakte ze de schooltas van de grond en stortte ze de inhoud op tafel. Dat maakte wel wat lawaai. Ze keek even op en zag dat de bibliothecaresse afkeurend keek en een vinger naar haar lippen bracht. Zulk lawaai werd niet getolereerd in de leeszaal van de Nationale Bibliotheek.

Sunna glimlachte naar haar, dwars door de grote zaal heen. *Sorry*. Toen probeerde ze orde te scheppen in de chaos. Losse papieren, memo's en ten slotte de laatste editie van het *Vikublaðið* die vóór Valurs dood was verschenen. Ze had die destijds wel gelezen, met name natuurlijk het artikel van Valur, dus ze verwachtte geen nieuwe gegevens van die krant, hij had alleen gevoelswaarde.

Ze sloeg hem toch open, zonder daar een bepaalde bedoeling mee te hebben, en ze rook de drukinkt. Het artikel van Valur stond in het tweede gedeelte, maar ze bladerde de krant toch rustig door, ze genoot van de herinneringen aan het leven in Reykjavík vóór het jubileumfeest, voordat alles veranderde; een advertentie voor een videoapparaat (ze wilde er precies zo een hebben, maar durfde het niet te kopen – ze huurde er soms een) en een advertentie voor SodaStream (die had ze wel), berichten over de voorbereiding van de jubileumfeesten. De premier deed uitspraken over de status van de kroon, zei dat er geen sprake van was dat die zou devalueren, en er was nog een korte recensie van een roman. Die had Valur geschreven, al had hij er niet veel werk van gemaakt.

Het leven was nu zo anders: ze was alleen achtergebleven. Ze keek uit het raam en op datzelfde moment barstte de hemel open en stortte er zware regen neer uit de loodgrijze lucht.

Ze bladerde verder door de krant tot ze bij het artikel van Valur aankwam. Een foto van Viðey en de oude, mooie foto van Lára. Toen viel haar ineens op dat Valur iets in de marge had gekrabbeld. Ze herkende zijn handschrift natuurlijk onmiddellijk en haar hart begon sneller te kloppen. Eerlijk gezegd had ze deze krant nog niet eerder doorgebladerd, ze had nooit bedacht dat Valur hem had gebruikt om aantekeningen te maken, maar hij had natuurlijk alles wat voorhanden was gegrepen, die laatste dagen voor het jubileum, want zijn aantekenboekje had bij Sunna thuis gelegen.

Daar had haar broer gekrabbeld:

Lára.
Niet in leven. Dood. Op zaterdagavond. Niet op vrijdagavond.
Julia...?
In gewijde grond komen – of dat ze een fatsoenlijke begrafenis krijgt.
Weet waar het lijk is.
Moet rust krijgen.
Wil dat ze gevonden wordt.
Niet bij de zaak worden betrokken.
Dit zou het einde kunnen zijn.

Sunna las deze woorden steeds weer, ze tuurde naar elk woord, bekeek elke pennenstreek.

Waarschijnlijk de laatst geschreven woorden die ze ooit zou lezen van haar broer.

Het waren duidelijk punten die hij had genoteerd terwijl hij met die Julia sprak. Hij had Sunna in grote lijnen verteld over dit gesprek, maar hier stonden de details waar het om ging.

Op zaterdagavond. Niet op vrijdagavond.

De aanwijzingen van Gréta hadden misschien meer licht op dat raadsel geworpen.

Uit deze woorden kon je misschien wel opmaken dat Julia precies wist wanneer Lára was gestorven – of wanneer ze was vermoord, wat dat aangaat.

Ook over deze zin moest Sunna lang nadenken: *In gewijde grond komen – of dat ze een fatsoenlijke begrafenis krijgt.*

Hij had het gesprek ongetwijfeld woordelijk weergegeven.

... *of*...

Waarom 'of'? Was het niet hetzelfde, in gewijde grond komen en een fatsoenlijke begrafenis krijgen?

Sunna sloot haar ogen, leunde naar voren over de tafel en luisterde naar de stilte. In de stilte zat zoveel besloten, de echo van de geluiden buiten, het gekras van pennen op papieren en boeken aan de tafels naast haar, iemand schoof een stoel naar achteren – het waren grote, zware stoelen – en toen hoorde ze opeens een zacht gefluister in de verte. Zelfs onder omstandigheden als deze was de stilte veelzeggend. Nergens was het stiller dan in het graf, waar Valur lag.

Het graf...

In gewijde grond komen of een fatsoenlijke begrafenis krijgen.

Sunna opende haar ogen en las de woorden nog een keer.

En toen dacht ze: wat als Lára nu al in gewijde grond was?

Kon dat zo zijn?

Dan zou de zin kloppen.

Julia had zich versproken, gezegd dat ze 'in gewijde grond moest komen', maar had toen beseft dat ze al in gewijde grond lag, maar dat ze nog wel een fatsoenlijke begrafenis moest krijgen.

Was Lára ergens op een kerkhof te vinden?

En op welk kerkhof dan?

Natuurlijk was er maar één antwoord mogelijk.

Had ze al die tijd op Viðey gelegen? Al dertig jaar?

Sunna wist dat er een kerkhof was, maar het was lang geleden dat ze op het eiland was geweest. Het was natuurlijk geen groot kerkhof, maar het was toch niet mogelijk om elk graf open te maken.

Ze stopte de papieren, haar blocnote en de editie van het *Vikublaðið* weer in haar tas, ze had de Duitse vertaling van Elías Mar er per ongeluk bijna bij gestopt; dat was ongetwijfeld een dure fout geweest, ze besefte dat de bibliothecaresse er niet om kon lachen als bezoekers kostbare boeken uit de collectie in hun tas stopten.

Onderweg naar buiten sprak ze de vrouw aan: 'Neem me niet kwalijk,' fluisterde ze, 'maar is het hier mogelijk om graven op te zoeken?'

'Wat?'

'Graven.'

De bibliothecaresse was één groot vraagteken.

'Ik ben informatie over kerkhoven aan het verzamelen.'

'Waarom zegt u dat dan niet meteen?'

'Kan ik ze ergens opzoeken?'

'Wie waar is begraven? Bedoelt u dat?'

Sunna knikte in plaats van te antwoorden. Het gefluister begon op te vallen.

'Nee, dat is niet bij ons geregistreerd,' antwoordde de bibliothecaresse snibbig.

'Neem me niet kwalijk, maar weet u misschien waar ik daar iets over kan vinden?'

Het antwoord kwam niet meteen.

'Is het een specifiek kerkhof waar u naar wilt kijken?'

'Op Viðey.'

'Tja, dan moet u bij het kantoor van de Kerkhoven van Reykjavík zijn, de kerkhofbeheerder.'

Sunna kreeg nadere informatie.

'Bedankt.'

Ze haastte zich de fraaie trap van de Nationale Bibliotheek af. Ze voelde zich alsof ze in een grote Europese stad was in dit prachtige gebouw, maar de regen die tegen de ramen aan sloeg, vertelde natuurlijk een heel ander verhaal. Dat ze in het Hoge Noorden was, aan het eind van de wereld.

Sunna wist eigenlijk helemaal niet wat ze aan de kerkhofbeheerder wilde vragen. Of het mogelijk was dat een jong meisje was begraven op het kerkhof van Viðey? Of ze daar op de een of andere manier achter kon komen? Of je in oude graven kon kijken?

Ze kon in elk geval om een lijst vragen van degenen die op het eiland waren begraven.

En terwijl ze naar buiten stapte, de stromende regen in, telde ze eindelijk één en één bij elkaar op.

Arnfríður Leifsdóttir.

'Het kerkhof van Viðey, zei u?'

De man bekeek haar van top tot teen door zijn dikke brillenglazen. Hij was zo kaal als een knikker en droeg een hemd, een geruit vest en een grijze broek, zonder enige twijfel naderde hij de pensioengerechtigde leeftijd, misschien was hij die zelfs al gepasseerd zonder dat iemand er erg in had gehad. Hier zat hij in een of andere schijnwerkelijkheid waar iedereen hem vergeten was, omringd door mappen, boeken en documenten. De geur van vers gezette koffie overheerste echter alles. Hij was niet van plan Sunna een kop aan te bieden.

'Ja, Viðey.'

'We begraven daar niet veel mensen meer, zoals u weet.'

'Ja, nee, daar rekende ik ook niet op.'

'Ik kan wel wat gegevens over het kerkhof opzoeken, als u dat écht wilt.'

'Dat zou heel fijn zijn,' zei Sunna met haar liefste stem.

'Natuurlijk, natuurlijk. En wat zou u willen weten, mijn beste?' De houding van de man was onmiskenbaar neerbuigend. Misschien was hij het niet gewend om mensen te ontvangen die tot het rijk van de levenden behoorden.

'Ik heb een lijst nodig van degenen die daar zijn begraven.'

'Het zijn er niet veel. Zeker niet vergeleken bij grote begraafplaatsen.'

'Dat kan ik me voorstellen.'

'Het is zo. Dat kan ik u wel vertellen.'

'Hebt u die namen misschien ergens? Of is het moeilijk om

ze te vinden?' Sunna voelde dat ze een beetje ongeduldig werd. Ze had ook niet het gevoel dat hij haast maakte.

'Moeilijk, niet moeilijk... Het zou mij wel moeten lukken.'

'Er is één naam waar ik speciaal naar op zoek ben, vóór alle andere.'

'Aha, waarom zei u dat dan niet meteen?' De man gromde wat. Hij zette de bril recht op zijn neus. 'En welke naam mag dat zijn, mijn beste?'

'Arnfríður Leifsdóttir. Overleden in 1940.'

'Arnfríður Leifsdóttir...' bromde hij. Hij fronste zijn wenkbrauwen en zei toen: 'Nee, die naam zegt mij niets, maar ik zal hem opzoeken. Ik ben zo terug.'

Dat viel tegen, want het duurde ruim een halfuur voor de man terugkwam.

'Neem me niet kwalijk,' zei hij. 'Ik wist niet dat het al twaalf uur was. En om twaalf uur ga ik altijd even langs in de kantine, als je die zo zou kunnen noemen. Koude pap en kaas, maar het is beter dan niets, nietwaar.'

'En hebt u Arnfríður gevonden?' vroeg Sunna. Haar geduld was bijna op.

'Ja, ik denk het wel. Ze ligt daar, op het kerkhof op Viðey. In 1940 begraven, zoals u al zei. Is zij familie van u?'

Sunna antwoordde niet.

Ze had er eigenlijk niet op gerekend dat haar theorie kon kloppen en toch schaamde ze zich een beetje dat ze het niet eerder had begrepen.

Toen ze van de grootste verbazing was bekomen, voelde ze blijdschap, zelfs een beetje trots. En tegelijk was ze doodsbang voor de volgende stap.

Ze had Arnfríður Leifsdóttir gevonden, maar kon het zijn dat ze Lára ook gevonden had?

8 oktober 1986

Sunna sliep slecht, haar gedachten gingen alle kanten op en ze was ervan overtuigd dat ze dicht bij de oplossing van het raadsel was gekomen. Toen ze eindelijk insliep, droomde ze natuurlijk van Valur.

Hoe ver was hij gekomen met het onderzoek?

Had hij begrepen dat Arnfríður Leifsdóttir begraven lag op het kerkhof van Viðey?

Dat kon haast niet, want Katrín van het Bevolkingsregister had hem niet meer kunnen bereiken. En hij was niet naar Viðey gegaan toen hij die artikelen schreef. Sunna had zelfs nog op hem gemopperd omdat hij niet gegaan was.

De volgende vraag was natuurlijk: lag er nog iets – iemand – in de gewijde grond bij Arnfríður?

Sunna durfde die gedachte nauwelijks te voltooien.

Het kwam even bij haar op om naar de journalisten, Dagbjartur of Baldur, te gaan, maar ze aarzelde. Ze kende hen niet goed genoeg om hun bij een kop koffie om raad te vragen. Ze waren van een andere generatie, ver van haar af. En ze wilde er ook niet met haar ouders over praten. Zij wisten niet dat zij bezig was met de zaak van Valur en zouden het er misschien niet mee eens zijn.

Ze probeerde vergeefs om Gunnar te bellen. Hij was waarschijnlijk op de universiteit en dacht na over de Bergrede.

Toen dacht ze ineens aan Margrét. Misschien omdat de Berliner Philharmoniker net op de radio de filmmuziek uit *Top Gun* speelde, misschien omdat Sunna niet echt met veel mensen over de dood van Valur – en de zaak Lára – had gesproken en Margrét een van die weinigen was. Ze was ook van haar leeftijd en ook al hadden ze niet echt veel gemeen – Margrét had bijvoorbeeld geen idee wie Elías Mar was! – ze hadden wel allebei van Valur gehouden. Sunna had het gevoel dat Margrét er werkelijk in geïnteresseerd was dat de vermissing van Lára zou worden opgelost, ondanks het ongemakkelijke bezoekje bij haar ouders, met Óttar en Ólöf. Haar vader had excuses gemaakt voor zijn gedrag en Margrét had geprobeerd het goed te maken door haar mee te nemen naar de bioscoop.

Gelukkig nam Margrét zelf de telefoon aan. Sunna had echt geen zin gehad om met haar ouders te praten.

'Hoi, je spreekt met Sunna.'

'Sunna?' De verbazing was duidelijk hoorbaar in haar stem. 'Hallo, hoe is het?'

'Goed.'

'Leuk om van je te horen. Ik wilde je eigenlijk net bellen. Wilde vragen wat jij vindt van al dat gedoe met Reagan en Gorbatsjov in Reykjavík...'

'Tja, eigenlijk...'

'Ja, idioot, hè? Papa denkt dat hij ze kan ontmoeten.'

'Echt?'

'Ja, hij zit in een of ander ontvangstcomité, begreep ik. Heel spannend allemaal.'

'Oké,' zei Sunna, en ze bedacht toen dat Margrét misschien een enthousiastere reactie had verwacht op de mededeling dat haar vader de machtigste mannen van de wereld zou ontmoeten. 'Ik vroeg me af of we elkaar weer eens konden zien en samen koffie konden drinken.'

'Koffie? Natuurlijk. Wanneer je maar wilt.'

Die middag kwam Margrét bij haar langs in Hlíðar. Sunna bedacht hoe lang het geleden was dat ze gasten had ontvangen. Het was alsof de tijd de afgelopen weken had stilgestaan.

De ene dag leek precies op de andere, de stemmen op de radio waren haar enige gezelschap in huis en buitenshuis ontmoette ze ook maar weinig mensen. Ze ging niet meer naar de universiteit en haar scriptie lag stil.

Sunna had zelfs bij Kamilla op de bovenverdieping moeten aankloppen om wat suiker te lenen voor in de koffie. Ze kwam onder een praatje uit door te zeggen dat ze een gast had en dat ze elkaar later uitgebreider zouden spreken.

Margrét zat met haar koffie, met suiker en melk, op het randje van de bank. Ze was zo keurig en mooi aangekleed dat ze afstak bij de versleten bank en de verbleekte kussens.

'Ik weet dat het een raar idee was,' zei Sunna.

'Wat?'

'Om je zomaar op de koffie te vragen.'

In de verte klonk de stem van Hallgrímur Thorsteinsson in de nieuwe middaguitzending. Hij praatte over Reagan en Gorbatsjov, net als iedereen.

'Doe niet zo gek, Sunna. Het is juist leuk, ik was niets bijzonders van plan.'

'Ik ben nog bezig geweest met Lára.'

'Echt? Nieuwe ontwikkelingen?'

'Ja, ik denk van wel. Daarom belde ik je, ik ben niet zeker van de volgende stap, ik moest erover praten met iemand die ik vertrouw...'

'Ik wil je echt helpen. Ik denk dat Valur dat fijn had gevonden.'

Sunna knikte.

'Heb je haar gevonden? Lára, bedoel ik?'

'Niet direct,' antwoordde Sunna aarzelend.

'Het is toch niet iets waar Ólöf en Óttar direct bij betrokken zijn?'

Sunna hoorde een onverwachte ondertoon in haar stem, alsof Margrét bezorgd was dat de vrienden van haar ouders betrokken waren bij iets oneerbaars.

'Ik denk het niet. Ik weet het gewoon niet.'

'Oké. Alleen nieuwsgierig,' zei Margrét verontschuldigend.

'Ja, natuurlijk.' Ze koos haar woorden nu voorzichtig. 'Margrét, ik dénk dat ik weet waar Lára is.'

Margrét schrok. 'Wat? Waar?'

'Ik denk dat ze dood is. Al heel lang.'

Margrét knikte, ze hield haar adem in.

'En ik vermoed dat ze op Viðey is begraven.'

'Op Viðey? Al die jaren?'

'Ja, op het kerkhof. Het ligt natuurlijk voor de hand, achteraf bekeken. Ze is op Viðey verdwenen. De beste plaats om iets te verbergen is altijd de meest voor de hand liggende. Heb je Edgar Allan Poe niet gelezen?'

Margrét haalde haar schouders op. 'Nee...'

Sunna schudde ongeduldig haar hoofd en besloot niet te beginnen over de oorsprong van de detectiveverhalen en het aandeel van Edgar Allan Poe in dat genre binnen de literatuur. 'Ik weet zelfs precies waar. In het graf van een vrouw die Arnfríður Leifsdóttir heet. Valur was net naar haar aan het informeren voor hij... voor hij stierf.'

'Oké... dat zou fantastisch zijn als het inderdaad zo is. Ik bedoel, je hebt misschien wel een dertig jaar oud raadsel opgelost!'

'Wij...'

'Wij?'

'Ja, Valur en ik – we deden het samen.'

'Natuurlijk.' Margrét glimlachte verlegen. 'En wat nu?'

'Dat is het nu juist. Moet ik naar de politie gaan? Of moet ik met Dagbjartur praten en de krant erbij betrekken? Het is vast niet eenvoudig om een lijk op te graven, denk je niet? Om alle vergunningen te krijgen en zo, snap je? En wat als iemand er iets over hoort? Het is een klein land en het is moeilijk om iets lang geheim te houden...'

'Ik zeg natuurlijk niemand iets, Sunna, dat weet je.'

'Ik weet het.'

'Ik kan het natuurlijk aan papa vragen... Ik bedoel dat ik hem vraag hoe moeilijk het is om toestemming te krijgen voor zoiets, zonder erbij te vertellen waarom.'

Sunna dacht na. Ze wilde de advocaat er liever niet bij betrekken, niet in de laatste plaats omdat hij natuurlijk heel gemakkelijk één en één bij elkaar kon optellen en dan met zijn vriend Óttar kon gaan praten. Alle schijnwerpers zouden op Óttar en Ólöf gericht zijn als dit uitkwam. Het meisje had bij hen gewerkt, was spoorloos verdwenen – en werd dan opgegraven op het eiland... Er moest iets verschrikkelijks zijn gebeurd, misschien een ongeluk, misschien niet... Het was echter hoog tijd dat de waarheid boven tafel kwam.

Ze kreeg er bijna spijt van dat ze Margrét had gebeld, maar toch was het prettig om er hardop over te kunnen praten.

'Margrét, ik heb een idee.'

'Ja?'

'Wat als wij er samen heen gaan, wij tweeën... Dat we op een avond of een ochtend naar Viðey gaan en zelf gaan zoeken?'

Margrét antwoordde niet meteen.

'Ja... ik denk niet dat we Valurs krant erbij moeten betrekken,' zei Margrét ten slotte. Ze klonk overtuigd. 'En misschien is het ook niet slim om het papa te vragen. We moeten inderdaad maar doen wat jij voorstelt.'

'Echt?'

'Ja. Ik stap nu eenmaal niet vaak buiten het veilige raamwerk dat mama en papa om mij heen hebben opgetrokken, en zij zouden woedend zijn als ze wisten dat ik ook maar over zoiets nadacht – maar ik wil het graag proberen. Iets spannends doen. Iets wat niet mag.'

'Ja, ik hoop wel dat we niet in de gevangenis terechtkomen. We trekken alleen een tip na, we gaan niet zover dat we die vrouw, die Arnfríður, ook echt opgraven. We gaan alleen kijken, de zaak onderzoeken...' Op een bepaalde manier zag Sunna deze taak voor zich als een moeilijke dag in de Nationale Bibliotheek, dat ze gewoon oude documenten doornam.

'Ik doe mee. Zeker! Wanneer gaan we?'

Sunna had na het gesprek met Margrét wat rondgebeld en was erachter gekomen dat er geen officiële vaarten naar het eiland gingen, alleen in het weekend: 'Weinig mensen hebben doordeweeks iets op Viðey te zoeken, maar er is iemand met een motorboot die al enkele jaren als bijverdienste mensen overzet. Wilt u misschien zijn naam en zijn nummer?'

Tegen de avond had ze hem te pakken gekregen en hij had positief gereageerd op het verzoek haar en een vriendin naar het eiland te brengen. Sunna wilde het liefst 's avonds gaan om te voorkomen dat hun reis opviel. Sommige dingen kon je het best in het donker doen.

'We willen proberen om er een paar foto's te maken terwijl de schemering invalt. Kunt u ons morgen om een uur of zes overzetten – en ons om een uur of negen weer ophalen?'

'Jaja, dat moet wel lukken. Ik moet alleen wel iets extra's rekenen omdat ik er 's avonds nog op uit moet.'

'Dat is geen probleem,' zei Sunna, ervan overtuigd dat ze Margrét wel zover zou krijgen om voor de hele tocht te betalen.

Margrét moest toch iets doen met al dat familiekapitaal.

9 oktober 1986

Ze zaten in de motorboot en werden goed verzorgd. Ze hadden allebei een biscuitje aangenomen van de schipper. Het was rustig op zee en de reis verliep goed, al zat er kou in de lucht.

'Foto's maken, zei u? Er zijn altijd mensen die willen fotograferen op het eiland. Zijn jullie op zoek naar vogels? Veel mensen schijnen daarin geïnteresseerd te zijn.'

'We fotograferen wat we te zien krijgen, de natuur, vogels... we zijn op zoek naar het avondlicht.' Sunna deed het woord.

'Ik heb de boot nu een jaar of tien en ben ontelbare keren op en neer gevaren als de omstandigheden het toelieten. Mijn vader had de boot vóór mij. Hij voer vroeger altijd op en neer naar het eiland.'

'Uw vader voer dus tussen het vasteland en het eiland toen Lára verdween?'

De schipper keek haar vragend aan.

'Het meisje dat hier vermist raakte. In 1956.'

'Ja, precies. Ik heb daar natuurlijk over gehoord. Ja, in 1956, toen was hij nog volop aan het werk.'

'Mijn broer heeft erover geschreven. Over de verdwijning van Lára. Ik ben nogal in die zaak geïnteresseerd.'

'Is dat zo?'

'Het zou fijn zijn als ik eens met uw vader zou kunnen praten. Misschien kan hij zich haar herinneren.'

'Dan bent u te laat. Hij is een paar jaar geleden overleden.'

'Ach. Het spijt me dat te horen. Neem me niet kwalijk dat ik het vroeg.'

'Geeft niets.' Toen voegde hij eraan toe: 'We zijn er bijna. Zijn jullie er zeker van dat jullie zo lang willen blijven? Het gaat ijskoud worden. Anders is de kerk meestal wel open. Dan weten jullie dat. De kerk weigert niemand toegang.'

Precies iets wat Gunnar zou zeggen, dacht Sunna, en ze lachte bij zichzelf. Misschien was het leuk geweest als hij erbij was geweest in plaats van Margrét – als hij nou maar thuis was geweest en de telefoon had opgenomen. Hij was lief, maar praatte misschien iets te veel over God. Daar zou je maar gewoon mee moeten leven, eigenlijk. De mensen waren gelijk, ook al had niet iedereen dezelfde interesses.

'Misschien een uur of acht,' zei Margrét opeens. 'We blijven vast niet langer.'

Zij had een grote rugzak bij zich waarin twee kleine scheppen zaten. Ze hadden het niet aangedurfd om met grote scheppen naar Viðey te gaan. De rugzak op zich wekte waarschijnlijk al genoeg argwaan, want Sunna merkte dat de schipper er af en toe naar keek tijdens hun gesprek. Hij vroeg echter niet waar die bagage toe diende. Waarschijnlijk was hij van alles gewend.

Hij legde de boot aan de steiger en hielp hen van boord.

Er waaide een felle wind over het eiland en het begon donker te worden. Sunna begon ineens te twijfelen. Misschien had ze gewoon meteen de politie moeten bellen en Margrét er niet bij moeten betrekken.

Sunna wierp een blik op Margrét. Kon ze haar vertrouwen? Ze was wel heel snel meegegaan met dit opwindende idee. Wat als Margrét meer wist dan ze deed voorkomen? Wat als ze iets van haar ouders had gehoord over het aandeel van Óttar en Ólöf en was meegegaan om te voorkomen dat Sunna de zaak aan de grote klok hing? Sunna staarde naar Margrét, die geconcentreerd naar Viðey keek.

Ze probeerde die vervelende theorie van zich af te zetten.

Margrét wilde alleen maar aardig zijn. En natuurlijk wilde

Sunna de politie er nu niet bij halen. Ze wist diep vanbinnen dat ze het zelf tot de bodem moest uitzoeken. En als haar vermoeden juist bleek, was de volgende stap dat ze contact opnam met de autoriteiten – en een artikel schreef voor Dagbjartur. Dat ze de artikelenreeks van Valur afmaakte.

'Nachtvogels.'

Sunna keek op. Zij en Margrét hadden nu allebei vaste grond onder de voeten.

'Wat?'

'Nachtvogels, zei ik.' De man lachte bij zichzelf, terwijl hij de boot losmaakte van de steiger. 'Ik vroeg me gewoon af welke vogels jullie nu zouden willen bekijken. Ik zie beter als het licht is dan als het donker is, maar dat is vast iets persoonlijks. Ik kom straks terug. Probeer niet te verdwalen. Het is een groot eiland.'

Hij wachtte niet op een reactie, maar verdween in de stuurhut en voer weg.

'Hij weet duidelijk dat wij...'

Sunna viel Margrét in de rede. 'Hij weet niets, en dat maakt ook helemaal niet uit. Wij moeten dit voor Valur doen. Voor Lára. Oké?'

Margrét knikte. 'We gaan in elk geval naar het kerkhof, misschien is dat voldoende. Ik bedoel, als we dat graf niet vinden, of...'

'We doen wat we kunnen, Margrét. Misschien vinden we Lára. De politie heeft dertig jaar naar haar gezocht. Dertig jaar...'

Hoewel het daglicht snel afnam, kon je nog goed zien wat je deed, en Sunna beende in de richting van de Viðeyjarstofa en de kerk. Ze hoorde dat Margrét haar volgde.

Hoe had Lára eruitgezien toen ze naar Viðey kwam voor haar vakantiewerk? Vijftien jaar oud, een kind eigenlijk nog. Het was in mei 1956 geweest, hadden haar ouders gezegd. Alles zag er beter uit in het voorjaarslicht dan in het duistere licht van de herfst; er was meer hoop in de lucht, meer optimisme. Lára had zich er ongetwijfeld op verheugd om op eigen benen te staan, haar eigen geld te verdienen, interessante mensen te leren kennen. Óttar en Ólöf waren natuurlijk, naar het oordeel van velen, voorbeeldige burgers. Niemand zou erover hebben getwijfeld om zijn of haar kind bij hen te laten werken. Een eerbiedwaardige advocaat, een vrouw van goede afkomst...

Ze wilde het liefst van het pad afwijken en hun huis opzoeken. Het was alleen nog wel een flink eind lopen daarheen, als je afging op de plattegrond die Sunna in de Nationale Bibliotheek had gevonden, en het andere moest voorrang hebben. Het huis stond zo goed als leeg, ongetwijfeld was er niets meer te vinden, behalve spoken uit het verleden, de echo van de stem van een meisje dat verdween.

Sunna keek over haar schouder. De gedachten aan het echtpaar, hun huis en Lára hadden ervoor gezorgd dat Sunna opeens een beetje bang was geworden...

Margrét glimlachte naar haar en haar hartslag werd wat rustiger. Toch voelde ze zich niet op haar gemak. Er zat iets ongemakkelijks in de koude herfstlucht, iets onzekers... En om het nog erger te maken waren de vriendinnen – als je ze zo zou kunnen noemen – uitgerekend op weg naar het kerkhof.

Ze waren al een heel eind gevorderd naar de beide gebouwen, de Viðeyjarstofa rechts en de kerk links. Het laatste gebouw was in werkelijkheid nog kleiner dan Sunna had gedacht. Het was lang geleden dat ze op Viðey was geweest en foto's gaven een vertekend beeld.

De kleine kerk was mooi en ongewoon en aan de linkerkant grensde hij aan het kerkhof, dat net zo klein was als de kerk. Het zou hun niet veel tijd kosten om Arnfríður Leifsdóttir te vinden – als de namen op de graven goed te lezen waren.

'Nou zeg, wat een avontuur is dit,' zei Margrét. Ze zag er nog vrolijk uit. Het was verstandig geweest om haar mee te nemen. Ze was van nature opgewekt, zelfs een beetje zorgeloos. Misschien waren dat juist de eigenschappen waar Valur voor was gevallen. Ze was duidelijk heel anders dan haar ouders, het zo formele advocatenechtpaar in Garðabær.

Misschien zouden ze op den duur wel echte vriendinnen kunnen worden. Zou Valur dat niet hebben gewild?

'Nu gaan we op zoek naar Arnfríður,' zei Sunna. Ze vermande zich en ademde diep in. 'En dan vinden we Lára.'

'Weet je, Sunna, ik had nooit gedacht dat ik 's avonds op pad zou gaan om op een of ander kerkhof te gaan rondsnuffelen. Het ergste wat ik tot nu toe heb gedaan, is te hard rijden of stiekem 's nachts gaan zwemmen. Ben jij verder ook zo braaf?'

'Ik steel niet eens een boek uit de bibliotheek.'

Sunna probeerde de deur van de kerk te openen en die bleek inderdaad niet op slot, zoals de man van de boot al had gezegd. Daar konden ze zich dus opwarmen. Ze vond het lichtknopje en deed het licht aan. De kerk was ontzettend klein, naar de maatstaven van nu, maar er waren natuurlijk nooit veel lidmaten geweest. Sunna had het gevoel dat ze enkele eeuwen terug in de tijd was gegaan. Ze had gelezen dat het kerkje eind achttiende eeuw was gewijd. De kerkbanken waren blauw en bruin, ongetwijfeld heel ongemakkelijk, maar mooi. Het altaar had dezelfde kleuren, maar daar overheerste de kleur groen. Sunna sloot haar ogen. Ze beschouwde zichzelf niet als gelovig en lachte Gunnar uit als hij zichzelf even vergat in een gesprek en over Christus en God en kerkelijke rituelen begon. Toch zei ze in stilte een gebed. Ze bad voor haar broer en voor Lára. En ze voelde dat Lára niet ver weg was. Verbeelding of een wensgedachte, misschien.

'Moeten we niet aan het werk?' hoorde ze Margrét zeggen. Zij stond nog buiten.

'Ja.' Sunna draaide zich om, deed het licht uit, ging naar buiten en sloot de deur voorzichtig achter zich.

Ze aarzelde voor ze het kerkhof op liep, ze wist dat ze nu een ongekend grijs gebied betraden. Het was moeilijk om uit te leggen waarom je grafrust verstoorde, maar nood breekt wet...

Ze waren nu in elk geval zover gekomen en het kon geen kwaad om eens rond te kijken. Ze keek om zich heen en zag niemand. Ze waren hopelijk alleen op het eiland.

Ze zag Lára voor zich. Ze verbeeldde zich hoe ze in de richting van de Viðeyjarstofa rende, waarschijnlijk in de augustusschemering, met iemand achter haar aan, iemand die haar kwaad wilde doen. Was het zo gegaan? Was ze zo hard weggerend als ze kon, over heuvels en velden, was ze over hobbels in het veld gestruikeld...? Had ze geprobeerd te vluchten voor iemand die haar aanviel? Het moest een man zijn geweest. Was ze niet weggekomen? Misschien had ze geen kans gehad, want waar moest je heen op zo'n klein eiland? Had ze zich misschien in de kerk verscholen, tussen de banken...? Dat had haar niet geholpen, er was nergens een goede plek om je te verstoppen.

'We moeten dat graf vinden. Arnfríður Leifsdóttir.' Margrét was vol energie en vastberaden, wilde duidelijk niet opgeven of zich in gedachtekronkels verliezen. Sunna kon dat wel waarderen.

'Ja, het zijn niet veel graven.'

Ze bukte zich en tuurde naar een grafsteen. Het was nog net licht genoeg om iets te zien zonder zaklantaarn, maar het licht verdween snel. En dat was misschien maar goed ook, want zulk werk deed je het best in het donker.

Sunna wist dat de schrijver Gunnar Gunnarsson op Viðey begraven was en het duurde niet lang voor ze zijn grafsteen vond. Ze had voor haar studie een paar van zijn boeken gelezen, maar altijd het meest gehouden van het kortste, *Advent*, dat ze voor het eerst op school had gelezen en daarna elke adventsperiode opnieuw.

'Niet bij elke steen blijven hangen,' zei Margrét.

'Ik vond een schrijver,' zei Sunna.

'We zijn niet op zoek naar schrijvers.'

Sunna ging verder met het turen naar kruizen en grafstenen.

'Arnfríður! Hier is ze!' riep Margrét. 'Dat duurde niet lang.'

Sunna kreeg een knoop in haar maag. Wat nu? Moesten ze werkelijk een graf openen?

'Ik heb een thermoskan met koffie,' zei Margrét. 'In mijn rugzak. Laten we daar wat van drinken, in de kerk gaan zitten en wachten tot het donker wordt. Dan beginnen we.'

Een kwartier later gingen ze op pad met hun zaklantaarns en scheppen. De duisternis was snel ingevallen, ze waren nu in elk geval voldoende beschut.

'Ik begin,' zei Margrét, en ze stak de schep in de grond.

Sunna voelde een steek in haar hart. Plotseling vond ze dit alles helemaal geen goed idee.

'Weet je het zeker?'

'We doen het voor Valur, toch? Weet je nog?' zei Margrét.

Sunna knikte en hielp haar vriendin. Nu vond ze het wel passend om haar zo te noemen. Zij tweeën, samen, alleen, bezig met het openen van het graf van een hun onbekende vrouw.

De tijd kroop voorbij en ze voelden de kou bijten, net als hun geweten, maar Sunna probeerde dat zo veel mogelijk van zich af te zetten. Ze werkte voorzichtig en ze had het idee dat Margrét dat ook deed. Ze bedacht dat het vrijwel onmogelijk was om weer bij het graf weg te gaan zonder grote inspanning. En als Lára er echt lag, moesten Óttar en Ólöf de ware toedracht kennen. Iemand had Lára moeten begraven en het graf daarna zo netjes achtergelaten, haar zelfs met aarde toegedekt en alle sporen weggewerkt. Zoiets kon niet haastig worden gedaan en vrijwel zeker niet zonder dat de bewoners ervan wisten. De dobbelsteen kwam steeds weer op dezelfde kant terecht: het echtpaar moest Lára hebben vermoord.

'Heb je *The Color Purple* al gezien?'

'Wat?' Sunna keek op. De vraag was zo onverwacht dat ze niet wist wat ze ermee aan moest.

'De film. Hij draait in de Austurbæjarbioscoop.'

'Nee, nog niet. Ik ga maar zelden naar de film,' antwoordde Sunna, maar ze corrigeerde zichzelf: 'Alleen met jou naar *Top Gun*!' Ze vertelde er niet bij dat ze die film nu zelfs twee keer had gezien.

Op de een of andere manier was het Margrét gelukt de sfeer een beetje luchtiger te maken.

Sunna glimlachte en zei: 'Misschien kunnen we hem van de week gaan zien.'

'Ik ben al geweest, een jongen vroeg me mee. Een dichter, ik weet ook niet waarom ik ja heb gezegd. Hij had het boek gelezen, zei hij. Ik denk niet dat ik hem nog eens zie. Ik heb niets met dichters – maar we kunnen van de week wel naar de film gaan.'

'Doen we.'

En daarna gingen haar gedachten weer naar Ólöf en Óttar. Het waren zulke rustige mensen, maar toch zo afstandelijk. Toen ze hen bij Margrét thuis ontmoette, had ze het gevoel gehad dat ze iets verborgen hielden. Ze had scherper tegen hen moeten zijn, doortastender. Ólöf had niet eens antwoord gegeven op de vraag die aan haar was gericht. Natuurlijk had Sunna ook gesproken met hun twee vrienden, Högni en Páll, maar hoe ze het ook wendde of keerde, steeds kwam ze tot dezelfde conclusie: dat Óttar de schuldige moest zijn. Het enige wat die hypothese in de weg zat, was dat hij niet roodharig was. Gréta had toch gezegd dat degene die haar op het eiland lastigviel roodharig was geweest, maar misschien herinnerde ze zich het verkeerd en misschien hadden die voorvallen uiteindelijk niets met elkaar te maken. Misschien had iemand uit de groep Gréta onheus bejegend, maar heel iemand anders Lára gedood...?

'Reagan landt straks,' zei Margrét. Zij kon kennelijk niet goed tegen stilte.

'Ja, dat hoorde ik. Wat een toestand, hè?'

'Het zou leuk zijn om ze te zien. Papa ontmoet hen morgen, begrijp ik.'

'Ongelooflijk. Fantastisch, hoor.'

En op dat moment begon het te regenen. Sunna dacht bij zichzelf dat het gekkenwerk was dat ze hier in het duister en bij regen en wind in de grond aan het wroeten waren. Het was ongetwijfeld onzinnig wat ze deden, waarschijnlijk zou het enige wat ze aan deze exercitie overhielden longontsteking zijn.

'Moeten we stoppen? Het opgeven?' vroeg Sunna.

'Nee, natuurlijk niet. We maken het af. We gaan straks de kerk in, als we Lára hebben gevonden.'

Sunna kreeg het gevoel dat de weergoden wraak op hen namen, omdat ze dit idee doorvoerden. En toch ging ze door met graven, voorzichtig, met respect en toch energiek, want het enige wat nu nog telde was dat ze Lára vonden. Nu eens was ze ervan overtuigd dat haar theorie klopte en dan weer werd ze vervuld van grote twijfels. Ze dacht een geluid te horen in de verte. Kon het zijn dat ze iemand over hun trip had verteld? Was er iemand onderweg om hen tegen te houden?

Nee, natuurlijk niet. Ze moest zich concentreren en haar fantasie niet de overhand laten krijgen.

Het was nu overal donker. De duisternis besloop hen, fluisterde tegen Sunna en deed de rillingen over haar rug lopen. Toch ging ze verder. Het was onmogelijk om nu nog te stoppen.

En precies op dat moment stuitte ze met haar schep op iets.

Ze schrok en zette een stap achteruit.

'Ssst,' zei ze tegen Margrét, die tegelijk ophield met graven – nu had ze een doodse stilte nodig, hoewel het hard regende.

Ze richtte de zaklantaarn in het graf.

Uit de aarde stak een bot. En toen ze het licht over het graf liet schijnen, zag ze meer botten. Hier leken in elk geval menselijke resten te liggen. Sunna kwam weer dichterbij, ze hurkte neer en woelde met haar handen door de aarde, in de hoop een aanwijzing te vinden van wie deze botten waren. En toen zag ze iets glinsteren.

Ze zag een groot en mooi filigrein kruis aan een ketting.

9 oktober 1986

Sunna zweeg de hele weg naar het vasteland. Margrét ook.

Er was geen enkele reden om de schipper te betrekken bij de ontdekking van het lichaam en ze hadden ook de halsketting niet meegenomen. Ze hadden die op zijn plek laten liggen, in de hoop dat de politie direct naar Viðey zou gaan en de plaats delict uitvoerig zou onderzoeken.

Sunna ademde snel en probeerde noch naar de schipper noch naar Margrét te kijken, maar alleen naar de open zee, naar de duisternis, om een klein beetje innerlijke rust te krijgen. Ze was zo verschrikkelijk van streek dat ze niet eens meer een gedachte tot een einde kon denken, waar die ook over ging.

Toen ze aan land waren, renden ze bijna naar de auto.

Margrét zat aan het stuur.

'Geweldig,' zei ze, en ze startte de auto.

'Waar gaan we heen?'

'Naar mijn huis,' zei Margrét vastberaden. 'We maken iets warms te drinken, om weer warm te worden, en bellen dan de politie. Ik denk dat ze ons voor gek verklaren als we nu het politiebureau binnenlopen en proberen iemand te laten geloven wat we vertellen. Heb je geen rechtstreeks nummer van de man die het onderzoek leidde?'

'Ja, een nummer op zijn werk en een nummer bij hem thuis. Ik heb die ergens in mijn tas.'

Sunna wilde het liefst direct naar het politiebureau gaan, maar ze besloot Margrét niet tegen te spreken. Het maakte geen verschil om nog iets verder door te rijden en de gedachte aan het warme, comfortabele huis van Margréts ouders in Garðabær overtuigde haar. Sunna had het koud, ze trilde van spanning en ze was bang.

Ze hadden Lára gevonden, daar bestond geen twijfel over.

Margrét zette de radio aan. Het was een paar minuten voor negen uur en er was een rechtstreekse uitzending aan de gang over de aankomst van Ronald Reagan in IJsland. De verslaggever moest het opnemen tegen het roffelen van de regen en het geluid van de ruitenwissers. Sunna sloot haar ogen, haalde diep adem en luisterde. Het was allemaal zo onwerkelijk: de machtigste mannen ter wereld zouden elkaar ontmoeten in Reykjavík, een van hen was al in het land gearriveerd, en op diezelfde avond hadden zij en Margrét het lichaam gevonden van een meisje waar de hele bevolking al dertig jaar naar zocht.

Ze kwamen bij het huis van Margrét aan toen de klok negen sloeg. Het digitale horloge van Margrét piepte en de uitzending was afgelopen. Margrét strekte haar hand uit naar de radio en schakelde over naar Rás 2, waar Eiríkur Hauksson het nummer 'Mitt á milli Moskvu og Washington' (Midden tussen Moskou en Washington) zong. Sunna herinnerde zich het nummer van het songfestival in het voorjaar. Opeens was het toepasselijker dan ooit tevoren.

'Papa en mama zijn thuis,' zei Margrét, en ze parkeerde de auto. 'Ze wilden vanavond naar Stöð 2 kijken.'

De eerste uitzending van de nieuwe televisiezender, natuurlijk! Sunna was dat in alle emotie helemaal vergeten.

'Kom mee de kamer in,' zei Margrét. Sunna volgde haar op de hielen.

Het geluid van de televisie stond hard en op het scherm was een bekende nieuwslezer te zien die van de set van de Ríkissjónvarp naar het nieuwe televisiestation was gelopen.

'Alle begin is moeilijk,' hoorde ze hem zeggen.

De ouders van Margrét keken op.

'Ben je daar weer? En is Sunna er ook?' vroeg Nanna. 'De eerste uitzending zit erop. We hebben ernaar gekeken en schakelden af en toe over naar de rechtstreekse uitzending over Reagan. Er was een technische storing bij Stöð 2, maar zoals hij al zei: alle begin is moeilijk. Het is ook niet niks om een nieuwe televisiezender te beginnen. Nu hoeft onze Jökull zich 's avonds niet meer te vervelen. Dat is toch zo, Jökull?'

De voormalige minister van Justitie mompelde iets.

'Jullie zijn allebei doorweekt – we zagen net dat het regende toen Reagan op de luchthaven landde. Waren jullie buiten in de regen?'

Sunna wilde Margrét laten antwoorden en hield zich op de achtergrond.

'We zijn naar Viðey geweest.'

'Viðey?' Jökull keek nu eindelijk ook naar hen. 'Waarom in vredesnaam?' Hij fronste zijn wenkbrauwen.

'We waren op zoek naar...' Margrét zweeg midden in haar zin, alsof ze de juiste woorden probeerde te vinden, of moed verzamelde. Misschien allebei. 'We waren op zoek naar Lára.'

Nanna's mond viel open en Jökull kwam overeind. Sunna dacht zelfs dat Reagan en Gorbatsjov geheel naar de achtergrond waren verdwenen door deze onverwachte wending.

'Waren jullie op zoek naar Lára?' vroeg Jökull. 'Nu snap ik er geen biet meer van. Is dat een gevolg van jouw gesprek met Óttar en Ólöf?' Die vraag was aan Sunna gericht.

'Niet direct, nee, nee,' zei ze zacht. Het drong nu pas goed tot haar door wat een grote fout het was geweest om naar het huis van Margréts ouders te gaan.

Diep vanbinnen wilde ze het liefst terug in de tijd vluchten en zich in de armen van haar broer verschuilen. Valur zou haar helpen, ze zouden samen naar de politie kunnen gaan; samen konden ze alles.

'Dit heeft niets met hen te maken,' zei Margrét overtuigd.

'Sunna heeft het onderzocht, oude aanwijzingen en nieuwe, en ze kwam tot de conclusie dat Lára op Viðey is begraven.'

'Wat een nonsens!' zei Jökull. 'Dat Lára op Viðey is begraven… Niemand weet wat er met haar is gebeurd. Ze zou net zo goed nog in leven kunnen zijn; in IJsland, in het buitenland, aan het werk, wat weten wij ervan? En dat jij je door die onzin laat meeslepen, Margrét, waar was je mee bezig?'

'Nee, papa, we hebben haar gevonden.'

'Jullie hebben wat gevonden?'

'We hebben Lára gevonden.'

'Grote god, kindje, is het echt waar?' vroeg Nanna. 'Hebben jullie het meisje gevonden?'

'Ze bleek uiteindelijk op het kerkhof te liggen. In het graf van iemand anders.'

'Nee, dat geloof ik niet,' zei Jökull, en hij ging weer zitten. Zijn gezicht was lijkbleek en Sunna maakte zich eerlijk gezegd een beetje zorgen over hem. Hij had misschien één en één bij elkaar opgeteld, net als zij, en begrepen dat Óttar en Ólöf bij de zaak betrokken moesten zijn. Dat hun vrienden, het respectabele echtpaar, misschien wel een jong meisje hadden gedood en hadden besloten hun daad, die het daglicht niet verdroeg, te verhullen.

Margrét ging verder: 'We vonden haar halsketting en toen zijn we opgehouden met graven.'

'Haar halsketting?' vroeg Nanna.

'Lára droeg altijd dezelfde ketting, die stond niet op de foto's, maar Sunna kreeg dat te horen. Het is honderd procent zeker haar ketting.'

'Hebben jullie hem meegenomen?' vroeg Jökull.

Margrét aarzelde: 'Nee, we wilden niets verstoren. De politie moet de omstandigheden goed kunnen onderzoeken en daarom…'

'Jullie hebben nu natuurlijk de grafrust verstoord van de mensen die daar liggen, dat alleen al is een wetsovertreding, lieve hemel, ik weet niet wat ik moet zeggen...' Jökull zuchtte. 'Tja, als jullie werkelijk Lára hebben gevonden na al die jaren... Het is natuurlijk een krankzinnig idee om zomaar naar Viðey te gaan en in graven te gaan wroeten, maar...'

'Jij beschermt ons toch wel, papa, als de politie er een probleem van maakt?'

Hij knikte afwezig.

'We moeten ze nu bellen,' zei Margrét. 'Sunna heeft het nummer van de man die het onderzoek leidt.'

'Ja, mag ik de telefoon gebruiken?' vroeg Sunna.

'Toe maar, toe maar. Margrét, ga met haar mee,' zei Nanna. 'Jullie moeten zo snel mogelijk bellen. Dit moet worden onderzocht, de hemel sta me bij.'

Sunna had het briefje met het nummer al opgezocht. Ze pakte de hoorn van de haak. Haar hand trilde. Ze wachtte op de kiestoon en draaide toen voorzichtig de kiesschijf, vijf cijfers, ze wilde geen fout maken.

De telefoon ging over.

Misschien was de politieman niet thuis, of misschien was hij al naar bed. Niemand was toch zeker al zo vroeg naar bed op de avond dat de president van Amerika in het land aankwam en er een nieuwe televisiezender werd gelanceerd?

Toen werd er opgenomen.

Sunna herkende de stem meteen. Ze zei haar naam.

'Sorry dat ik u stoor, maar dit is heel dringend.'

'O?'

'We hebben Lára Marteinsdóttir gevonden.'

Het was inmiddels twee uur 's nachts.

De politie had nauwkeurige aanwijzingen gekregen via de telefoon, maar had niet gewild dat Sunna en Margrét meegingen naar het eiland. Sunna had willen meegaan, maar ze protesteerde niet. Ze was doodmoe, maar voelde zich gespannen als een veer. Te veel spanning, de adrenaline stroomde door haar aderen. In plaats daarvan zat ze in de kamer met Margrét en haar ouders. Ze hadden tot middernacht naar een symfonieconcert op de radio geluisterd en daarna een video in het apparaat gedaan.

Eindelijk ging de bel.

Jökull ging naar de deur en Sunna volgde hem.

Snorri, de politieagent, stond op de stoep, samen met een man die Sunna van de foto's herkende.

'Goedenavond.' Snorri had beloofd langs te komen zodra er enige duidelijkheid was in de zaak. 'Dit is Kristján Kristjánsson, die destijds de leiding had van het politieonderzoek.'

'U moet Sunna zijn,' zei Kristján.

'Ja.'

'Wilt u niet binnenkomen?' interrumpeerde Jökull.

'Ja, graag,' zei Kristján. 'Ik heb uw broer ontmoet. Vreselijk om te horen wat hem is overkomen, mijn condoleances.'

'Bedankt.'

'Oké.' Snorri schraapte zijn keel. 'Kort gezegd denk ik dat Lára inderdaad is gevonden. Het is ongelooflijk.'

Sunna sloeg haar hand voor haar mond.

De twijfels hadden zich opgestapeld naarmate de avond en de nacht vorderden. Hadden ze zich vergist? Hadden ze de halsketting mee moeten nemen? Was het misschien niet de ketting van Lára? Waren het misschien botten van heel iemand anders? Het meest had ze gevreesd dat iemand vóór de politie naar het eiland was gegaan om de bewijzen weg te halen, maar al die zorgen waren onnodig gebleken.

'Dus het was Lára?'

'Alles wijst erop. De lichaamsresten en de halsketting komen overeen met het meisje, helaas. Er moet natuurlijk nader onderzoek worden gedaan, maar op dit moment gaan we ervan uit dat Lára dood is, dat ze op Viðey is overleden en daar is begraven.'

'Ze is daar dus al die jaren verborgen gehouden,' zei Kristján, eigenlijk meer tegen zichzelf dan tegen de anderen. 'Ik heb dertig jaar naar haar gezocht, min of meer.' Hij zuchtte.

'Het is onnodig te zeggen dat het onderzoek opnieuw zal worden gedaan en het zal goed zijn jou erbij te hebben, Kristján,' zei Snorri. 'We gaan er met volle kracht tegenaan.'

'En Valur?'

'Ik vrees werkelijk dat de dood van uw broer met deze zaak te maken heeft. Ik denk dat we de zaken tegelijk oppakken. Dat sterfgeval is nog niet opgelost en de getuigenis dat hij voor de bus zou zijn geduwd, krijgt nu meer gewicht. Het is helemaal niet ondenkbaar dat hij vermoord is om te proberen een punt achter het onderzoek te zetten. Hij was duidelijk te dicht bij de waarheid gekomen, net als u.'

'Denkt u dat Sunna gevaar loopt?' vroeg Margrét plotseling.

Snorri leek daar nog niet aan te hebben gedacht.

'Tja, ik denk het eigenlijk niet. Maar je kunt nooit voorzichtig genoeg zijn. Het lichaam is gevonden, en het zou dus geen enkele zin hebben om u nu uit te schakelen, Sunna. De waarheid is boven tafel gekomen.'

'Grotendeels wel, ja,' zei ze. Ze probeerde kalm over te komen, maar ze was opeens een beetje bang. 'We weten alleen nog niet wie erachter zat...'

'Hebt u daar al een idee over?' vroeg Snorri. Zijn vraag klonk ernstig.

Tot dan toe had Sunna al haar overwegingen grotendeels voor zichzelf gehouden, omdat ze er nooit van overtuigd was of ze op het juiste spoor zat. En ze had van Valur geleerd dat een goede journalist zijn kaarten niet laat zien. Zij was van plan een artikel te schrijven, daar was niets aan veranderd. Nu kon ze haar informatie echter niet langer achterhouden voor de politie.

'Ik heb daar inderdaad onderzoek naar gedaan,' zei ze zacht. 'Ik heb begrepen dat er een soort club was die regelmatig samenkwam op Viðey. Vrienden van Óttar.'

En toen besefte ze dat Jökull en Nanna meeluisterden. Ze moest voorzichtig zijn, maar kon ook niet direct stoppen met haar verklaring.

'Wanneer?'

'In elk geval het jaar ervoor, 1955, en ongetwijfeld ook in het jaar waarin Lára verdween. Ze ontmoetten elkaar altijd op vrijdagavond, maar Valur had informatie gekregen dat Lára op zaterdagavond was gestorven. Ik vermoed dat ze die keer op zaterdagavond bij elkaar zijn gekomen en dat er iets is gebeurd. Iemand uit die groep, ik weet niet wie, had de voorgaande zomer ook een meisje lastiggevallen...'

Snorri's gezicht was één groot vraagteken. 'Wie waren dat?' vroeg hij. Zijn stem klonk scherp.

Sunna wierp een snelle blik op Kristján, die een terneergeslagen indruk maakte. Hij had misschien dertig jaar geleden datzelfde spoor gevolgd, maar was in een doolhof beland waar hij niet meer uit was gekomen.

'Óttar, zoals gezegd... en nog een paar anderen, denk ik. Het zijn maar vermoedens, gebaseerd op wat mijn broer heeft opgeschreven en...'

'Ja, laat maar horen. We hebben namen nodig en bewijzen, natuurlijk.'

Sunna aarzelde. Ze was van plan om de namen te noemen in haar artikel. Het was donderdagavond – of liever gezegd de nacht van donderdag op vrijdag – dus ze had nog krap een week om het artikel te schrijven als het in het volgende *Vikublaðið* moest komen te staan. En er was natuurlijk geen andere plaats mogelijk. Voor Valur.

'Ja, ik denk dat het er vier geweest zijn: Óttar en dan een aannemer, Högni Eyfjörð...'

'Högni Eyfjörð? Weet u dat zeker?'

'Ik heb dat zo begrepen, maar ik heb geen duidelijke antwoorden van hem gekregen.'

'Hebt u met hem gesproken?'

'Ja, heel kort.'

'Zozo. Oké. We gaan ernaar kijken. En wie nog meer?'

'De groothandelaar Finnur Stephensen. Hij is onlangs overleden, maar ik heb met zijn weduwe gesproken.' Sunna wist dat ze nu allereerst naar Þórdís zou moeten gaan. Ze had sterk het gevoel dat Þórdís de enige was die alle antwoorden had en bereid was erover te praten. Dat zei ze echter niet tegen de politie. Het was goed om één aas in je mouw te houden.

'Ja, ik heb van hem gehoord, natuurlijk,' zei Snorri. 'Wat vind jij hiervan, Kristján?'

'Interessant, inderdaad. Ik weet niet meer of deze namen destijds ook al werden genoemd,' antwoordde de oude, ervaren politieman zacht.

'En verder? Nog iemand?'

'Ja, ik denk dat het Páll Jóhannesson was, het gemeenteraadslid.'

'Dat is me nogal een stel bij elkaar, God bewaar me. Ik kan dit maar moeilijk geloven,' zei Snorri.

Kristján zei, met luidere stem: 'We moeten naar haar luisteren. Ik heb het gevoel dat er iets in zit.'

'Ik heb met hen allemaal gesproken, afgezien van Finnur natuurlijk, maar de politie zal wel meer bij hen bereiken... Die oude geheimen moeten worden opgehelderd.'

'Dat denk ik ook. Het publiek zal verbijsterd zijn als we de vondst van het lichaam bekendmaken. En de mensen willen gerechtigheid. We laten hier niets over los, Sunna, ik beloof het u.'

'Wanneer bent u van plan het bekend te maken?'

Snorri antwoordde niet meteen. Hij leek erover te moeten nadenken.

'Morgen nog niet. Waarschijnlijk in het weekend. We moeten morgen de plaats delict beter onderzoeken en controleren of het allemaal klopt. Het heeft echter geen zin om het lang stil te houden. De mensen zullen vragen gaan stellen over de aanwezigheid van de politie op Viðey, al geeft de top van Reagan en Gorbatsjov ons waarschijnlijk enig respijt. Alle aandacht gaat daarnaartoe.'

'Oké.' Nu begon Sunna te denken als een journalist. Het zou haar beter uitkomen om nog wat langer haar scoop voor zich te kunnen houden, zodat haar artikel eerst zou uitkomen. De politie kon haar niet verbieden te schrijven over iets wat ze zelf had ontdekt.

Toen viel er een stilte. Sunna voelde de vermoeidheid over zich heen komen, misschien had ze toch wat slaap nodig. Morgen zou ze aan het artikel beginnen, en bij Þórdís langsgaan.

Het was Kristján die de stilte verbrak. 'Bedankt.'

Sunna keek op.

'Sunna, ik wilde alleen dank je wel zeggen. Dit onderzoek heeft dertig jaar lang vastgezeten, er is niets gebeurd, geen enkele nieuwe aanwijzing, en dan slaagt u erin... u en uw broer, samen met uw vriendin hier, om het meisje te vinden. Ik had altijd nog gehoopt dat ze in leven was, al geloofde ik dat zelf niet echt. Het voelt veel beter nu ze gevonden is, veel beter, kan ik u zeggen.'

Ze kon hier niets op terugzeggen, lachte alleen naar hem. Op een bepaalde manier kon ze wel begrijpen hoe hij zich voelde.

'Sunna, wil je hier vannacht misschien blijven slapen?'

Het was Jökull die het vroeg. Een man die de zaken regelde als het erop aankwam.

'Ja, misschien...'

Natuurlijk was het de vermoeidheid die alle andere gedachten uitbande, maar Sunna vond het ook wel prima om nu te kunnen gaan liggen, niet weer de kou en de duisternis in te hoeven. Ze had niet eens een auto. En ze voelde zich – het was onverwacht – goed in de warmte thuis bij Margrét. Alles was zo huiselijk, al mocht ze Jökull niet bijzonder graag, maar hij viel wel mee als je hem beter leerde kennen. Anders moest ze naar haar eenzame flatje in Hlíðar. Sunna moest ook toegeven – maar ze zei het niet hardop – dat ze een beetje bang was en liever niet alleen was vannacht. Iemand had dat meisje dertig jaar geleden om het leven gebracht en vervolgens Valur naar een zekere dood geduwd. Iemand wilde niet dat de waarheid aan het licht kwam en juist nu wist Sunna misschien te veel.

'We praten morgen verder, Sunna, goed?' vroeg Snorri, al wist ze dat het geen vraag was maar een mededeling. Ze moest een officiële verklaring afleggen, hun de bewijzen overleggen, de zoektocht naar Lára reconstrueren, stap voor stap; vertellen over Julia… Ze had het nog niet over haar gehad. Niemand had het gevraagd.

'Ja, dat is goed. Niet al te vroeg, als dat goed is.'

'Vanzelfsprekend. Rust goed uit. Nu nemen wij het over en kunt u een stapje terug doen.'

De politiemannen namen afscheid.

'Ik denk dat ik het aanbod aanneem,' zei Sunna zachtjes tegen Margrét. 'Om te blijven slapen, als het mag.'

'Van iets anders kan geen sprake zijn.'

'Ik kan wel op de bank slapen als dat…'

'Je krijgt de kamer naast de mijne, dat is de grootste logeerkamer.'

De grootste logeerkamer. Steeds weer herinnerde Margrét haar eraan dat voor deze familie geld nooit een probleem was geweest.

Ze dacht aan haar ouders. Natuurlijk had ze hen moeten bellen, hun moeten vertellen wat er vanavond allemaal gebeurd was, maar het kon wachten. Ze had rust nodig, moest moed en kracht verzamelen voor dat gesprek. Bovendien had ze geen antwoorden voor hen. Dat telefoongesprek moest tot morgen wachten. Alles moest tot morgen wachten.

'Slaap jij maar uit, Sunna. En dan maak je het artikel af,' zei Margrét.

'Artikel?' Haar vader mengde zich in het gesprek.

'Sunna schrijft over Lára. Ze maakt de artikelenreeks die Valur was begonnen af.'

'O ja?' zei Jökull. 'Voor de krant van Dagbjartur?' Hij fronste zijn wenkbrauwen en liet duidelijk zien hoe weinig respect hij voor het *Vikublaðið* had.

'Ja,' zei Sunna. Ze wilde maandag of dinsdag met een volledig voltooid artikel naar de hoofdredacteur gaan, een hoofdartikel, van Sunna Róbertsdóttir en Valur Róbertsson. En dan zou ze meteen vragen of hij werk voor haar had tot het eind van het jaar. Ze had haar besluit genomen. Ze zou er niet op terugkomen. Elías Mar zou moeten wachten en zij zou de journalistiek gaan proberen.

Er hing een lichtrode gloed over die branche.

Een licht dat haar de duisternis uit zou leiden.

10 oktober 1986

Sunna had vrijdag de grootste moeite om op te staan; ze was lichamelijk en geestelijk totaal uitgeput na de gebeurtenissen van gisteren. Het liep al tegen twaalf uur toen ze wakker werd en het was na enen toen ze uiteindelijk opstond. Ze had zich voorgenomen Þórdís te bellen en haar misschien wel op te zoeken. Ze kreeg echter geen gehoor toen ze belde en later in de middag kwam er een telefoontje van de politie, die haar vroeg om een officiële verklaring af te leggen.

Zij en Margrét gingen er samen heen. Het afnemen van die verklaring duurde langer dan Sunna had gedacht, op de een of andere manier was het avond voor ze er erg in had.

'Moeten we niet bij Þórdís langsgaan?' vroeg ze in de auto aan Margrét toen ze bij het politiebureau wegreden.

'Het is al veel te laat. Het kan toch zeker geen kwaad om tot morgen te wachten?'

Sunna haalde haar schouders op. Ze was nog steeds doodmoe.

Toen voegde Margrét eraan toe: 'En moeten we het nu niet met rust laten, Sunna? Wij vonden Lára en nu doet de politie de rest.'

En op dat moment wist Sunna dat ze alleen naar Þórdís moest gaan. Ze moest de zaak afsluiten zonder inmenging van anderen.

'Hoor eens, kun je mij misschien naar huis brengen als ik mijn spullen heb opgehaald? Ik heb een paar dingen bij jullie laten liggen, mijn vest en...'

'Blijf het weekend bij ons, Sunna. Je moet uitrusten. Heb je niet heerlijk geslapen in het grote bed?'

'Jazeker, maar ik wil niet...'

'Wat een onzin. We kunnen vanavond naar de film gaan als je wilt...'

'Liever morgen. Ik zou door de hele film heen slapen.'

Toen dacht ze opeens aan Gunnar. Ze moest hem alles vertellen, maar niet meteen. Het moest wachten.

Ze was zo moe. Morgen, dacht ze.

De avond in Garðabær was heel gezellig. Er heerste een warme gezinssfeer, die Sunna had gemist sinds ze uit huis was gegaan. De televisie en de radio op de achtergrond – er werd over niets anders gepraat dan over het topberaad – de late maaltijd die nog voor haar en Margrét werd bereid toen ze zich eindelijk lieten zien, de geur van koffie toen het avond werd, de koekjes, de snacks. Alles zoals het zou moeten zijn. Geen stapels afwas, geen halflege koelkast.

Maar toch kreeg zij er een onprettig gevoel bij dat moeilijk was om van zich af te zetten.

Ergens liep de moordenaar van Valur nog vrij rond.

11 oktober 1986

Sunna lag lang wakker. Ze had het idee dat ze Jökulls stem hoorde, maar toen ze half overeind kwam en luisterde, hoorde ze niets. Toen ze uiteindelijk insliep, was het een diepe en droomloze slaap.

’s Ochtends ontwaakte ze om een uur of negen, met een zwaar en onuitgeslapen hoofd. De familie was al op. Margrét en Nanna zaten aan de keukentafel, de geur van geroosterd brood en bacon hing in de lucht.

‘Goeiemorgen,’ zei Margrét. ‘Goed geslapen?’

‘Heel goed, dank je wel.’

‘Papa is al weg. Het is een grote dag vandaag.’

‘Hoezo?’

‘Nou, Reagan en Gorbatsjov. Hij krijgt ze waarschijnlijk vandaag te zien. De top, weet je nog?’

‘Ja, natuurlijk.’ Op de een of andere manier was Sunna die grote gebeurtenis die nacht helemaal vergeten. Ze had aan niets anders gedacht dan aan Lára sinds ze haar ogen had geopend.

‘Wil je niet iets eten?’

‘Ja, graag. Geroosterd brood met kaas zou heerlijk zijn, als dat kan.’

‘Doe of je thuis bent.’ Margrét glimlachte.

‘Ik moet hierna weg, naar een afspraak. Gaat een van jullie misschien naar de stad of…’

Nanna antwoordde: ‘We lenen je gewoon een auto, Sunna. We hebben er drie, die gewoon op de oprit staan. Je kunt mijn oude auto wel nemen, we zijn er nog niet aan toegekomen om hem te verkopen.'

Sunna accepteerde het aanbod van de auto. Nu kon ze het werk afmaken en Þórdís opzoeken. Ze was er inmiddels van overtuigd dat Þórdís Julia was en dat ze het een en ander te vertellen had. Haar man was overleden en er was iets veranderd. Zij wilde boeten voor de zonden van anderen. Maar het was voorbij. Valur was dood, Lára was gevonden.

Sunna had na het ontbijt nog eens geprobeerd te bellen, maar Þórdís had de telefoon niet opgenomen.

En nu stond Sunna voor haar huis. Het regende, de herfstkou hing in de lucht. Voor het huis stond een nieuwe Mercedes. De auto, het vrijstaande huis… allemaal tekenen van de welvaart van het echtpaar. Ze hadden het ver geschopt in hun leven, Finnur in de handel en Þórdís op het podium, helemaal zoals het zou moeten zijn. Of misschien ook niet. Ze hadden dertig jaar gezwegen, de ouders van Lára elke dag laten lijden, terwijl ze hun een afsluiting van de zaak hadden kunnen geven, ook al was de waarheid afschuwelijk. Misschien was dat de reden geweest waarom Þórdís Valur had gebeld – want het moest Þórdís zijn geweest. Þórdís had een warm hart, dat voelde Sunna, en toch had ze gezwegen, net als eerder, tot de dood van haar man. Had zij hem beschermd? Of het geheim van Finnur en zijn vrienden? Had Finnur haar voor hij stierf gevraagd om iets te doen, of had ze hem om toestemming gevraagd? En wie had Lára aangevallen? Dat was natuurlijk de grote vraag. Als ze antwoord op die vraag zou krijgen, had ze ook het antwoord op een nog veel belangrijkere vraag: wie duwde Valur voor de bus? Haar broer, die mooie, lieve, aardige jongen…

Het voor de hand liggende antwoord op die vraag was natuurlijk Finnur. Hij had Lára vermoord. Þórdís wist dat, maar kon niets zeggen voor hij was overleden. Daarna probeerde ze te redden wat er te redden viel.

Deze theorie klopte, maar niet helemaal.

Want Finnur kon Valur niet hebben vermoord. Zoveel was duidelijk.

En nu zou Sunna nergens heen gaan voor ze de antwoorden had.

Ze belde aan en wachtte.

Er lag een grote tuin voor het huis en de achtertuin was ongetwijfeld niet kleiner. Het was herfst, maar het was overduidelijk dat de bomen en planten met liefde en toewijding werden verzorgd, er was nog wat kleur te zien in de bloemperken, de herfstbloemen weigerden te wijken voor de winter en de herfstkleuren aan de takken gaven nog wat warmte af in de koude wind.

Sunna gebruikte nu de deurklopper, voor het geval dat de bel misschien niet werkte. Ze kon niet de hele dag in de regen blijven staan, maar in het slechtste geval zou ze in de auto wachten. Ze deed een paar stappen achteruit en zag dat er lichten brandden op de bovenverdieping van het huis. Þórdís was thuis. Ze kon zich niet eeuwig schuilhouden.

Toen Sunna net terug begon te lopen naar de auto, waar het warm was, hoorde ze dat de deur werd geopend. Þórdís stond in de deuropening, als een actrice op het podium, ofwel bij een opkomst in een grote scène of klaar voor het applaus aan het eind van een goed geslaagde voorstelling. Misschien allebei. Ze droeg een roodzijden Chinese kimono, haar haren golfden omlaag over haar schouders, alsof ze een veel jongere vrouw was, prachtig, maar waardig, de ster van de show, daar was geen discussie over mogelijk.

'Sunna,' zei ze, en op een bepaalde manier lukte het haar zoveel meer te zeggen met één woord: dat Sunna welkom was, dat ze haar had verwacht, en dat ze tegelijkertijd de laatste persoon was die ze wilde zien.

'Mag ik binnenkomen?' vroeg Sunna, nat van de regen.

'Ik denk dat er niets anders op zit,' zei Þórdís. 'Doe uw jas uit.'

'We kunnen ook hier praten.'

'Wat een onzin. Kom binnen. Finnur en ik vragen onze gasten altijd binnen te komen.'

Sunna trok haar schoenen en haar natte jas uit en volgde Þórdís de fraai gemeubileerde woonkamer in.

Ze had even het gevoel of ze opkwam in een toneelstuk, maar er waren geen toeschouwers en ze had ook geen idee wie de regisseur was. Het enige waar geen twijfel over bestond, was dat Þórdís de hoofdrol speelde.

'*Romeo en Julia*,' zei Sunna toen ze zaten.

'*Romeo en Julia*,' herhaalde Þórdís.

'U speelde Julia.'

'Ja, en dat deed ik goed, al zeg ik het zelf. Maar het is lang geleden. De sprankeling van de jeugd is nu verdwenen, Sunna. Ik zal nooit meer Julia spelen.'

Er klonk zoveel droefheid in haar stem dat Sunna ervan schrok. Ze had werkelijk medelijden met de vrouw, al zou ze dat natuurlijk vooral voor Lára en Valur moeten voelen. Ze mocht Þórdís niet op haar gevoel laten werken. Zou het niet denkbaar zijn dat Valur nog in leven was als Þórdís naar voren was gekomen en de waarheid had verteld?

Of als Þórdís zich er niet mee had bemoeid en Valur nooit dat telefoontje van haar had ontvangen? Dan zou er nooit met veel tromgeroffel in de krant zijn aangekondigd dat hij op het punt stond het raadsel op te lossen.

Sunna voelde dat ze niet wist hoe ze Þórdís moest benaderen. Wist niet of ze een bondgenoot was of een vijand, maar misschien ging het in het theater juist om zulke illusies.

'Toen u mijn broer belde, noemde u zichzelf Julia, is het niet?'

Þórdís stond op, liep heen en weer door de kamer, schitterend in haar kimono, maar ze zei geen woord. Toen ging ze weer zitten, boog zich naar voren en keek Sunna recht in de ogen. Eén actrice, één toeschouwer.

'Sunna, u hebt Lára gevonden. De politie is gisteren bij me langs geweest. Is dat niet genoeg? Laten we het nu laten rusten.'

'Ik denk dat u de ernst van de zaak niet begrijpt. Mijn broer is dood. Dat is gebeurd nadat u met hem gesproken hebt. U hebt hem een brief gestuurd. En daarom is hij dood. Iemand heeft hem voor de bus geduwd. Ik kan het steeds weer zeggen, tot in het oneindige, maar dat verandert niets aan de zaak. Valur is dood. U hebt Finnur verloren en dat moet pijn hebben gedaan. Ik verloor mijn broer en dat doet zoveel pijn dat ik er geen woorden voor heb, Þórdís. Ik denk dat ik er nooit woorden voor zal vinden.'

Sunna zuchtte. Ze voelde opeens hoe uitgeput ze was, hoe leeg vanbinnen. Ze had maar heel weinig geslapen sinds Valurs dood; haar gedachten waren de hele dag in overdrive geweest, tot diep in de nacht. Ze leefde alleen nog maar om achter de waarheid te komen en nu wist ze niet zeker of ze het kon volhouden. Ze was bij de laatste druppel benzine aangekomen.

Þórdís antwoordde niet, dus Sunna voegde eraan toe: 'En de ouders van Lára zijn hun dochter kwijtgeraakt. Hebt u hen ontmoet?'

Þórdís schudde haar hoofd. 'Nee, ik heb hen nooit ontmoet.'

'U moet misschien eens bij hen op de koffie gaan. Het zijn heel gewone mensen, die door moesten gaan met hun leven. Ze wonen niet in zo'n mooi huis als dit. Maar ze hebben hun dochter dertig jaar lang moeten missen. Dat is een lange tijd, Þórdís. Wat hebt u de afgelopen dertig jaar gedaan?'

'Ik heb mij niet goed gevoeld. Dat weet u vast wel.'

'Ja, dat is duidelijk,' zei Sunna, en ze voegde eraan toe: 'Ik weet ook dat u Lára niets hebt aangedaan. Het was iemand anders. Soms is zwijgen echter net zo erg. Lára is vermoord, u vertelde dat aan mijn broer. Wie heeft haar vermoord?'

Þórdís verborg haar gezicht achter haar handen. 'Dat arme kind.'

'Wie heeft haar vermoord?' herhaalde Sunna.

Þórdís antwoordde niet.

'Þórdís, was het Finnur? Was het uw man?'

'Finnur? Nee, nee, nee. Hij...' Haar stem brak. Sunna wist niet of het toneelstuk was afgelopen of dat ze nog in het tweede bedrijf zaten. Het maakte ook helemaal niets uit. Het leven van Þórdís leek één groot theaterstuk te zijn, maar ze had duidelijk besloten te gaan praten.

'Sunna, u maakt toch geen opnamen? Alles wat hier gezegd wordt, moet tussen ons blijven.'

Þórdís keek naar Sunna, die knikte. 'Ik neem niets op.'

'Finnur was een goed mens, dat mag u wel weten. Hij verkeerde niet altijd in goed gezelschap, maar soms zijn vriendschapsbanden zo sterk dat het niet gemakkelijk is ze te verbreken. Soms deel je belangen en geheimen. Finnur was een goede echtgenoot. We hadden geen kinderen, maar we hadden elkaar. Gezegend zij zijn nagedachtenis. En hij heeft nooit iemand kwaad gedaan. Hij deed nog geen vlieg kwaad. Hij was een hardwerkende zakenman, en daarom ging het ons zo voor de wind, maar eigenlijk ging het ons helemaal niet zo goed, niet echt. We kwamen nooit geld tekort, de groothandel was winstgevend en kon ons beiden goed onderhouden, maar er hing altijd een schaduw over ons, Sunna. De schaduw van Lára. We praatten er nooit over, ook al konden we over alles praten en genoten we ervan om samen te zijn. Finnur was gewoon op de verkeerde plaats op het verkeerde moment. Zo gaat dat soms, alles draait om een vervloekt, sarcastisch noodlot. Zo was het, Sunna...'

'Wie vermoordde Lára?' vroeg Sunna scherp. Ze was nu vastberaden het spel tot het eind uit te spelen. Ze zou Þórdís niet toestaan het laatste woord te hebben. Ze wilde geen medelijden met haar hebben. Niet nu, niet meteen.

'Ik weet het niet... Ik kan niet... Het maakt niet uit. Of wel?'

'Het maakt álles uit!' Sunna verhief haar stem. 'De zaak wordt niet gesloten voor het recht zijn beloop heeft. Voordat iemand verantwoording neemt. De ouders van Lára hebben daar recht op. Ik heb daar recht op. Mijn ouders, mijn vader en moeder. U kunt dit rechtzetten.'

'Rechtzetten? Tja...'

'Finnur had dat gewild. Of niet?'

'Ja.'

'Wat vertelde Finnur?'

'Hij vertelde het mij direct nadat het gebeurd was. Ik was er niet bij, begrijpt u. Daarna hebben we het er nooit meer over gehad. We konden niets zeggen. Ze hadden elkaar beloofd te zwijgen. Het meisje was dood en daaraan kon je toch niets meer veranderen. Je kon het niet terugdraaien. Finnur hield dat zwijgen vol, net als wij allemaal. Er is geen dag voorbijgegaan, Sunna, dat ik er niet naar verlangde om de ouders van Lára te bellen en te vertellen wat er gebeurd was. Maar ik kon Finnur niet verraden.' Ze zweeg even en schraapte haar keel. 'Weet u, het was eigenlijk het laatste wat Finnur tegen me zei voor hij afscheid nam. Hij praatte over Viðey en toen wist ik dat ik iets moest doen. Ik vind het zo erg dat ik uw broer erbij betrokken heb, zo verschrikkelijk erg, maar op de een of andere manier lag het voor de hand... Ja, het lag voor de hand...'

'En nu is hij dood.'

'Dat is afschuwelijk, ronduit afschuwelijk.'

'Waarom hebt u nooit iets gezegd, Þórdís?'

'Het leven is zo ingewikkeld. Het is allemaal zo gecompliceerd, belangen stapelden zich op. De kleinste fout kon verstrekkende gevolgen hebben... Finnur was opgenomen in een soort netwerk waaruit hij zich niet kon losmaken, waaruit wij ons niet konden losmaken. De draden strekten zich uit naar alle kanten. Een voor allen en allen voor een. Het was een broederschap zoals in oude saga's. Het ontbrak er nog maar aan dat ze hun bloed hadden vermengd, die jongens, ze hielpen elkaar en alles ging goed, ze bouwden welvarende ondernemingen op. Politiek, bedrijven en...' Ze zweeg opeens, alsof ze zichzelf moest tegenhouden. 'Op de een of andere manier durfde geen van hen eruit te stappen en zich los te maken van de groep.'

'Wie doodde haar, Þórdís? Vertel het me en dan wordt alles beter.'

Sunna geloofde dat zelf nauwelijks.

'Hij had haar vastgegrepen, wilde... Ik kan het niet eens hardop zeggen... Hij wilde zijn wil aan haar opleggen en zij verzette zich. De anderen, zijn vrienden, wisten er niets van, pas toen zij al dood was. Zijn greep om haar hals was te sterk geweest, zei hij, hij had te veel kracht gebruikt... Ze waren allemaal dronken. Zo was het nu eenmaal. En iemand, niet Finnur, kreeg toen het idee om haar op het kerkhof te begraven. En hun leven er niet door te laten verwoesten.' Ze lachte, een ijskoude, sinistere lach. 'En die beslissing verwoestte ons leven, als een gif dat we elke dag opnieuw innamen.'

Finnur was dus het slachtoffer in dit hele verhaal. Zo vertelde Þórdís het, zo wilde zij het geloven. Ongetwijfeld was het niet zo eenvoudig, maar Sunna besloot niet over die versie van het verhaal met haar te bekvechten. Zij had Þórdís nog nodig. Het enige wat zij van haar nodig had, was een naam. Eén naam...

Op dat moment wilde Sunna de zaak zelf oplossen. Niet meteen de politie erbij betrekken, al zou dat uiteindelijk natuurlijk wel moeten.

Ze was zo dicht bij de waarheid.

'Óttar, het moet Óttar zijn geweest. Hij was de gastheer, de machtigste man ter plekke, op het eiland. Zijn vrouw was ver weg van al het feestgedruis, boven op haar kamer. Misschien heeft hij zijn zelfbeheersing verloren. Heeft hij het meisje vastgegrepen en...'

Þórdís zei geen woord.

'Ik kan niet... We moeten het op een andere manier oplossen, Sunna.'

'Was het Óttar?'

Maar Þórdís gaf geen antwoord op haar vraag.

'Ik verlangde er zo naar ze te bellen, de ouders van Lára. Ik had dat al zo lang geleden moeten doen. Soms ontbreekt het je gewoon aan moed. Zij hadden het recht te weten waar ze was. Soms kijk ik in de spiegel en herken ik de persoon die ik zie niet. Ik was beter dan dat. Ik weet niet waarom het zo lang heeft moeten duren.'

'Het is tijd om de zaak af te sluiten, eens en voor al.'

'Sunna, verplaatst u zich eens in mijn positie. Mijn Finnur, God hebbe zijn ziel, heeft niets verkeerds gedaan. Hij heeft alleen gezwegen. Hij doodde niemand. Hij was bang. De jongens dekten elkaar altijd, al vanaf de lagere school, en het was op de een of andere manier niet mogelijk voor Finnur om hen te verraden...'

Sunna wilde het liefst tegen Þórdís schreeuwen. Begreep ze dan niet hoe gestoord haar eigen visie van de werkelijkheid was? Ze leek zichzelf ervan te hebben overtuigd dat zij en haar man geen enkele keuze hadden, dat ze werkelijk niets hadden kunnen doen. En toch was Lára vermoord, haast voor de ogen van Finnur, ze was begraven in het graf van iemand anders, en de moordenaar liep vrij rond. En al die tijd had Finnur gezwegen en Þórdís ook, totdat ze Valur belde. En toen werd Valur vermoord...

En de moordenaar liep nog altijd vrij rond.

Kon het niet zo zijn dat Finnur wel degelijk de dader was, ondanks de onophoudelijke ontkenning van Þórdís?

Daarom had Þórdís nooit eerder iets gezegd, niet voor hij was overleden, daarom wilde ze niet naar een ander wijzen, omdat er niemand anders was om naar te wijzen.

'Wanneer heeft Finnur u dit verteld?'

'Vrijwel direct toen hij thuiskwam. Hij was een ander mens

nadien, dat kan ik u wel zeggen. Het is zo moeilijk om zo'n geheim te moeten meetorsen. U begrijpt dat nu misschien niet en ik zie aan u dat u geen medelijden met me hebt. Dat is ook prima. Wij zijn verschillend en u bent nog zo jong. U moet nog zoveel over het leven leren.' De arrogantie klonk duidelijk in haar stem. 'En ik ben ook helemaal niet op zoek naar medelijden. Ik doe er helemaal niet toe in dit verhaal.'

'Þórdís, heeft Finnur haar vermoord? Hij is dood, u hoeft niet langer voor hem te liegen.'

Nu ontstak Þórdís in woede.

'Ik heb die vraag toch klip-en-klaar beantwoord. Mijn man heeft niemand vermoord. Ik zweer het.'

'En toch wilt u mij niet helpen. Ik heb alleen een naam nodig en dan kan ik naar de politie gaan. Dan is het mogelijk om het recht nog een klein beetje te laten zegevieren.'

'Ik moet daarover nadenken. Push me niet zo.'

'Óttar?'

Þórdís schudde haar hoofd. 'Ik vroeg om wat ruimte.'

'Högni? Het zou niemand verbazen als hij iets te verbergen heeft...'

'Ik zeg geen woord, Sunna. Niet nu. U kunt alle namen van de wereld blijven opnoemen. U moet het maar accepteren. Het maakt op dit moment niets meer uit wie er op Viðey waren.'

'Dat maakt álles uit, Þórdís. Alles.'

Þórdís stond op. 'Nu heb ik tijd nodig, Sunna. Ik dank u voor uw bezoek. Het was fijn om de zaak met u te bespreken.'

'Páll...' Sunna gaf het niet op, ze zocht elke keer dat ze een nieuwe naam noemde naar een reactie, maar Þórdís was als een ijsklomp. Decennia ervaring met acteren kwam haar goed van pas.

'Ik ben het met u eens, Sunna, als u dat liever wilt horen.'

'Wat?' Sunna voelde zich alsof er een nieuwe akte in het toneelstuk was begonnen. Þórdís was directer dan daarvoor, vastberadener. Ze had weer de regie.

'U zei dat ik recht moest doen. Daar hebt u gelijk in. Deze zaak moet worden gesloten; ik ben van plan er een punt achter te zetten. Ik...'

Sunna viel haar in de rede: 'Bent u van plan mij de waarheid te vertellen?'

'Ik ben van plan om op mijn manier deze knoop te ontwarren. Ik zal praten met...' Ze aarzelde even. Had ze misschien bijna de naam genoemd? 'Ik zal met hem praten en hem overhalen zich aan te geven.'

'Denkt u dat dat gaat lukken, Þórdís?'

'Daar ben ik van overtuigd.'

'En wat als... hij... wat als hij ook mijn broer heeft vermoord? Denkt u dat het dan ook zo gemakkelijk gaat?'

'Vertrouw me, Sunna. Nu moet ik vragen of u wilt vertrekken.'

Sunna stond langzaam op. 'Zeg het mij gewoon en ik ga rechtstreeks naar de politie. Dan kan die de zaak regelen.'

'Nee, zo zal het niet gaan. Ik wil Finnur hierbuiten laten. Hij heeft beter verdiend dan dat zijn naam in de kranten verschijnt omdat hij indirect met deze afschuwelijke daad in verband wordt gebracht. En wat er hier tussen ons is besproken was natuurlijk vertrouwelijk, zoals ik al eerder zei. Niemand weet wat hier gezegd is.'

Sunna gaf het op. Het was onmogelijk om de actrice op andere gedachten te brengen.

'Bedankt dat ik even mocht binnenkomen.'

'Dat was het minste wat ik kon doen.' Þórdís glimlachte, maar zoals eerder kon Sunna onmogelijk zien of die lach oprecht was of gespeeld, een echo van een oude rol.

'En wees voorzichtig.'

'Voorzichtig?'

'U zei dat u bij de moordenaar langsgaat.'

'Ik ben nooit bang, Sunna.'

11 oktober 1986

Sunna bleef even in de auto zitten. Ze wist niet wat ze moest doen. Het gesprek was een wonderlijke kant op gegaan. Þórdís had eigenlijk veel meer gezegd dan waar Sunna op had gerekend, maar toch had ze het enige waar het om draaide niet prijsgegeven.

Daar waren ze dus geweest, de vrienden, dertig jaar geleden op Viðey. Ze hadden te veel gedronken en een van hen was gevaarlijker geweest dan de anderen. Een van hen had een jong meisje vermoord. En ze hadden allemaal gezwegen. Zo werkte dat, een voor allen en allen voor een. Wat had Þórdís gezegd? Zoals bloedbroeders in oude saga's.

Het leven was zijn gewone gang gegaan bij hen allemaal, ze waren nu allemaal boven de zestig – zij die nog in leven waren – ze waren allemaal succesvol geweest, hadden elkaar geholpen, hadden veel geld verdiend en een netwerk opgebouwd. En al die tijd had Lára in haar eentje in een ijskoud graf gelegen. De moord was verschrikkelijk, maar het gedrag van de mannen – en van Þórdís en misschien ook Ólöf en Gunnlaug – na de misdaad was niet minder afschuwelijk. Het geheim was begraven en vergeten, de ouders konden dertig jaar naar Lára zoeken.

En wat moest Sunna nu doen?

Ze keek naar het huis, dat prachtige huis; alles leek zo perfect aan de buitenkant bij dat echtpaar, Þórdís en Finnur. Geen keten is echter sterker dan de zwakste schakel en nu was die schakel verbogen, misschien zelfs wel gebroken.

Þórdís voelde zich duidelijk slecht, en dat was geen wonder, maar kon je haar prijzen omdat ze nu naar voren was gestapt, zo laat? Sunna merkte dat ze gemengde gevoelens had, dat ze Þórdís op de een of andere manier dankbaar was omdat ze wat er op Viðey was voorgevallen had opgebiecht, ook al had ze ervoor gekozen om dat op deze vreemde manier te doen, en tegelijk had Þórdís de gebeurtenissen in gang gezet die naar alle waarschijnlijkheid Valur het leven hadden gekost...

Moest ze naar Margrét gaan? Of naar huis? Of rechtstreeks naar de politie en daar het hele verhaal vertellen? Het raadsel was nu grotendeels opgelost, iemand moest alleen nog de laatste stukjes van de puzzel op hun plaats leggen. De politie zou vandaag ongetwijfeld toch al met de drie mannen gaan praten, als dat al niet was gebeurd. Een van hen moest bekennen.

Högni, Óttar of Páll?

Ze voelde voor geen van hen drieën enige sympathie.

Het moest zwaar zijn geweest om tientallen jaren met zo'n geheim te moeten leven. Maar misschien waren ze nooit gewetensvolle, goede mensen geweest.

Wie van hen was zijn zelfbeheersing verloren? Was een vijftienjarig meisje te na gekomen, had haar hals dichtgeknepen en toegekeken hoe ze stierf?

En wie had Valur voor de bus geduwd? Wie had haar broer vermoord, en hoe zou zij reageren als ze daarachter kwam?

De enige weg die haar nu nog openstond, was naar de politie te gaan, met Snorri te praten – en misschien met Kristján, de beroemde politieman – en het gesprek met Þórdís stap voor stap met hen door te nemen. Sunna had alles gedaan wat in haar macht lag om de zaak op te lossen.

Ze startte de auto en tegelijk ging de radio weer aan. De nieuwslezer van het tienuurjournaal vertelde dat de belangrijkste media wereldwijd nu in Borgartún stonden te wachten tot de twee leiders zich op de trappen van Höfði zouden laten zien. Nooit had Reykjavík een zo vooraanstaande rol gespeeld in het wereldnieuws, voegde hij eraan toe.

En toen zag ze dat Þórdís op pad was, ze was haar huis uit gekomen en liep in de richting van haar auto. Ze leek helemaal niet in de gaten te hebben dat Sunna haar zag. Þórdís droeg nu een zwarte jurk en een witte jas, modieus als een koningin op het schaakbord, klaar voor de volgende zet.

Sunna dacht snel na. Er zat niets anders op dan Þórdís te volgen. Ze kende haar auto niet en zou niets in de gaten hebben.

Þórdís had gezegd dat ze naar de moordenaar zou gaan, dus Sunna zou er door haar te volgen achter komen wie dat was.

Þórdís reed weg over de Laugarásvegur en sloeg links af de Sundlaugavegur in.

Het radionieuws was op de achtergrond te horen. Een vrolijke mannenstem kondigde het gloednieuwe nummer 'Moscow Moscow' aan, dat de Stuðmenn – die zich nu Strax noemden – ter gelegenheid van het topoverleg hadden geschreven.

'Moscow, Moscow, hurry up, it's almost news at nine...'

En terwijl de muziek klonk, drong het tot Sunna door dat Þórdís in de richting reed van de Borgartún en Höfði. Ging ze gewoon naar de twee presidenten kijken?

'Moscow, Moscow, can't you hear me, waiting on the line...'

Op het kruispunt van de Sundlaugavegur en de Borgartún bleek dat de Borgartún gesloten was voor verkeer. Þórdís maakte een U-bocht en zette haar auto toen op de stoep van de Sundlaugavegur neer, waar dat niet mocht. Sunna vond een plekje daar vlakbij en volgde de actrice op de voet.

Þórdís was duidelijk op weg naar Höfði. Dat was bijzonder vreemd, maar Sunna was niet van plan het nu op te geven, ook al was het hondenweer; het stormde en regende. Ze keek snel op de klok: het was kwart voor elf en ze voelde zich alsof ze in een grote buitenlandse stad was beland. Er stond politie op elke straathoek en zonder twijfel waren er ook mensen van de geheime dienst van beide grootmachten aanwezig. Er waren talloze voertuigen, limousines en jeeps, en toen ze Höfði naderde, zag ze een heel leger van de pers. De ogen van de wereld waren duidelijk op Reykjavík gericht.

Ze kreeg het nummer van de Stuðmenn niet uit haar hoofd en het was dan ook heel toepasselijk. Ze was opeens in het centrum van het wereldnieuws terechtgekomen.

Þórdís keek nooit over haar schouder, maar Sunna hield toch een behoorlijke afstand. Nu zag ze dat Þórdís een politieman aansprak. Was ze misschien van plan zelf met haar verhaal naar de politie te gaan? Nee, ze wilde duidelijk toegang tot het afgesloten terrein. Op de een of andere manier lukte het haar ook nog, tot verbazing van Sunna.

Sunna was nu dicht bij Höfði gekomen, maar ze zag de twee leiders nergens. Nu waren de beveiligers en de politieagenten overal en ook IJslandse politici en hoge ambtenaren. Sommigen herkende ze, anderen niet. Ze wachtten allemaal op Reagan en Gorbatsjov. De wereld hield zijn adem in.

Was Þórdís echt hierheen gegaan om hen met eigen ogen te zien of wilde ze iemand ontmoeten?

Dan moest het het gemeenteraadslid zijn, Páll.

Ze dacht terug aan hun ongemakkelijke ontmoeting in zijn kantoor. Ze zag hem nergens toen ze snel om zich heen keek, maar gemeenteraadsleden waren er waarschijnlijk wel bij aanwezig.

Was het iets wat een gemeenteraadslid deed? Toezien hoe Lára de geest gaf en dan zijn vrienden zover krijgen haar in alle stilte op het kerkhof te begraven? Sunna huiverde bij de gedachte.

Ze was nu bij hetzelfde hek aangekomen als Þórdís even daarvoor en ze stond voor dezelfde politieman.

'Dit is verboden terrein,' zei hij met een zuur gezicht vanwege de regen.

'Ik werk voor het *Vikublaðið*,' zei ze met overtuiging in haar stem.

'Het *Vikublaðið*? Ja, oké, wacht even. Hebt u een pas?'

En toen herinnerde ze zich dat ze Valurs pasje in haar portemonnee had gestopt. Ze rommelde erin en vond het uiteindelijk. Ze hield haar vinger voor zijn naam.

De politieman knikte. 'Oké. Bewaar de nodige afstand. Niemand mag te dichtbij komen.'

'Ja.'

En toen zag ze dat er iets groots gebeurde.

Een zwarte auto reed naar Höfði en daar stapte niemand minder uit dan Ronald Reagan.

Sunna bleef staan en ademde diep in.

Ze had nooit verwacht de Amerikaanse president met eigen ogen te zien. Dat ze getuige zou zijn van zo'n mijlpaal in de wereldgeschiedenis.

De president groette de journalisten met een glimlach, maar beantwoordde geen vragen en liep naar binnen.

Sunna keek op en zag dat Þórdís zich nog steeds een weg baande door de mensenmenigte. Sunna drong zich naar voren en volgde haar. Even later viel de menigte stil toen er een andere auto naar het gebouw reed. Dat was natuurlijk Michail Gorbatsjov. Reagan verscheen weer op de trappen en begroette de leider van de Sovjet-Unie. Sunna stond als versteend en keek toe. Het was gewoon onwerkelijk.

Toen ze weer tot zichzelf kwam en om zich heen keek, zag ze Þórdís nergens meer.

Verdorie!

Was ze haar kwijtgeraakt?

Wat slordig van haar.

Ze keek alle kanten op en zag alleen maar politie. De groep journalisten was nu ook meer in beweging gekomen. Er zouden voorlopig geen foto's van de leiders kunnen worden gemaakt.

Waar kon ze zijn?

Toen zag ze haar. Ze zag haar een gebouw aan de Borgartún binnengaan, tegenover Höfði. Het stond daar vol mensen en het was niet eenvoudig om er snel te komen, maar Sunna deed haar best zo snel mogelijk te zijn, ze schoot tussen de mensen en de auto's door. Haar hart klopte sneller, ze vreesde Þórdís uit het oog te verliezen, maar tegelijk was ze bang voor wat komen zou: misschien zou ze oog in oog komen te staan met de man die Valur had vermoord.

Het kostte haar twee of drie kostbare minuten om bij het gebouw te komen. Ze ging naar binnen zonder iemand te vragen of dat wel mocht. Binnen was het een grote drukte, er klonk Engels, Russisch en IJslands door elkaar en er liepen journalisten uit de hele wereld rond, zo leek het. Dit was blijkbaar het perscentrum van het topoverleg. Wat had Þórdís daar te zoeken? Was er nog iets anders in het gebouw? Misschien het advocatenkantoor van Óttar? Of had Páll, het gemeenteraadslid, daar een overleg?

Ze keek om zich heen. Þórdís was nergens te zien, dus begon Sunna maar op de bonnefooi wat rond te lopen, ze keek in de ene ruimte na de andere. Overal was wat aan de hand, ze hoorde delen van gesprekken overal vandaan komen, alles draaide om de top, nieuws en foto's. En ze voelde weer hoe dit leven haar prikkelde. Het zou leuk zijn om erin te kunnen werken, al was duidelijk dat het in de IJslandse journalistiek niet alle dagen zo spannend was.

Nog altijd was het alsof Þórdís in rook was opgegaan.

Er was nog één ruimte over in dit deel van het gebouw, helemaal in een hoek. Er zat geen bordje op de deur. Er kwam een onaangenaam gevoel over Sunna. Net als op Viðey kreeg ze opeens het gevoel dat de waarheid om de hoek lag. Even overwoog ze aan te kloppen, maar toen besloot ze de deur op een kiertje te openen zonder haar aanwezigheid aan te kondigen.

En daar was ze, daar stond Þórdís, doodsbang in een hoek, en voor haar stond een man die haar tegen de muur leek te drukken. Hij was midden in een zin – ze hoorde niet precies wat hij zei, al verhief hij zijn stem – hij wist blijkbaar heel goed dat het lawaai van buiten zou voorkomen dat ze hen konden horen, dat alle ogen op Höfði waren gericht, en dat het in een vensterloze ruimte aan de Borgartún dus heel goed mogelijk was om ongestoord een misdaad te plegen.

De man keek onmiddellijk om toen Sunna de kamer in kwam. Ze liet de deur naar de gang open.

Hij keek haar recht in de ogen en ze zag dat hij nu degene was die bang was.

11 oktober 1986

Sunna bleef doodstil staan.

Ze geloofde haar eigen ogen niet.

Voor haar stond Dagbjartur.

'Sunna… Sunna…'

Hij stotterde haast.

Ze zag een kort ogenblik woede in zijn ogen opvlammen, maar direct daarna zag ze het gezicht van iemand die geen troef meer in handen had, die alles kwijt was.

Vier of vijf.

Verdomme nog aan toe.

Zo had Gréta, de vrouw bij de directeur gezondheidszorg, het verwoord.

Óttar en een paar vrienden. *Vier of vijf in totaal, niet meer.*

En in haar onnozelheid had Sunna nooit bedacht dat er iemand aan die groep ontbrak.

Óttar, Högni, Páll, Finnur… en Dagbjartur.

Sunna zette een paar stappen naar achteren, de kamer uit, zonder haar blik ook maar een moment van de hoofdredacteur te halen.

Ze hield de eerste persoon die voorbijliep staande, een vrouw die haast had.

'Neem me niet kwalijk, maar kunt u de politie bellen of een agent vragen om hierheen te komen?'

'Wat?'

'En het is heel dringend. Zo snel mogelijk, alstublieft.' Ze kwam overtuigender over dan ze van zichzelf had verwacht, maar nu mocht ze niet aarzelen. Nu stond ze plotseling oog in oog met de man die Valur had vermoord, ze keek hem recht in de ogen en voelde hoe verdriet en woede om beurten naar het oppervlak wilden komen.

'Laat Þórdís los,' zei ze toen. Ze voelde dat ze nu de overhand had. Ze was niet bang voor Dagbjartur en bleef in de deuropening staan. Hij kon niets meer uitrichten.

Hij zuchtte, keek om zich heen, alsof hij nog een uitweg zag, en ging met zijn hand over zijn schedel. Toen herinnerde Sunna zich nog iets wat Gréta had gezegd: de man die haar had aangevallen was roodharig geweest. En die beschrijving paste bij geen van de vier mannen – alleen Högni had een rode lok onder de donkere haarverf – maar kon het niet zo zijn dat Dagbjartur roodharig was geweest voordat hij kaal werd?

'Ik wilde haar niets aandoen,' zei hij ten slotte.

'Je viel me aan, klootzak!'

Þórdís' stem sloeg over, ze was duidelijk woedend. En toen wist Sunna dat het spel uit was. Þórdís zou zich niet meer verplicht voelen Dagbjartur een seconde langer te beschermen en dat wist hij ongetwijfeld ook.

'Eerst Lára, toen Valur en nu… bijna Þórdís.'

'Zo was het helemaal niet, ik wilde niet…'

'Jij hebt Lára op Viðey gedood. We weten er alles van. We hebben het lichaam gevonden.'

Hij staarde haar aan en verborg toen zijn gezicht in zijn handen.

Er was nog geen politieagent komen opdagen. Sunna bleef op haar plek staan en wachtte.

'Hebben jullie haar samen begraven?'

Hij knikte.

'In het graf van Arnfríður.'

'Van een of andere vrouw, ja. Arnfríður Leifsdóttir. Dat was puur toeval.'

'En Valur kwam erachter.'

'Dankzij Þórdís,' zei Dagbjartur, en nu klonk er duidelijk woede in zijn stem.

'Allemaal?'

'Wat?'

'Hebben ze allemaal meegeholpen haar te begraven? En het vervolgens geheim te houden?'

'Ja, dat was de enige manier. Finnur heeft het altijd het moeilijkst gevonden om ermee om te gaan. Hij was een goed man. Zwak, maar goed.' Toen draaide hij zich om naar Þórdís. 'Hij heeft ook nooit nee gezegd tegen de kansen, het geld. We hebben elkaar altijd gesteund.' Hij keek weer naar Sunna. 'Ze zijn allemaal net zo schuldig als ik, die vrienden van mij. Ik gaf hun een goede pers, zij sponsorden mijn krant, Páll trok aan alle politieke touwtjes voor ons, Finnur en Högni profiteerden aan alle kanten, iedereen speelde zijn rol.'

'En Lára was dood.'

'Dat gebeurde in het vuur van het spel. Verschrikkelijk, natuurlijk. Ze was zo jong, zo mooi.'

'En dan Valur.'

Nu antwoordde Dagbjartur niet meteen.

'Je moet me geloven, Sunna, als ik zeg dat ik niet van plan was je broer iets aan te doen, je moet...' Dagbjartur kon bijna niet praten, zo ademloos was hij. 'Ik wilde hem alleen volgen, ik was onrustig, bang dat hij te dicht bij de waarheid zou komen, dat mocht gewoon niet gebeuren. Ik dacht er zelfs aan om naar Viðey te gaan en Lára op te graven... Dat was alleen niet mogelijk, veel te gevaarlijk. Valur leek er zo zeker van dat hij de zaak voor het verschijnen van het volgende blad zou oplossen, hij was begonnen de namen van mijn vrienden te noemen, dus...' Hij zweeg, haalde diep adem en ging toen verder: 'Hij kwam langs op de redactie en ik besloot hem te volgen. Toen zag ik hem daar, hij wachtte op de bus, het was heel erg druk en de bus kwam in volle vaart aanrijden, en ik... tja, ik deed een stap naar voren en stootte per ongeluk tegen hem aan, het was eigenlijk gewoon een ongeluk...'

'Het was helemaal niet per ongeluk. Je hebt het allemaal goed voorbereid. Je hebt naar de televisie gelekt dat Valur iets op het spoor was, zodat iedereen ervan wist en de verdenking niet op jou zou vallen. Is het niet zo? Is het niet zo gegaan, Dagbjartur?'

Hij antwoordde niet, maar ze zag aan zijn gezicht dat ze de spijker op zijn kop had geslagen.

Sunna had de grootste moeite zich te beheersen. Het liefst was ze op de man afgerend en had ze hem aangevallen.

Ze haalde diep adem. Het lukte haar haar tranen tegen te houden. Het was niet de plaats of het moment om te huilen om Valur. Ze putte een heel klein beetje troost uit de wetenschap dat Dagbjartur een lange gevangenisstraf te wachten stond.

'Jullie waren vrienden,' zei ze alleen.

'Hij werkte voor me. Je gaat niet in de journalistiek om vrienden te krijgen. En ik was natuurlijk niet van plan hem te doden. Ik liet hem spitten in die vervloekte zaak, onderzoek doen naar het verleden. Het liep gewoon uit de hand. Eerst bewerkte hij gewoon de berichten uit oude kranten, dat gebeurde wel vaker en dat stoorde mij niet. Het waren gedane zaken en die zouden nooit meer boven water komen. Er speelden te grote belangen mee, degenen die ervan wisten hadden te veel te verliezen.' Hij keek even snel over zijn schouder. 'Ik wist niet dat Finnur tegen zijn vrouw had gekletst. Dat hebben de anderen en ik ook niet gedaan, al zal Ólöf het een en ander hebben geweten.'

'Dacht je nooit aan de ouders van Lára?'

'En wat had ik hun moeten vertellen? Dat ze dood was? Dat moeten ze hebben geweten. Had ik hun de weg moeten wijzen naar Viðey, naar dat graf? Het graf zou in verband worden gebracht met Óttar en uiteindelijk zou iemand de band tussen hem en mij ontdekken, al is het jou en Valur ook niet gelukt. Die goeie ouwe vriendengroep van de Miðbæjarskóli.'

'En Valur, heb je er helemaal geen probleem mee dat mijn broer dood is? Hoe ga je daarmee om?'

Dagbjartur antwoordde niet.

Þórdís had er ondertussen als een standbeeld bij gestaan, zwijgend en bewegingloos, maar ze staarde wel met een betekenisvolle blik naar Dagbjartur en Sunna. Sunna kon het niet helpen te denken dat ze weer in een toneelstuk verzeild was geraakt. Toen klonk er lawaai. Sunna keek over haar schouder. Er waren twee politieagenten gearriveerd.

'Is er iets aan de hand?' vroeg een van hen.

'Deze man...' Sunna wees naar Dagbjartur. 'Dagbjartur Steinsson... heeft deze vrouw, Þórdís, aangevallen, en...'

En toen herinnerde zij zich wat Þórdís tegen haar had gezegd toen ze met elkaar spraken in haar huis aan de Laugarásvegur. *Het lag voor de hand om met Valur te praten*, zo ongeveer had Þórdís het verwoord – natuurlijk omdat hij voor Dagbjartur werkte.

'Klopt dat?' vroeg de politieagent. 'Heeft hij u aangevallen?'

Þórdís knikte. 'Dat klopt inderdaad. Hij probeerde mij te vermoorden.'

'Ik kwam net op tijd,' zei Sunna, en ze voelde opeens hoe alle energie uit haar wegtrok. Ze voelde zich een leeggelopen ballon. 'Dagbjartur heeft ook twee moorden bekend.'

'Wat zegt u?' De politieagent wist niet wat hij hoorde. 'Moorden?'

'Ja,' antwoordde Sunna, nog altijd ijskoud. 'Hij doodde mijn broer, de journalist Valur Róbertsson. En hij doodde dertig jaar geleden een jong meisje op Viðey, Lára Marteinsdóttir.'

'Lára? Dat meisje dat verdween?'

'Jullie moeten contact opnemen met twee van jullie collega's, Snorri Egilsson en Kristján Kristjánsson. Zij zijn bezig met het onderzoek. Zij moeten...'

Het duizelde Sunna. Ze liep naar Þórdís, voorbij Dagbjartur, en ging in de hoek van de kamer op de grond zitten. Ze keek toe hoe de politie Dagbjartur de ruimte uit leidde.

Haar hoofd vulde zich met herinneringen aan Valur, dagelijkse dingen die nu helemaal niet belangrijk waren. En zijn lach, zijn enthousiasme. Dagbjartur had zich vergist, hij had Valur onderschat. Natuurlijk zou Valur nooit aan zo'n grote zaak zijn begonnen zonder daar serieus aan te werken, en nu was het haar taak om zijn werk tot een goed einde te brengen.

'We gaan met Dagbjartur naar het bureau aan de Hverfisgata. Kunt u daar zo ook naartoe komen?' vroeg de politieagent.

'We komen,' zei Þórdís.

Toen wendde zij zich tot Sunna. 'Ik ben blij dat u gekomen bent, dat u mij bent... gevolgd. Dat is toch zo?'

Sunna knikte.

'Ik belde naar de krant om naar Dagbjartur te vragen, nadat wij afscheid hadden genomen. Daar hoorde ik dat ik hem hier kon vinden... en...'

Sunna sloot haar ogen. Ze had nauwelijks kracht om te antwoorden.

'Het komt allemaal goed, meisje,' zei Þórdís toen met warme stem. 'We gaan een verklaring afleggen en dan kunt u naar huis en uitrusten. Moet ik iemand voor u bellen?'

Sunna antwoordde niet meteen, maar zei toen: 'Gunnar, ja, u mag Gunnar bellen.' Ze had eigenlijk Margrét willen zeggen, maar veranderde dat op het laatste moment. 'Gunnar Gunnarsson.'

'Weet u hoe ik hem kan bereiken? Hebt u zijn telefoonnummer?'

Sunna probeerde het zich te herinneren, maar dat lukte niet. 'Hij staat in het telefoonboek.'

'We komen er wel achter,' zei Þórdís.

Het meest verlangde Sunna ernaar om naar huis te gaan, te gaan liggen, en daarna aan het artikel te beginnen.

En dat artikel zou nooit in het *Vikublaðið* verschijnen, dat sprak voor zich.

1 november 1986

Opeens stond Kerstmis alweer voor de deur.

Sunna maakte een ommetje door het centrum. Ze bleef een hele tijd staan voor de etalage van Rammagerðin in de Hafnarstræti, waar de kerstjongens hun sporen hadden nagelaten.

Ze was onderweg naar haar favoriete café, Mokka, maar deze keer niet om Valur te ontmoeten. Nu zou ze koffiedrinken en wafels eten met Gunnar. Hij was de afgelopen weken op de een of andere manier steeds dieper in haar leven doorgedrongen. Ze vond het zelfs wel lief dat hij zoveel over theologie praatte. Ze was waarschijnlijk nog steeds een beetje verliefd op hem. Hij was de week waarin alles op zijn kop kwam te staan, toen Dagbjartur werd gearresteerd en de waarheid naar buiten kwam, bij haar geweest.

De avond dat het artikel in de krant stond, had hij Sunna mee uit gevraagd naar het theater. Zij ging vrijwel nooit naar het toneel, maar zei meteen ja. Daar was het haar gelukt om een avond alles te vergeten. Ze dacht twee, drie uur lang niet aan Valur, Dagbjartur en Viðey, en dat mocht een wonder heten.

Vanavond had hij haar meegevraagd naar de opera. Het IJslandse operagezelschap speelde *Il trovatore*. Ook dit lag buiten Sunna's interessegebied, maar ze ging toch mee. Hun relatie begon voorzichtig vorm aan te nemen. Ze had niets anders te doen en de drukte rond haar artikel – dat van haar en haar broer – was zo overweldigend geweest dat ze geen moment rust had gehad. Ze had Gunnar wel zover gekregen dat ze na de opera zouden gaan dansen in de stad. Het was tenslotte zaterdagavond.

Het artikel was uiteindelijk gepubliceerd in het *Morgunblaðið*. Jökull, Margréts vader, had daarop aangedrongen en Sunna had er uiteindelijk mee ingestemd de beide hoofdredacteuren te spreken bij een kop koffie. Ze hadden haar ervan overtuigd dat een artikel als dit – in alle opzichten groot nieuws – thuishoorde in hun krant en bovendien hadden ze haar aangeboden om op proef bij hen te komen werken, in het nieuwe jaar.

Ze had naar hen zitten luisteren, rustig en kalm, wetend dat zij het artikel van het jaar in handen had, en gevraagd: 'Het komt toch zeker wel op de voorpagina?' Ze wist dat de voorpagina van het *Morgunblaðið* meestal was voorbehouden aan buitenlands nieuws.

De hoofdredacteuren hadden even geaarzeld, maar ten slotte had een van hen geantwoord: 'Ja, vanzelfsprekend.' En toen was de zaak beklonken.

Het artikel was op 18 oktober verschenen, precies twee maanden na Valurs dood. Zij had de datum mogen kiezen. Ze deelde de zaterdagkrant en de voorpagina met de president, die op bezoek was bij de paus in het Vaticaan. Het was eervol gezelschap. Er zaten drie foto's bij het artikel, van Lára, van Valur en van Sunna, en het was ondertekend door haar broer en haar.

Ze had dag en nacht gewerkt aan het verfijnen van de tekst. Dagbjartur stond op het punt om te bekennen, maar ze had geen foto van hem op de voorpagina gewild – een foto van hem en zijn handlangers zou verderop in de krant komen te staan, en Ólöf en Þórdís zouden er ook niet onderuit komen. Ze hadden allemaal schuld, daarover viel niet te twisten. En IJsland schudde op zijn grondvesten toen de krant uitkwam. De kranten teerden nog dagen op de zaak en nog altijd stond de zaak vooraan in de belangstelling. Sunna was geïnterviewd bij beide televisiezenders – 'brenger van de waarheid' had een van de verslaggevers haar genoemd, en uit dit alles was een discussie ontstaan over het belang om corruptie in de IJslandse maatschappij aan te pakken. Politici van alle partijen haakten aan. Páll had moeten aftreden als gemeenteraadslid en Högni Eyfjörð raakte de ene na de andere opdracht kwijt. Sunna had gehoord dat hij op de rand stond van faillissement. Op de een of andere manier was Þórdís nog grotendeels gespaard gebleven. De bevolking hield van de actrice en Sunna had haar ook gespaard; Þórdís had haar en haar broer nu eenmaal op het juiste spoor gezet, al was het laat.

Nu Sunna door het centrum liep, merkte ze dat de mensen haar herkenden, naar haar keken, fluisterden. Zo was het dus om beroemd te zijn, of zo goed als. Ze had er geen problemen mee, ze kon er wel aan wennen.

Dagbjartur zat in voorarrest en het *Vikublaðið* was na de top van Reagan en Gorbatsjov niet meer verschenen. De ene na de andere journalist was daar opgestapt, niemand wilde meer voor Dagbjartur werken en andere bladen waren begonnen vragen te stellen over de financiering van de krant en de vermeende steun van Óttar, Högni en Finnur. De wederzijdse steun die de jeugdvrienden elkaar hadden geboden, was alomvattend geweest. Dagbjartur was grotendeels op de achtergrond gebleven en had publiekelijk weinig contact met hen gehad, maar hij bleek hun belangen door de jaren heen steeds te hebben behartigd bij de media waar hij had gewerkt. De enige fout die Dagbjartur leek te hebben gemaakt, was dat hij Valur zoveel tijd had laten besteden aan Lára. Hoogmoed komt voor de val, dacht Sunna, ze kreeg het gevoel dat hij zichzelf onkwetsbaar achtte, zichzelf ervan had overtuigd dat het geheim dat ze zo lang bewaard hadden nooit aan het licht zou komen. Misschien dacht hij ook dat het veiliger was als hij zelf de leiding had over het nieuws rond Lára. Bij het onderzoek was bekend geworden dat Dagbjartur vanwege rugklachten eronderuit was gekomen om kistdrager te zijn op de uitvaart van Finnur en zo buiten de schijnwerpers was gebleven.

De bevolking was Reagan en Gorbatsjov, de nieuwe televisiezender en het jubileumfeest van Reykjavík snel vergeten toen het artikel over Lára verscheen. En ooit, vroeg of laat, zou de belangstelling voor die zaak ook afnemen. Sunna rekende daarop. Ze wilde het rustig aan doen tot Kerstmis, misschien eindelijk eens langsgaan bij Elías Mar en haar scriptie voorzichtig weer oppakken.

En ze wilde Gunnar een kans geven, kijken waar dat heen zou gaan.

Voor het eerst sinds de dood van Valur verheugde ze zich weer ergens op. Ze keek uit naar Kerstmis – ondanks alles – en wilde die dagen doorbrengen bij haar ouders in het noorden. En daarna wilde ze zich in januari met volle kracht in de journalistiek storten, vol zelfvertrouwen en enthousiasme.

En haar scriptie zou ze op een dag ook afmaken. Ze had geen haast.

Nawoord

In januari 2020 ontmoetten wij elkaar voor een lunch en om te praten over een gemeenschappelijke interesse: misdaadverhalen. Toen kwam Ragnar met het idee voor een misdaadverhaal dat ging over een oude verdwijning op Viðey en zich afspeelde in de jaren tachtig van de twintigste eeuw. Wij zijn even oud en herinnerden ons de zorgeloosheid en de vrolijkheid die wij kenmerkend vonden voor die periode. Wij waren tien jaar oud toen alles op zijn kop werd gezet vanwege de tweehonderdste verjaardag van de stad Reykjavík, wij waren erbij toen iedereen probeerde een stukje te bemachtigen van de tweehonderd meter lange taart en herinneren ons de enorme maatschappelijke veranderingen in die jaren. Wij zijn verschillend, met verschillende overtuigingen, en daarom gaf het ons een bepaalde vrijheid om te schrijven over een voorbije tijd die niets meer te maken heeft met de maatschappelijke aandachtspunten van nu.

Kort na die lunch sloeg de pandemie toe. Ieders leven veranderde en toen gaf het een zekere rust om te kunnen nadenken over Lára en haar verdwijning. Het schrijven gebeurde in alle rust en zonder enige druk, want er waren allerlei andere taken die af moesten en dit verhaal werd vooral geschreven vanwege het plezier in een gezamenlijk project.

In het voorjaar van 2022 kwam er een eind aan deze plezierige taak. We kibbelden tot de laatste dag over bepaalde wendingen in het verhaal en kunnen met recht zeggen dat het ons veel plezier heeft gegeven. We hopen dat dat bij het lezen ook naar voren komt.

We zaten over oude kranten gebogen en lazen over mensen en gebeurtenissen uit vervlogen tijden. Hier en daar is er een bijrol weggelegd voor met name genoemde personen die een belangrijke rol speelden in het leven van die tijd, maar de hoofdrolspelers zijn natuurlijk ontsproten aan onze fantasie. Niettemin was het leuk om de cultuur van de tweede helft van de twintigste eeuw weer op te halen, net als de muziek.

Het is natuurlijk moeilijk om over het verleden te schrijven zonder dat er fouten in sluipen over feitelijkheden van de IJslandse maatschappij. Soms hebben we ons een dichterlijke vrijheid gepermitteerd, bijvoorbeeld in het geval van het perscentrum bij de top van Reagan en Gorbatsjov. Dit was in de Hagaskóli gevestigd, maar wij hebben het naar de Borgartún verplaatst, omdat dat beter in het verhaal paste. Het koffiehuis waar Sunna theeblaadjes in een zakje koopt, aan de Laugarvegur, is gebaseerd op Te og kaffi dat daar gevestigd was, maar dat is eigenlijk pas in december 1986 geopend. Wij hebben het een paar maanden eerder laten openen. De Orobronze-bruiningspillen waren in 1986 niet meer in de handel, maar ze waren eerder in de jaren tachtig heel populair.

Het is leuk om te vermelden dat het gesprek van Sunna met Elías Mar over zijn vertaling van een boek van Agatha Christie – en de reactie van Jón Leifs op een oudere Christie-vertaling van Elías – is gebaseerd op een gesprek dat Ragnar met Elías had.

Er komen natuurlijk een heleboel mensen aan te pas om een boek als dit tot stand te brengen, zoals het fantastische uitgeversteam bij Bjartur & Veröld en onze families, die goede adviezen gaven en de manuscripten lazen. Enkelen van onze vrienden lazen het boek ook als manuscript en daar zijn we heel dankbaar voor: Björn Gíslason, Halldóra Björt Ewen,

Hulda María Stefansdóttir en Víkingur Heiðar Ólafsson. Alle erin geslopen fouten zijn voor rekening van de schrijvers en we vragen de lezers eraan te denken dat het verhaal van begin tot eind is verzonnen. We hopen van harte dat de lezers van het boek hebben genoten en zich weer even in het Reykjavík van 1986 konden wanen.

Reykjavík, zomer 2022

Katrín Jakobsdóttir
Ragnar Jónasson